U0839880

李鸿章发迹史

讲述李鸿章“一直被弹劾，谁也扳不倒”的谋略与细节

下

汪衍振 著

上海文艺出版集团
上海锦绣文章出版社

图书在版编目（CIP）数据

李鸿章发迹史．下 / 汪衍振著．
上海：上海锦绣文章出版社，2010.7
ISBN 978-7-5452-0689-0

Ⅰ．①李… Ⅱ．①汪… Ⅲ．①历史小说—中国—当代
Ⅳ．① I247.5

中国版本图书馆 CIP 数据核字 (2010) 第 119187 号

责任编辑：吴　迪
特约编辑：王楷威
版权提供：读客图书
封面设计：读客图书

书　　名：李鸿章发迹史．下
著　　者：汪衍振

出版发行：上海锦绣文章出版社
地　　址：上海市长乐路 672 弄 33 号（邮编 200040）
经　　销：全国新华书店
印　　刷：小森印刷（北京）有限公司
开　　本：680mm X 990mm 1/16
印　　张：16
版　　次：2010 年 11 月第 1 版
印　　次：2010 年 11 月第 1 次印刷
书　　号：ISBN 978-7-5452-0689-0
定　　价：28.00 元

如有印装质量问题，请致电 021-33608311

目录

骂声整整持续了三个月之久，李鸿章在保定默默忍受了三个月。在这三个月里，他虽每日仍到签押房去办理公务，但心里却无时无刻不在等着革职拿问的圣谕到来。他明白，这次的替罪羊，他大概是当定了，否则朝廷便无法跟百官解释清楚，也无法平息这场声讨风波。

李鸿章在等圣旨的这几个月里，原本才花白的胡须，现已彻底白了，花白的头发亦已白了大半。

李鸿章接到革职留任的圣旨后，整整一天没吃没喝。

他把自己关在行馆的书房里，一直呆呆地坐着。属员有公事要回，他不见；幕僚想同他说句话，他让门外的侍卫挡驾；连盛宣怀和小红想安慰他几句，他也不见。

小红急得在卧房里直哭，盛宣怀急得在书房外面走来走去。

5月2日，广东南海举子康有为，联合在京会试的各省举人一千三百多人，联名上书光绪帝，请求拒绝此条约，要求下旨将李鸿章逮京师斩首。很快，各省督抚也纷纷上折，提出“请诛议和之人以谢国”。

李鸿章尚在回国途中，却已经成了千夫所指的罪人。

庆亲王悄悄对李鸿章说：“有些人不想休致，但朝廷要勒令他休致；你李少荃想休致，太后可不能随便允准。何也？你是文华殿大学士，又赏有三眼花翎，太后还要你表率百官呢！”

第一章
受命查处老熟人

犯事官员走后门

同治八年（公元1869年）二月，四十七岁的李鸿章升任湖广总督、协办大学士。同年六月，朝廷下达新任务，要他跑一趟四川，调查四川总督吴棠被参贪污受贿的案子。

这让李鸿章左右为难，吴棠是他在安徽办团练时期的朋友，此外还有一个更为重要的原因——慈禧当年护送亡父灵柩回籍时还没有得势，吴棠就资助过她，慈禧一直将他视为恩人，掌权后刻意提拔，几年时间，吴棠便飞黄腾达，由县令升到四川总督。

面对这位昔日旧友加当下的官场红人，这案子怎么查呢？李鸿章思来想去，决定拖延一段时间再说。到了8月初，朝廷见李鸿章还没有动身，就催他立即出发。李鸿章知道不能再拖了，于是安排下属官员许钤身先行入川，探一探情况，不久，自己也启程进入了四川。

这天夜里，成都突起大雾，李鸿章没有出门，晚饭过后休息了片刻，就倚着床头在灯下翻阅《汉书》，许钤身一闪身走了进来，躬身道："大人，门外来了一人，说是您老的一个远房亲戚，说是要见您老一面。下官不敢做主，特来通禀。"

李鸿章一愣，忙问道："什么口音？"

许钤身道："听上去，不是本地口音。像是京城人，又多少夹杂着些皖南腔。"

李鸿章披衣下床道："你让他进来吧。说不定真是合肥来的老亲呢。"许钤身答应一声走出去，不一刻，一个身材矮胖满脸胡须的人走进门来，扑通跪倒，一边磕头一边把满脸的胡须摘下，口称："罪臣冒死来见大人。只求大人放过罪臣，罪臣甘愿来生来世变作牛马供大人驱遣，也无半点怨言！"

李鸿章听声音洪亮，很是耳熟，不由走近一步，这才看清，来人是四川总督吴棠。他急忙扶起吴棠，道："你老哥怎么扮作这副模样进来？这要传出去像什么话呢？你且把胡子戴上，不要让人看破。"

吴棠倒是听话，很快便把胡子安置得妥妥帖帖。

李鸿章看了看，便示意他坐下，随后喊了一声："来人！"

一名差官很快走进来。

李鸿章正色道："本部堂皖南的一个老亲来了，你去沏杯新茶过来。告诉许大人，本部堂不传，不许放人进来。去吧。"

差官答应一声走出去，不一刻便把新茶摆到吴棠的面前，口称："您老慢用。"之后就退出去。

李鸿章这才小声说道："你老哥有什么话，现在就讲吧。"

吴棠一听这话，又急忙跪倒："罪臣冒死前来，不过就是想听大人一句真话，大人想把罪臣怎么办呢？盛贵与张登高两个烂乌龟，他们究竟是怎样同大人讲的？"

李鸿章小声道："你老哥既然这么讲，老弟也不好再瞒你什么。其实，盛贵与张登高说过什么并不重要，关键是老哥你做了什么。老弟奉旨前来，要办的也正是这事。你我同为总督，该回护的地方，老弟自然要回护，但你老哥却必须把实情讲出来。老弟知道了实情，孰轻孰重，自然分得出来。老弟讲的这些，老哥你明白没有？"

吴棠道："大人容禀。其实罪臣做的这些事情，哪些不是别人做过的呢？"

李鸿章把他扶起来道："你老哥这么讲话，老弟可不愿听。我们合肥有一句老话，叫做鸡有鸡道，猫有猫道，老鼠自有老鼠的路子。老弟现在就问老哥一句，你老哥此次入川，究竟用了多少夫役？费了多少轿子？收了多少应酬？像这些原本也不是什么大事，但你老哥千不该万不该，张扬得这么大！惹得都老爷连上三道参折，你让朝廷怎么办？”

吴棠坐下说道：“大人问起这事，罪臣到现在还在梦中。罪臣的家小，从扬州雇船而来，只是雇了两条大船，八百名夫役，外加二百名轿夫。沿途也只是收了少许的几两应酬，拢起来不到三千两。你说，这算个什么？”

李鸿章笑道：“老弟不想听这些。老弟只想知道，沿途衙门交到老哥手里的应酬究竟是多少？圣旨上说是十几万两，老弟经过一番访查后，得到的却是另外一个数字。老弟一直在想，老哥做的这些，老弟该不该奏给上头呢？”

吴棠急忙道：“大人万莫听那些都老爷胡咧咧，这些人，吃饱了撑的，闲着没事做，就出来琢磨整人。罪臣今儿同大人说句掏心窝子的话，罪臣打京里出来，进川以后，确是收了几个应酬。大人也是做封疆的人，新官上任，地方上免不了要巴结，他一盆火似地送几个盘缠，做上宪的怎好驳他的情面？收了他的，他自然高兴；不收他的，他就睡不安稳，日夜想着这事，以为要撤他的委。你让罪臣怎么办呢？其实，罪臣又何曾就缺他这几两银子用？无非是让他心安罢了。”

吴棠说着打袖管里摸出一张纸来，往李鸿章的手里边递边道：“罪臣一共路过四个州、县，每个州、县都送了罪臣两千两的官银，一共是八千两，上面都记得清清楚楚，请大人过目。”

李鸿章接过那张单子，用眼扫了扫，随口问道：“川省地处偏远，又连年遭灾，能拿出两千两，已经不少了。这且放在一边。老弟还有一事想向老哥请教，胡军门的驻防一军全行撤散是怎么回事？据老弟所知，川省近来并不安静，常有匪民闹事。老哥撤散防军，这事不是做得糊涂吗？”

吴棠挣起脖子道：“大人，难道这话也是圣旨上说的吗？这可不是冤枉吗？罪臣自到任以来，何曾撤裁过胡军门一兵一卒啊？”

李鸿章反问一句：“你老哥当真没有撤裁过驻防军一兵一卒？”

吴棠想了想，忽然一拍大腿道：“是了，是了，罪臣总算想起来了。那还是罪臣刚刚接印的时候，一次去看操，发现驻防军兵勇不整，又虚报过滥，便斥责了胡中和两句，着他把老弱病残裁遣掉，按实在勇数发饷。大概就是这件事了。”

李鸿章马上问一句：“那胡军门究竟办没办？”

吴棠答道：“办倒是办掉了一些，也不过三五十人的样子。”

李鸿章又问道：“老弟还有一事要请教，参折上还有一款，说你老哥把胡中和的驻防军撤散后，让身边的人另募兵勇为边防，这又是怎么回事？”

吴棠答道：“这是说的副将衔张祖云。不错，张祖云的确一直跟在老哥身边，但张祖云过去在清、淮、徐、宿屡立战功，原就募有一千名勇丁。罪臣见他老实可靠，又会打仗，故此奏调随老哥入川。他现在在督标营仍是副将，并未将胡中和取而代之。大人如若不信，可着人将他们传来质问。”

李鸿章沉吟了一下，忽然话锋一转道：“老哥讲的这些，与别省大同小异。但老弟想问的是，你老哥到任之后，如何便卖起缺分来？听说，老哥收的银子无处存放，特让首县制办了十二只大木桶用以盛银。老哥做的这些，可是太荒唐了！”

吴棠一听这话，第三次急忙跪倒道：“大人所讲的这些，都是从哪里听来的？罪臣就算混账透顶，也不至于混账到这种程度啊！老哥今儿索性把话说开。不错，老哥是卖过一个缺分，但那个缺分前前后后才到手三千银子，刚抵上罪臣一家大小路上的开销。大人也是久历官场的人，像我们这些做督抚的，哪个不卖个把缺分呢？罪臣一家五十几口，光靠罪臣的那点俸禄和养廉，活得了吗？”

李鸿章站起身走了几步，边走边道：“老弟听来听去，老哥到任以来，其他的事倒没什么打紧，只这卖官鬻爵一项，是朝廷顶顶不能容忍的事情，你老哥偏偏就做了！你让老弟怎么办？不错，黄白之物人人都爱，但君子爱财，取之有道啊。如果都像老哥这样胡闹起来，这大清国会变成什么样子呢？”

吴棠一见李鸿章认真起来，登时便磕头如捣蒜，他拖着哭腔道：“罪臣现在真是后悔得恨不得一头撞到墙上去才好，但求大人能回护一二。罪臣回去后，即着人把卖缺之银全数退将回去，还不行吗？”

李鸿章想了想道：“老哥先起来讲话。”

吴棠道：“大人不答应，罪臣就跪在这里！”

李鸿章不得不把他拉起来道："你是封疆大吏，朝廷重臣。这个样子，传出去不成体统！"

吴棠这才抹一把泪水重新坐下。

李鸿章坐下说道："你老哥都卖了几个缺分，收了多少规礼，老弟我也不想再问下去了。老哥久历官场，该怎么做，自有分寸，但你老哥却须把这些细细地拉个单子给我，我才好替你说话。还有云南巡抚岑毓英，他是怎么回事？你老哥也要说得明白一些。老弟自然要回护你。但若老弟把折子递上去后，朝廷不相信，再打发个人下来，怎么办呢？还有一件事，老哥也要在这几天里办一办。丁宝桢的事，老哥大概已经知道了，他盛怒之下斩了安德海，这件事还不知结局怎么样，老哥该给上头上个折子替丁宝桢分辩几句。老哥知道，做我大清国的汉员不易，能做到督抚，更不知有多难。我们汉员之间该帮衬就要帮衬，该回护就得回护。老哥以为怎么样呢？"

吴棠低头想了又想，才道："有了，这件事只能这么办了！"

李鸿章忙道："老哥说的可是丁宝桢的事？"

吴棠道："大人容禀。罪臣适才想，安德海是宫里头的人，丁稚璜这件事非宫里头有人能在慈禧皇太后身边说上话才行。罪臣认识宫里的一名梳头房太监，此人姓李名莲英，直隶的人都叫他皮硝李。他梳的新髻甚得慈禧皇太后喜欢。罪臣可以打发个人到京师去找他，让他想办法替丁稚璜分辩一下，说不定能管用。"

李鸿章点一下头说道："老哥说的这个皮硝李，老弟好像也听人说起过，只是不曾谋过面，不知是怎样的一个人。要不要花上些银子？"

吴棠道："这都是罪臣的事，不管花多少，罪臣都要去花。罪臣保他丁稚璜平安无事就是了。天不早了，罪臣也该回去了。大人，罪臣明儿还来吗？"

李鸿章想了一下道："你老哥不要忘了老弟适才讲过的话，等把该办的事情都办妥帖了，你老哥再过来吧。记着，不要让门上认出来。天黑路滑，你老哥一路小心些。"

吴棠起身，重又深施一礼，这才推门走出去。

突发群体事件

第二天早饭过后，李鸿章带上一队亲兵，决定去看望一下曾任总理衙门大臣现归籍养病的薛焕、前湘军将领提督衔现亦回籍休养的鲍超、前藩司严树森等人，顺便也浏览一下蜀地乡下的风情。李鸿章认为，不管自己与薛焕以前有多大的过节，薛焕现在已由老虎变成病猫，他都应该主动与之握手言和。李鸿章赶到薛府以后，薛焕果然大受感动，不仅热情款待，而且挽留李鸿章在府里一连住了三天。三天里，薛焕与李鸿章说了许多知心话。

两个月过后，李鸿章认为结案的时候已到，于是挥毫命楮，上折陈述吴棠参案的查办过程及结果。

在折中，李鸿章一共向朝廷汇报了六件事：一、经过访查，吴棠赴任途中，全家上下仅五十余人，更没有向沿途地方官勒索；二、吴棠到任没有收受过各属员礼份子，也就是说没有灰色收入；三、添置水桶不是用来盛银子的，是用来挑水的；四、提督胡中和驻防一军全行撤散纯属胡说八道；五、岑毓英差官入川是来催饷，不是来送礼；六、四川绅士和在籍养病的官员们都说，吴棠是好官，不是贪官，并称颂吴棠善政宜民，可为川省造福。

折子于当日交六百里快骑拜发。

其实，在李鸿章看来，他这么做，也并非故意为吴棠洗脱罪名，实在是因为吴棠所行之事，与昔时安徽巡抚福济比起来，根本就算不了什么。这样的事情也有人要参，显然是对人不对事。何况，用一个吴棠来保丁宝桢，也是件划算的事。

李鸿章设想，一个月后圣旨便能递到，路途如果不耽搁，他完全能赶到武昌过年。但就在这时，四川顺庆府酉阳州，发生了一起团民与教民互相残杀案。

当总督吴棠把消息透露给李鸿章时，李鸿章先是一愣，随后自言自语道：“照此说来，本部堂今年又不能同一家老小过团圆年了！也不知莲儿现在怎么样了？”

没过几天，圣旨果然火速递进总督衙门。圣旨先对李鸿章查办吴棠参案的结果表示满意，随后便让他速赴酉阳州，会同崇实、吴棠二人查办此次教案，不得迟误。

李鸿章长叹一口气，着人打点行装，当日便起程赶往酉阳州。

在酉阳州，李鸿章一住便是四个月，等教案全部办结，时间已是同治九年（公元1870年）的三月。

李鸿章起程出川，恨不能一步跨到武昌。

在途中，许钤身笑着对李鸿章说道："大人，从接到圣旨的那一天起，下官就一直担心，怕您老这趟差事两头不落好。真想不到，会是这么一种结果！上头满意，吴制帅也没得话说，还间接保了丁宫保。"

李鸿章笑道："这件事我心里清楚，满意的是少数，不满意的占多数。吴仲宣这个人，人缘不好啊。"

一个月后，李鸿章一行顺利抵达武昌的总督衙门。

赵莲已于年前为李家添了一位少爷，生产极其顺利，母子俱各平安。李鸿章那颗悬了多时的心，至此才彻底落地。该子取名经述。

李鸿章此次入蜀查案，不仅保住了丁宝桢的前程，还有一个不为人知的收获：他的账上多了笔一万两银子的进项。

此时的大清国，内乱渐绝，百业将兴，通关频繁，洋务倡起，颇有中兴之象。

而曾国藩、李鸿章、左宗棠、丁宝桢等人，也被时人称作中兴名臣，声名远扬。

同治九年（公元1870年）五月，经过近一个月的休养，李鸿章决定重新着手筹办制粉钢磨制造局一事。但几乎就在同时，贵州爆发了声势浩大的苗民起义。只几日光景，贵州的部分州、县便被义军占领。

朝廷感于贵州兵力单薄，于是紧急下诏，授李鸿章钦差大臣衔，率原淮军旧部，驰赴贵州督办云贵军务，云贵两省督、抚、提悉归节制，湖广督篆暂由李瀚章署理。

李鸿章知道事急，只好把湖广的事情放下，把眷属妥为安置，也不等大哥到任，便把督篆先交湖北巡抚护理，带上一应随员匆匆赶往贵州。途中又接一旨，让他勿赴贵州，速改道转赴陕西督办军务。因为在陕西与回民义军作战的湘军悍将刘松山战死，左宗棠的楚军力不能支，朝廷不得不改变原来的征剿计划，决定先向陕甘增军。

李鸿章接到圣旨叫苦不迭，却又不得不硬起头皮飞檄各军赴陕，而他自己则带着随员缓慢前行。

也就是这时，大清国爆发了有史以来最大规模的教案——天津教案。随着事态的发展，天津教案很快成了大清国上下关注的焦点。

事情的起因是这样的：

《北京条约》签订后，法国天主教传教士在天津望海楼设立教堂，教堂内专设有育婴堂。

同治九年（公元1870年）六月，育婴堂收养的婴孩，忽然在几日间相继死去三四十余人，而就在此时，天津偏偏又出现了大规模拐骗幼孩的事件。当地百姓怀疑系教堂所为，这时偏又有人传说，教堂拐骗幼孩实为剜眼剖心作药材之用等语，百姓更加确信无疑。

这一天，百姓捉住拐骗幼孩者王三一人，并当即将其扭送至天津县衙门。经天津县知县刘杰审问，王三承认，其拐骗幼孩行为，确系教堂一名伙夫所指使。消息传出，民情顿时激愤，纷起声讨。

刘杰于是亲押王三前往教堂对证，近万名百姓亦聚集教堂前要求交出凶犯。教堂却大门紧闭，不予理睬。

法国驻天津领事丰大业闻讯，急带上秘书西蒙，奔赴三口通商大臣衙门，要求崇厚派兵弹压。偏偏崇厚没太把这事放在心上，竟然没有派兵，只打发了几名武弁前往教堂找刘杰了解事情起因。

丰大业见崇厚如此，于是大怒，当即捣毁衙署器物，又拔枪恫吓崇厚，崇厚吓得躲进内室没敢露面。

丰大业无奈，只好离开衙署径奔教堂。在路上，丰大业等人遇刘杰押王三迎面行来。

丰大业马上拔出手枪开了一枪，当即打死刘杰的随从高升。丰大业的秘书西蒙这时也拔出枪来威胁围观百姓。

围观的百姓见状，当时怒不可遏，当场殴毙丰大业、西蒙二人，随后又鸣锣聚众，焚毁法国教堂、育婴堂、法国领事署及英、美教堂等署所，打死英、美、法等七个国籍教士、商人二十余人。

曾国藩面授机缘

天津教案件发生后，英、美、法等七国，联衔向清总理衙门提出抗议，并从各国调集大批军舰于天津、烟台一带，法国水师提督伯理甚至扬言要将天津化为焦土。大清国上下顿时慌作一团。

朝廷十日三旨下到保定，调派大学士直隶总督曾国藩驰赴天津会同崇厚办理此案。曾国藩不敢怠慢，火速赶往天津，到后见大军压境，洋舰云集，担心中法两国开战，希望尽早了结此案，便严厉处置了闹事者，将其中的十八人充军流放，并赔偿法国四十六万两白银。

曾国藩的举动，不仅遭到国人的声讨，法国人也不领情，在内骂外讨声中，他身心疲惫，旧病复发，不得不向朝廷提出请假养病的要求，请朝廷另调大臣续办此案。

慈禧太后紧急把恭亲王传进宫来商量此事。叔嫂二人经过一番周密的论证，话题渐渐集中到正在陕西督办军务的李鸿章身上。

慈禧太后说："曾国藩这次替咱们挨了一顿骂，看样子，他在直隶是不能再待下去了。"

恭亲王感叹道："太后说得是，曾国藩这几年是累坏了，他是该歇一歇了。"

慈禧太后又道："直隶非同寻常，地处京师，畿辅要区，干系重大，非一般督抚可比，一定要挑一个可靠又肯任事的人才可以。你看谁行啊？李鸿章怎么样啊？我记得他刚到上海不久，就赶上白齐文闹饷的事。他不仅顶着洋人的压力办了，还办得不错，洋人都挺服他。我看这直督啊，就放他吧。让他接办天津教案，也替曾国藩分担一些毁谤。何况，洋兵云集天津，我们也要有所防范。"

恭亲王答："太后所言极是，臣下去后就让军机处紧急给李鸿章拟旨，让他带兵北援京津，以防洋人有变。"

慈禧太后想了想道："湖广总督就放李瀚章吧。人老实厚道，又跟了曾国藩多年，你让军机处拟旨吧。"

恭亲王刚从宫里下来，江宁又递进来一份八百里快骑专折。

慈禧太后看后大惊，忙又着人把恭亲王二次传进来，她把折子递给恭亲王道："真是怪事，马新贻好好的，怎么就被人给刺死了呢？看样子，这曾国藩还不能歇着，这两江啊，还得他去。这马新贻一案也来得蹊跷，先让张之万到江宁去查办此案。事关总督被刺，不能草率呀！"

派曾国藩回任两江总督、李鸿章调补直隶总督的圣旨，火速由京师递出。李鸿章此时刚刚抵达西安七日，尚未与陕甘总督左宗棠会面。圣旨命李鸿章快速率军起程，不准延误，先行赴津办案。

李鸿章接旨后，长出一口大气，他一面传令随行各营连夜拔寨回援京津，一面奏请调派江苏巡抚丁日昌赴津会办津案。

接旨不过两日，李鸿章只给左宗棠留了一封告别函便离开西安，行动极其迅速。赴津途中，李鸿章在给杨礼南的信中这样写道："中国不亟图强兵经武，徒纷纷遇事张皇，事后苟且粉饰，必至失国而后已，可为寒心。"

这一年六月，曾国藩、李鸿章这对师徒，终于在洋舰云集的天津会面了。望着憔悴不堪倒在床上的曾国藩，李鸿章泪如泉涌，双膝跪倒在恩师的床榻前，哽咽着说道："恩师，门生来晚了，让您老受累了！"

曾国藩伸出颤抖的右手，指着旁边的一把椅子说道："少荃，你总算来了！你起来坐下，老夫要跟你讲几句话。"

李鸿章忍悲爬起身来，搬过椅子坐在床前，说道："恩师，您老先歇口气，慢慢说。门生来前，已托雨生在上海请了两名洋医生，估计这几日就能到。"

曾国藩点了点头，缓缓说道："少荃哪，津案事起仓促，至今想来犹在梦中。天津风气刚劲，人多好义，加之地方官与法领事丰大业均处置不当，以致一哄而起，伤及英、美、俄诸国多人。列强专讲战争，一言不合，便动刀枪。道光庚子以来，莫不如此。眼下和局来之不易，正可发愤图强，万莫逞一时之勇，妄开衅端。

"你来之前，老夫已奏明圣上，将天津道、府、县各官革职交刑部问罪。法国公使罗淑亚得知情况，已同老夫闹过三次，定要拿道、府、县各官抵命。老夫已断然回绝于他，万难允从。洋人诡谲成性，得寸进尺；遇事专论强弱，不论是非，兵力愈多，挟制愈甚。此次津门诡谲之变，若我国无备，洋势则焰张，若有备，和议或稍议定。少荃哪，你来之前，老夫已暗调湘军张秋全队九千人，赶赴沧州一带驻防，以防不测。你是否也有兵力布置？讲讲看。”

李鸿章答：“恩师所论极是，也与门生暗合。门生接旨的当日，即令张树声、潘鼎新各营向直隶推进，又令丁日昌率江苏境内湘、淮各路兵勇乘船而来。此非为战，实为让洋人看，希望和议成功。”

曾国藩颔首说道：“少荃，你做得对。你记着，兵端决不可自我而开，以为保民之道；时时设备，以为立国之本。二者不可偏废。”

李鸿章道：“恩师说的是，门生下去后，就去会那些洋人，恩师只管在此安心养病，门生随时过来禀报进展。”

曾国藩笑道：“少荃，见到你来，老夫亦心安了。老夫虽病，但交接印绶尚能支持。你手无直隶督篆，办起事来难免不顺，也让洋人生疑。何况，两江督篆虚悬，马毂山一案也要尽快查明，老夫还是到金陵养病为好。”

李鸿章忙道：“恩师容禀，门生以为，朝廷已着江宁将军魁玉暂护督篆，马毂山一案，又着刑部尚书张之万驰赴江宁查办。恩师就算缓两个月赴任也不为迟！何况，丁日昌带着两名洋医正向这里赶来。”

曾国藩道：“少荃哪，你与老夫相处日久，老夫心中所想你该知道。老夫急欲离津，为的就是能使你放开手脚办理此案。你久与洋人打交道，深谙交涉之理。何况，湘军自被裁遣以后，你所部淮军已成我大清劲旅。洋人与你交涉，必心存惧畏，当不致索求无限，和议可成焉。老夫到金陵养病，不是更好吗？”

李鸿章含泪说道：“恩师如此说，门生不敢违拗，门生只是担心您老的身子骨啊！”

曾国藩果断地说道：“少荃，你安排一下，我们午后就交印吧。”午饭过后，稍事歇息，曾国藩便与李鸿章在总督行辕举行了交接仪式。

法国公使罗淑亚同着英国公使威妥玛、俄国公使布策、美国公使卫廉士，气势汹汹地来到总督行辕，三次要求与曾国藩会面，均遭门外亲兵拦阻。

威妥玛等人又嗷嗷叫着去三口通商大臣衙门找崇厚论理，却被告知，崇大人已于前一日进京到总理衙门去禀告案情，曾中堂与刚到任的直隶李爵相正在行辕办交接。

罗淑亚等人于是恍然大悟。

英国公使威妥玛顿足道："怪不得这几天京津一带增兵无数，原来是李鸿章来了！李鸿章的淮军可不大好惹。李鸿章来直隶任总督，我们的事情可要有些棘手。这个人可是有胆子的。"

其他人默然无语，快快散去，决定明天再向李鸿章交涉。

交印完毕，曾国藩仿佛肩头卸下一个大包袱，精神顿见好转。

他一面着人作速打点行装，一面把李鸿章召进密室，说道："少荃哪，直隶虽只十府、十二州、一百余县，但却事简而位重，靠近畿辅，有拱卫京师之责，非其他督抚所能及，是各地督抚的首领。朝廷放你来这里，一是看好了你所部淮军，二是看好了你这个人。你正可借机一展身手，实实在在地为国家办几件事情，使外洋惧我国力，不敢言战。

"老夫垂垂老矣，剩下的日子不多了，已经办不了几件事。今年你我在此话别，明年此时老夫或已作古。更多的话，老夫也不去说它了，总归不过半由人力半由天意罢了。"

李鸿章听后心酸不已，小声说道："恩师的话，门生已一一记在心里。但有一句话，门生却一直想问您老，雨生曾向您老说过的选幼童留洋的事，究竟可行不可行呢？"

曾国藩道："这件事，老夫并没有忘掉，也曾向卫廉士、威妥玛等人提起过，大致可行，但眼下不宜提起。待津案了结后，老夫一定寻机起奏，不过须你我联合起奏才有效力。"

曾国藩当日即起程离开天津，李鸿章亲自送到城门外方洒泪相别。

就在曾国藩离开天津的当日，法国与普鲁士王国爆发了大规模的战争，史称普法战争。法国政府穷于应付，连夜将停泊在天津、烟台一带的部分军舰，悄悄调回国内。

大清国总理衙门信息闭塞，对法国的事情并不知晓，李鸿章自然更无从知道。他基本上按照曾国藩拟定的方案，终结此案。

选拔官员

罗淑亚等人第二天照常若无其事地来会李鸿章。

互相礼毕，罗淑亚仍照前议不变，口气十分强硬，声称不将天津一应官员正法，法国万万不肯与大清甘休。

李鸿章笑着说道："罗公使容禀，我家曾中堂已向贵公使承诺，重修教堂，将肇事之人犯问罪正法，以消解贵国民怨。何况，天津一应官员正法，有悖常情，亦不合我大清律例，本部堂不能答应。"

"若非地方官暗中怂恿，丰大业、西蒙等人又焉能殉职？不将地方官员正法，我国断难答应！"罗淑亚大叫道，"李大人，如果天津地方官府处置妥当，我所建教堂焉能被毁！"

李鸿章答道："罗公使不要如此性急。不错，津案发生，天津地方官府确有不周详之处。但是，如果贵领事丰大业先生不开枪射人，西蒙不挥枪恫喝，岂能激起如此事变？贵我两国既然通好，就该心平气和地坐下商议后事，不可一味纠缠，徒生妄念。"

英国公使威妥玛这时道："李大人，津门事件，我国也有二人丧生。贵国曾中堂与崇大人虽已允诺厚葬，但恤银一项尚未答复。我国公民属无辜受害，贵国若处置不当，我国实难答应。我国外务部已三次查问此事。"

李鸿章答道："我家曾中堂已将贵公使的请求奏明圣上，至今尚未有旨。若有旨下来，本部堂岂能不知会足下？贵我两国通好最久，设若本部堂有意拖延，我家朝廷也不肯答应。请公使好生回复贵国朝廷，我国一定遵照所请，尽快办理就是了。"

当日会谈没有谈出什么结果，但罗淑亚的口气算是有所缓和，不再执意把天津一应地方官员正法。

很快，丁日昌率身边的几位谙洋事的随员赶到天津，加入谈判的行列，最终达成如下结果：将肇事凶犯正法，向死伤洋人遗属赔偿抚恤费，向法、英、俄、美等国支付赔偿费，共五十万两白银。所有捣毁之教堂、领事署所等，由清国负责修建如初。津案因对法国及法国民众伤害过重，大清国必须派大臣赴该国度道歉，以示修好。因天津道、府、县等一应官员已经革职问罪，这里就不再提及。

不久，圣旨颁下，命崇厚为钦差大臣代表朝廷赴法国道歉。于是崇厚调选一应随员，又到同文馆选了刚刚期满的生员张德彝等几人担任翻译，雇轮渡出洋。

经李鸿章奏请，崇厚所遗之三口通商大臣缺分暂由丁日昌署理。

天津教案了结以后，李鸿章这才赶到保定视事，并派差官赴武昌去接一家大小到保定居住。

代表朝廷赴法国道歉的钦差大臣崇厚是何许人也?

崇厚字地山，满洲镶黄旗人，完颜氏，道光举人，选知州，咸丰十年（公元1860年）署盐政，大捞了些黄白之物，把他抖得不行。经过一番打点，年底实授三口通商大臣署直隶总督。不久，因捞得太甚，遭御史弹劾，免直隶总督，赴天津专任三口通商大臣。转年初授大理寺卿，年底以兵部侍郎参直隶军事，仍驻天津专干通商一事。

李鸿章在上海创办江南机器制造总局的同时，崇厚在天津奏请创设北洋机器局。不久，崇厚在天津组织洋枪队，由英国人薄朗任领队，在烟台和减地河北岸与捻军对抗。

崇厚任三口通商大臣十余年，深得总理衙门信赖和两宫太后赏识，恩宠可想而知，也很是发了几笔大财。若不是天津教案爆发，这三口通商大臣的肥缺，真不知要让他干到何年才休。

崇厚一行人众由上海出发，历经五十几天的航行，终于到达马赛。但这时的法国正与普鲁士打得难解难分，政府无法接待他们。崇厚虽然一连叫了三声“真正不巧”，却也无可奈何，只好歇在马赛的一家客栈里耐心等待召见。

清同治十年（公元1871年）三月十五日，崇厚让翻译张德彝奔赴巴黎打探消息，希望早日见到国君。张德彝马上搭火轮赶往巴黎，一下火轮，巴黎恰巧发生巴黎公社起义，两支军队打得异常激烈。

隔日，巴黎公社宣布成立，并组织军队向政府军发起攻击，结果失败。法国当局这才腾出手来，安排远来道歉的中国使节。

张德彝成了目睹法国巴黎公社从起义到失败唯一的中国人。崇厚带上随员正式起程赶往巴黎的时候，远在保定的李鸿章，却正在总督签押房里，与丁日昌、许铃身等人，计议成立天津机器制造局的事情。

此时，差官已将李鸿章的家属由武昌接到了保定。

李瀚章已抵武昌湖广总督衙门拜印视事，三弟鹤章、四弟蕴章、五弟凤章、六弟昭庆等人，按着李鸿章的安排，统统留在原籍合肥，读书的读书，料理家务的料理家务，各有事干，倒也不寂寞。

直隶原本事少，加之道、府、县均肯任事，更促使李鸿章抱定宗旨，决定放开手脚在洋务上大干一番。

他为了使事情办得顺利，又奏调薛福成、黎庶昌、吴汝纶到自己身边任职，让这些人也能一展身手，有一番作为。

使李鸿章信心倍增，决意在洋务上大干一番的，还有另外一个因素：在崇厚出国月余的时候，总理衙门大臣毛昶熙便上奏朝廷，援两江总督兼署南洋通商大臣之例，请裁撤三口通商大臣，着归直隶总督经管，颁给钦差大臣关防，以昭信守。

此奏递上不久，朝廷便颁下圣旨："改三口通商大臣为北洋通商大臣，由直隶总督兼署并颁钦差大臣关防；改天津三口通商大臣衙门为直隶总督行馆。该督于每年海口春融开冻后移扎天津，至冬令封河再回省城。如天津遇有要件亦不必拘定封河回省之制。"

丁日昌自不必再署三口通商一缺，仍回任江苏巡抚。李鸿章却不想这么快叫丁日昌回任，他背着丁日昌上折奏请，留丁日昌会办津案未了之事。朝廷自然无不照准。

丁日昌于是就留了下来，帮着李鸿章筹办天津机器制造局的事。

这天午饭后，李鸿章同丁日昌一边在签押房喝茶，一边就议起天津机器制造局成立后的总办人选一事。丁日昌掰着手指头，点出江南制造总局和金陵制造局几位比较能干的官员。

李鸿章听后一一否决，他说："雨生，你久历洋务，应该知道这样一个道理。制器与练兵相为表里，练兵而不得其器，则兵为无用；制器而不得其人，则器必无成。天津机器制造局成败与否，关键在于用人一项。试想，江南制造总局与金陵制造局，若无你与容闳二人，岂能有现在这种局面？"

丁日昌笑着问道："爵相，您老同下官绕来绕去，这天津机器制造局，您老究竟想委谁总理其事呢？"

李鸿章放下茶杯道："雨生，本部堂说了你可不许不同意。本部堂想把江南制造总局的会办沈保靖调派过来，出任天津机器制造局的总办。你看如何？"

"沈保靖？"丁日昌闻言一愣，马上回道，"您老调谁都行，怎么非调他呢？您可能还不知道，沈保靖已经辞缺多时了！他走时发了大誓，今后不再涉足任何洋务。"

这回轮到李鸿章愣住了："这是为什么？"

丁日昌答道："下官也是听人传说，并非沈保靖亲口所言。沈保靖一次告假回籍省亲，乡里人都骂他是假洋鬼子，听说他的母亲也跟着骂。他去祠堂祭祖，却被族长给轰了出来，闹了个没脸见人。沈保靖一气之下便赶了回来，随后便向下官和容闳告了长假。爵相您想想，沈保靖的一家大小，全靠他的俸禄过活，不仅起了大屋，还置办了几十亩的田产，如今这样不分青红皂白地骂他，他怎能不伤心呢？"

李鸿章长叹了一口气道："国门虽开，偏偏民智不开；民智不开，又如何能自强呢？我大清若能多几个容纯甫、薛叔耘这样的人，离富强也就不远了！雨生，你还没有讲，沈保靖现在在哪里呢？"

丁日昌道："他倒是没有离开上海，但住进一家寺庙里，每日看书写字，抵死不肯回任。看样子，沈保靖是让'洋务'二字给闹怕了。"

"嗯，"李鸿章点了一下头，沉思着说道，"那就这样，先将他调到直隶随营差遣。他到了这里，做不做机器局的总办，可就由不得他了。沈保靖坚明耐苦，不欺不苛，最可信赖，实为不多见之能员。雨生，这事就这么定了。"丁日昌点头称是。

李鸿章又道："还有一个人，也对洋务伤透了脑筋，立志不再涉足官场半步，埋首乡间做学问。我大清洋务原本乏人，偏偏又把一些有用之士闲置到一边不理不问！真不知朝廷究竟是怎么想的！"

丁日昌笑道："下官没有猜错的话，爵相说的这个人，当是郭嵩焘郭中丞。说起来，您老的这个同年，官运真是不顺。好不容易放了广东巡抚，偏偏又和瑞麟闹起了意气。督抚不合，历来是朝廷忌讳的事。瑞麟久历封疆，又是满人，自然不能动，就只有动您老的这个同年了。"

李鸿章叹息道："筠仙识大体，好发议论，难免遭人猜忌。他偏生又最要强，每遇不明白之事，他必穷究不舍，直到弄透。我大清的官员，多是些写八股文写糊涂了的人，并不能通达世事，明辨是非。事情一来，除了互相掣肘，要不就是互相攻讦，全然忘了自己的职分，更不顾体统！”

丁日昌诺诺不止，连连称是，一任李鸿章滔滔不绝地发挥下去。

日本人的阴谋

同治九年（公元1870年）十一月四日，天津机器制造局正式成立，李鸿章暂委沈保靖为总办。

天津机器制造局成立的同时，李鸿章又在大清河、北运河之间，择地兴造弹药库一座，用来储存弹药、成品机器。

机器局一应员弁，仍大多雇用洋技师，中国技师则全部从江南机器制造总局与金陵机器局奏调。该局规模虽不及江南局宏大，但也比崇厚原设之局大出几倍。

在这之前，李鸿章见直隶兵力空虚，京师只有神机营六千人十营，口外也只有黑龙江将军管辖的马队。直隶其他要地，只有几座兵站和粮草转运局，几乎无兵。

李鸿章至此才恍然大悟，当年张宗禹为何能在几个日夜的光景，长驱直入，直逼畿辅，致使朝野震动，两宫变色，归根结底，在于直隶防守太单薄了。

李鸿章经奏请，把裁撤后已转成经制之师的两万淮勇，分三批调驻进直隶各口驻防，又在口外添募一马队，聘洋人教练。同时设总粮台一处，分粮台十处。

为使粮道水陆畅通，他又将淮军万人调到大运河沿岸，挖濠筑堤，疏理河道，直到大小船只畅行无阻。他兼署北洋通商大臣后，为使通商、行政两便，又奏请添设津海关道，在天津专设衙门，希望办事迅速，不受地方约束。又仿照上海，在天津添设了税务司衙门。

李鸿章保举记名道、刑部郎中陈钦暂行署理津海关道，天津机器制造局总办沈保靖署天津税务司。朝廷一一照准。不久，总税务司赫德加委德国人德璀琳接署天津税务司。

李鸿章到直隶不过四个月，便拳打脚踢，施展平生所学，把死水一潭的直隶，治理得轰轰烈烈，大为风光，人气眼看着一天旺似一天。

到了年底，日本国特派使臣柳原前光抵京，向总理衙门提出通商请求。总理衙门依例禀奏两宫皇太后。慈禧太后着军机处拟旨，遍询各地督抚。安徽巡抚英翰力持不可，言称“恐贻后患”。

慈禧太后拿不定主意，让军机处把英翰的折子誊抄二十几份，分送各地督抚讨论。其实，说是让各地督抚参与进来，实际上主要还是看南北二洋的态度。

南洋通商大臣是两江总督曾国藩，北洋通商大臣是直隶总督李鸿章。对外洋请求通商事宜，南曾北李最有发言权，其他督抚态度怎样却无关紧要。

曾国藩正在假中，主意自然要李鸿章一个人拿。李鸿章没有忙着上折，他让随员把一应介绍日本国的书籍俱翻捡出来，一一阅看，又请教了一名英国人、一名美国人，二人把知道的都毫无隐瞒地告诉了他。

随着对日本的了解增多，李鸿章的想法渐渐成熟，他在上《筹议天津设备事宜折》的同时，又附加《遵议日本通商事宜片》，主张与日本通商。

李鸿章认为，日本与中国一衣带水，相距不过数日程，从元代开始，两国人民就有往来。李鸿章又说，国门洞开后，欧洲各国争相来中国取利，而日本并没有凑热闹，可见是真心想与中国交好。现在中国与欧洲各国都有往来，日本要求订约通商亦在情理之中，不该拒之门外，说不定两国关系好了之后，还能为我所用。

李鸿章甚至想利用日本通商这件事，向外国派驻公使，侦探别国实在情形，达到永远相安的目的。他认识到无驻外使节的不便，明确提出，驻外使节不仅能“以侦探彼族动静，而设法联络牵制之”，更“可冀消弭后患，永远相安”。

当李鸿章提出这一设想的时候，大清国满朝文武，甚至包括恭亲王在内，还远没有认识到这点。奏议递进宫去，自然遭到王公大臣的一片唾骂。但慈禧太后经与恭亲王反复论证后，最终还是同意了李鸿章的观点，认为与日本通商终究是利大于弊，答应与日本通商。

军机处按照慈禧太后的吩咐，专给李鸿章、曾国藩二人下了一道圣旨，特别指出："因该国意向甚坚，业已令其特派大员，到时再与妥议。着曾国藩、李鸿章预行之妥筹，庶临时较有把握。"

李鸿章接旨后，考虑日使来华必先到上海，当天晚上就给江苏巡抚丁日昌递急函一件，让丁日昌委派署江苏藩司实授江苏臬司的应宝时，速到海关道衙门，借调日本与西洋各国所订之条约，并一一抄录；日使到沪后，着应宝时与海关道先行接待，会同办理，不准有丝毫差池。

第二天，李鸿章又把津海关道陈钦从天津传到保定，吩咐道："两国订约非同儿戏，钤印签字之后的东西，是不能胡乱更改的，务须提前考虑周详，预为筹划妥当，方不致出现疏漏。本部堂已函嘱江苏应臬台办理接待之事。你回津后，要派员去与应臬台会合，相商办理此事。你还要进京去同文馆一趟，挑一名倭语明白的生员带在身边，以备急用。你从京师可以直接回天津，就不用来督署了。本部堂这几日要去大沽口走一走，查验一下炮台修复的事情。"

陈钦领命后，就进京去同文馆办理挑选生员的事。李鸿章紧锣密鼓地筹备着日使来华前的一切准备工作，但让他做梦都没有想到的是，日本国此次执意要与大清国签订条约，竟然是为了一场蓄谋已久的阴谋所作的铺垫！也就是说，大清国的朝廷完全领会错了日本国的意图。

日本是岛国，西隔东海、黄海、朝鲜海峡、日本海同中国、朝鲜、俄国相望，东临太平洋。国土由北海道、本州、四国、九州四个大岛和三千余个小岛组成，面积约三十七万平方公里。绝大部分国民属大和民族，少数民族有阿伊努人等。

与大清国相比，日本岛是真正的弹丸之地。就是这个弹丸之国，从立国之初，便极具侵略和对外扩张的野心。明治维新以后，日本国面貌一新，日渐强盛，稍有国力便到西洋各国订造战船，大兴军备，随后便想将邻近的朝鲜半岛、琉球群岛及台湾岛掠为己有。但当时的朝鲜、琉球均是大清国的属国、属地，而台湾又属大清国领土。这三个地方，日本无论想攻其中的哪个，都不能不把大清国牵扯进去。日本国决定仿照西方各国的办法，打着订约的幌子，实是派人来大清国侦察国力、窥视动静，希望对症下药作出相应的策略。

同治十年（公元1871年）三月，日本国钦差全权大臣大藏卿伊达宗城，外务大丞兼文书柳原前光以及随行二十人乘船抵达上海。

应宝时按着李鸿章预先的指派，会同上海海关道带随员到码头恭迎伊达宗城一行，并安排进一家官驿住下。应宝时连夜向李鸿章及总理衙门通禀日本使团抵沪事宜。

第二天，伊达宗城郑重向应宝时提出，想带随员在上海各处参观。伊达宗城特别言明，要到军营和江南制造总局参观，以备回国后效仿云云。应宝时按照李鸿章事先的吩咐，婉言回绝了日本使团进军营的要求，只带他们到江南制造总局走了一趟。

在制造局的校炮场，柳原前光问东问西，还亲自验看开花炮的射程及效果等，显得极其虚心和兴奋。应宝时有问必答，毫无保留。

应宝时答话的时候，日本使团的部分人员，便拿出事先准备好的本子，将应宝时介绍的情况一一记录下来。应宝时不以为意，还在心里感叹："这些倭贼，什么都不知道，真是可怜！"

十几天后，应宝时接到总理衙门的谕示，命其带上日本使团，登舟赶往天津去见李鸿章。伊达宗城、柳原前光等人站在甲板上，不时询问沿途炮台的位置及驻防情况。应宝时不明就里，均一一指明；有不知道的，他便开动脑子，含糊其辞，直说得伊达宗城频频点头为止。

应宝时自以为应变得体，其实正中了日本人的奸计，也为以后埋下了诸多祸根。

李鸿章率陈钦等人到码头迎接。他先让陈钦、应宝时二人，把伊达宗城一行送到驿馆歇息，并拨派了几名差官伺候。

伊达宗城却打开随带的护书，从里面拿出一份拟好的条约，递给李鸿章道："本大臣前来，是奉天皇旨意，来同贵国签这份条约的。条约已经拟好，请贵大臣预为浏览一下，并呈请贵国皇帝陛下御准。"

李鸿章没想到日本人个子矮，性子却这般急，不由笑道："贵国皇帝陛下着伊大臣前来订约，倒是选对了人。不过，修约之事关乎两国的命脉、前程，断非一见面便可办理，总须贵我双方坐在一起，反复计议，确无疏漏后，才可画押钤印。贵大臣递上来的这个条约，本部堂可以先拿回去看一看。至于何时商谈订约之事，本部堂请旨后才能知会贵大臣。贵大臣只管在驿馆好好歇息便是。"

伊达宗城等人只好进到驿馆里头，到指定的房间去歇息。

临行，陈钦特意把守在驿馆门外的两名侍卫叫到一旁吩咐道："倭寇生性野蛮，最好打劫财物，你们两个可要看住他们，不要让他们到外面去。虽然皇上有旨，同意与他们订约，但我们却不能不预为防备。若他们走到街面上，忽然萌发恶念，潜到人家的屋子里去，杀人越货，本官不好向上头交代，你们两个也难脱干系。听本官的吩咐，把眼睛瞪大些，万莫生出意外。”他把日本使臣当成了倭寇。

两名侍卫被他一席话说得脸色顿变，顿时紧张起来。

推敲条约

李鸿章回到行馆，将请旨折子发走，这才掏出伊达宗城递上来的条约，交给应保时带过来的翻译，让他逐字逐句地翻译过来，以备阅看。

第二天早饭过后，翻译把译完的条约交到李鸿章的手上。李鸿章接过一看，胸间腾地便生出一团怒火来。

原来，日本人拟就的这个条约，从一开始便提出“照大清国与西人成例，一体订约”，接着又提出“荟萃西约取益各款，而择其优”，并特别着重地要求取得“一体均沾”的特权。

李鸿章气就气在，总理衙门以前与西方各国所订条约，是列强用枪杆子逼着签下的，均是不平等条约。如今日本初请订约，竟然也要求大清国照西人之约办理，这不是妄自尊大吗？

李鸿章把应宝时、陈钦二人传来，气呼呼地把条约一掷，冷笑着说道：“倭寇就是倭寇，一贯不知深浅！你们两个看看，倭寇递给本部堂的是个什么条约！简直是在胡说八道！这几个倭寇，胆子也太大了！他们到了我大清的疆域，还敢大放狗屁，真正可恶！”

应、陈二人不知发生了什么事，急忙拾起条约来看。陈钦把条约看了一遍，说道：“大人所言不虚，倭寇果然是信口雌黄，乱说一气。”

应宝时也愤愤道：“倭寇虽成人形，总不脱草寇的习性！依职道看来，倭寇反复请求与我国订约，却原来是心怀叵测，别有用心。职道大胆地说一句，与倭寇这约不订也罢。倭寇终非善类。”

李鸿章笑道：“朝廷既已允准倭人所求，这约自然还是要订。不过不能他们说什么便是什么，总要有我们自己的主张。你们把这个条约拿回去，逐条驳复，好好计议一下，再另拟一份出来送给本部堂看。”

圣旨如期递到天津，诏授李鸿章为钦差大臣，全权办理日本通商条约事务；应宝时、陈钦二人随同帮办。圣旨最后又特别加上一句：“着该大臣，悉心筹办，务臻妥善。”

李鸿章于是着人知会伊达宗城等人，确定会谈日期，告知会谈场所。伊达宗城面对差官，连连称谢，把腰弯成了九十度。

会谈一开始，伊达宗城不及李鸿章讲话，当先起身朗声道：“我国所拟条约各款，均系我国天皇允准后之条约，万望贵大臣不要改动。如果贵大臣执意要改动条款，便请只斟酌小节，莫动大款。如期不然，本大臣回国便无法向天皇陛下交差。”

李鸿章听完翻译的话，缓缓站起身，冷着脸子道：“本部堂听不懂伊大臣在说什么。本部堂以为，两国既然同意订立通商条约，就该从两国共同之利益发端。贵国天皇既然不准改动条约，本部堂却不明白，他缘何还要把贵大臣派遣到我国来呀？”

伊达宗城起身道：“贵大臣容禀。我国天皇派本大臣等一行前来，就是要表达与贵国订立通商条约的良好意愿。我国很尊重贵国大皇帝，也请贵国能尊重我国天皇。请问贵大臣，我国拟出的通商条约，有什么不好吗？我国完全仿照贵国与英、法等西国订约之例，并没有额外的要求啊！”

李鸿章冷冷道：“我大清与西方各国所订条约，并不适合贵国。何况，英、法各国与贵国的情形也不尽相同。如果贵大臣执意要照搬我大清与西国订约之成例，本部堂只能说一句：贵国与我大清订约之请求，我国不能答应。本部堂还想告诉伊大臣，伊大臣会商前递交过来的条约，本部堂已全行驳复。如贵国诚心要与我大清订立通商条约，则须重新商谈，不能搬抄与西国成约之例。”

伊达宗城听完李鸿章的话，竟半晌无语。

柳原前光这时起身说道：“请问贵大臣，本国与西方各国一样，都是对贵国非常友好的国家，贵国应该一视同仁，不能做让我国天皇感到失望的事。”

李鸿章笑着说道：“柳大臣的话让本部堂更加听不明白了。我们两国尚未正式订约，不知贵国天皇缘何要失望？柳大臣莫非在同本部堂讲笑话不成？”

柳原前光未及讲话，伊达宗城起身说道：“本大臣一行，确是秉承我国天皇的旨意，怀着美好的愿望来到贵国的。希望贵大臣能将我国的请求，转呈给贵国大皇帝，请答应我国与贵国订立通商条约的请求。”

李鸿章听完翻译的话，笑着对陈钦说道：“陈道，你同他讲吧，容本部堂喝口茶水。”

陈钦忙起身道：“贵大臣容禀，我家钦差李大人已经言明，我国大皇帝已经答应同贵国订立通商条约，只是不能搬抄我国与西国订约之例，须重新拟定。如贵大臣无异议，我们双方就计议商讨一下将订条约之款项。”

伊达宗城与柳原前光小声交流了一下想法，总算同意了陈钦的话。

会商整整进行了二十几天，双方对将成之条约几乎到了逐字逐句推敲的程度，才最终达成一致。

李鸿章反复斟酌，确认可行后，才着文案誊写清楚迅速递往京师。

他此次代表大清国共与日本达成三十一款条约，主要有下列几条：“一、日本货指定口岸销售，不准运入内地（大清国开放口岸十四个，日本开放八个）；二、日本不准入内地置买土货；三、两国所属邦土，不可稍有侵越；五、两国人民在彼国有犯凶盗，及诸重大案情，或聚众十人以上，由地方官分别会办，或径行严办；六、彼此往来，不得携带刀械……”

条约中另有：“两国商货进入对方口岸，均照双方海关税则完税；两国在对方指定口岸可设领事，约束本国商民，民事案件归领事审理，刑事案件则由领事会同地方官共同审理。”

此次与日本所订之通商条约，与大清国在此前与西方各国历次签订之条约相比较，还算比较合理，也反映了大清国同日本真心修好的愿望。但伊达宗城与柳原前光二人，自始至终都对这个相对平等的通商条约不满意，他们违心地同意签约，其实只是权宜之计，他们正酝酿更大的阴谋。

圣旨很快颁下，朝廷对订约条款一一照准。

双方于是又重新坐在一起行画押钤印之事，然后便是举行酒会，将各国驻天津领事一一请来，通报消息。

伊达宗城等一行于第二天便告别李鸿章，由陈钦、应宝时二人陪同，由陆路赶往京师，依礼去拜会总理衙门及恭亲王等人，同时与总理衙门会商成立日本驻大清国公使馆的事，为了以后能随时了解、掌握大清国的军政动态。

李鸿章依礼制加派了一队兵勇护送。

中日通商条约签成，李鸿章真正是长出了一口气，但他并不知道，只因有了这个相对平等的条约，他李鸿章在慈禧太后和恭亲王的心目中，已非昔日的李鸿章，他已被慈禧太后列入外交能臣行列了。

恭亲王一连几日在王公大臣们面前夸奖说："这个李少荃，真是一等一的外交人物，本王总算没有看错他！"

慈禧太后则在私下感叹："想不到这个李鸿章年纪不大，办起事来竟这么老成！"

第二章
恭亲王点拨李鸿章

曾国藩与李鸿章密谈

同治十年（公元1871年）六月初，李鸿章满四十九岁。

各种赞誉之声，李鸿章当然有所耳闻，但他却没有时间陶醉。

在伊达宗城一行离开天津的当天，李鸿章便匆匆赶回保定，将应该办理的事情都办理了，十天后，又马不停蹄赶回天津。

在天津行馆，李鸿章稍事休息了两天，即带随员及一队亲兵，应曾国藩之邀，登船赶往金陵，商议奏请选派子弟出洋学艺起稿的事。

行前，他给江苏巡抚衙门发函一封，让丁日昌会同容闳等人到金陵的两江总督衙门会面。

李鸿章的官船沿江行来，每到一处炮台，船便缓行，这时他便要站立到甲板之上，用千里镜查看驻防的情况。

江面平平坦坦，水鸟在空中盘旋，不时有漕运粮船驶过和驻防水师的巡逻木船往来。望着这清平的江面，李鸿章不觉心旷神怡，豪情万丈，想起了在安徽帮同吕贤基办团练的情景，想起了同东捻赖文光部作战的日日夜夜，想起了西捻首领张宗禹，同时，他也想起了冬梅。一想起冬梅，胸间便升起一团愧疚，眼里跟着便溢满泪水。

忽然，一艘英国人的铁甲战船冒着黑烟迎面行来，速度之快，简直是官船的三倍。

李鸿章急忙收泪，把脸极不自然地扭向别处，愤恨地吐了一口唾沫，咬牙对身边的差官说道："迟早有一天，我大清国也能造出这般模样的铁甲船来！"英轮飞驶而过，给官船的上空罩上缕缕青烟。

经过几天的航行，船抵金陵码头时，正是午后时分，丁日昌、容闳等人，俱穿着簇新的官服，正站在岸边迎候。

李鸿章在侍卫的搀扶下走下船来。施礼毕，各官员俱乘轿回城。

进了官厅，李鸿章带着各官员向曾国藩施礼、问安。曾国藩含笑相扶，传人看座、摆茶。

李鸿章坐在曾国藩的旁边，细细地打量着曾国藩，一边笑着说道："恩师，门生看您老面色红润，精神可是比在保定时好多了！"

曾国藩眯着双眼缓缓说道："少荃哪，与日本订约的事，你办得好啊，总算让我大清，把丢在西人身上的脸面，争回了一些。你替朝廷办了这么一件大事，照理说，老夫该亲自接你才对，可老夫腿发麻，手发颤，左眼恍惚能看见你，右眼却什么也看不见。老夫与你们相见的日子，是越来越少了！"

李鸿章忙安慰道："恩师快别这么说，您老的病还不是累出来的吗？只要好好调理一番，说不定，您老还能统军呢！"

丁日昌也道："老中堂啊，您老才只花甲，日子还长着呢！"

曾国藩抬起右手挥了挥："好了，不说这些了。少荃位列督首，来一趟不容易，我们还是谈正事吧。选派幼童到西国去学艺这件事，老夫思虑了许久，又和美国公使卫廉士、英国公使威妥玛言及此事，他们均表示同意，但须两国朝廷正式签约，束脩、膏火、屋租、食用等项须自备，生员亦由我国派员自行管理。

"老夫回到金陵后养了几日病，又查办了一下马毂山被刺一案，最近感觉精神略可支撑，便预先起了个稿子，也不知行不行得通，还有哪些疏漏。老夫约你们来，就是议一议老夫起的这个稿子。这大概是老夫办的最后一件事了，也可能是老夫上的最后一个折子。"

曾国藩话毕，由案上拿起草稿，递给李鸿章道："少荃哪，你同雨生、纯甫两个议一议。老夫虑事不周，西国的事情知道得又少，不要有什么疏漏。"随即端起茶杯喝了一口茶水，又道："老夫还是那句老话，谋事在人，成事在天。以后怎么样，老夫大概就管不着了。少荃，烦你扶老夫起来，老夫现在不能久坐。你们议你们的，老夫到里面歇息一会儿。”李鸿章急忙扶起曾国藩，师徒二人慢慢向里面走去。

厅子里的人全部起身，目送着二人离去。李鸿章在密室里又耽搁了半个时辰才回到官厅。显然，有一些话，曾国藩只想说给李鸿章听，不想让外人知道。

李鸿章在金陵整整住了十天，陪了曾国藩十天。师徒二人究竟谈了什么，外人不得而知，但折子却是千真万确拟出来了。

该折仍由曾国藩起稿，李鸿章、丁日昌会衔。折子的题目是：“拟选子弟出洋学艺折”。

折子一共向朝廷讲述了三点向发达国家派遣留学生的好处：一、知道海外情形，可掌握其强国要领；二、可深入学习舆图、算法、步天、测海、造船、制器的方法；三、欧洲各国擅长之技，中国皆能谙悉，然后可以自强，进而达到以夷制夷的目的。

折子最后又写道：“近年来，设局、制造、开馆、教习，凡西人擅长之技，中国颇知究心。须经费均蒙谕旨准拨，亦以志在必成。虽难不惮，虽费不惜，日积月累，成效渐有可观。兹拟选带聪颖子弟赴外国肄业事，虽稍异意，实相同。”

折子拜发的当日，李鸿章便离开金陵，在丁日昌、容闳等人的陪同下，登船赶往上海。曾国藩由侍卫扶着，把李鸿章等人送出辕门，眼望着他们上轿离去。侍卫这时说道：“老爵相，您老到里面去歇着吧。李爵相和丁抚台、容大人他们已走远了。”

曾国藩却忽然长叹了一口气，说了一句让侍卫莫名其妙的话：“以后的大清国何去何从，可就看他的了！”

曾国藩口里的这个“他”，具体指的是谁呢？李鸿章？丁日昌？容闳？侍卫颇感好奇，却没有胆量问个究竟。

提倡留学引发争议

到上海的当天，李鸿章先到江南制造总局走了一遭，见了见洋技师，问了一下做工情况，然后便由丁日昌陪着，到驿馆去歇息。

屋里只剩两个人的时候，丁日昌悄悄对李鸿章说道："爵相，老相国的身子骨，看样子撑不了多长时间了，他还有一件事放不下。"

李鸿章点头说道："雨生，老相国放不下什么事，你不说本部堂也知道，是蒲安臣出使这件事，对吧？"

丁日昌道："爵相所料不差，老相国担心，蒲安臣会给朝廷惹来什么麻烦。老相国同下官讲，再怎么说，他蒲安臣也是一个美国人。大清的事情，总要我大清自己说了算。委个外国人在外面招摇，这像什么话呢？"

李鸿章道："这件事是恭亲王一手操办的，虽说太后点了头，但她毕竟不知外面的情形。恭亲王定准的事情，谁敢说什么呢？对了，本部堂托你办的事情怎么样了？这次在金陵，本部堂特意为经方的事情请教了一下劼刚。劼刚说，经方同洋人会话没有什么阻碍，笔力稍差些。"

丁日昌笑道："下官正要说这事。经方大少爷的事，下官已经办妥当了，是制造局里的一位英国技师做的担保。先到巴黎见习学堂见习一年，然后转入正规学堂。这一二日，一应文书便能办齐。"

李鸿章点一下头道："经方已是十四岁，该出去历练历练了。八股已到末路，经世致用才是当务之急。"两个人又说了一会儿闲话，丁日昌便告辞出去，自去办自己的公事。李鸿章当晚便歇在驿馆。两个人口里的蒲安臣出使是怎么回事呢？

蒲安臣原本是美国外交官，咸丰十一年（公元1861年）被派遣担任驻大清国公使馆公使，任职期间与恭亲王相善。同治六年（公元1867年），蒲安臣担任公使期满，美国另委派卫廉士担任公使。

这时，总税务司赫德向总理衙门提出建议，可否让蒲安臣出任大清国"办理各国中外交涉事务大臣"。赫德的理由是："蒲安臣心性忠厚，又曾游历过西方多国，熟悉各国的情况。"恭亲王原本对蒲安臣就存有好感，如今经赫德一荐，他当即表示赞同，并马上向慈禧太后进言，希望成功。

慈禧太后原本就对外面的事情不甚了解，凡涉及西国，几乎是恭亲王怎么说便怎么办，极少驳复。此次也是这样。

恭亲王于是将蒲安臣留在京师，又从各地凑了几名五六品的官员，京官则有曾国藩折子中提到的志刚和孙家毂二人。志、孙二人均在国外游学多年，是京师有名的西洋通。志刚时任总理衙门章京，孙家毂是礼部郎中，很快便组成了大清国蒲安臣出访使团。

恭亲王为使这个使团受到各国的重视，又为蒲安臣特制了“钦差大臣”和“大清国办理各国中外交涉事务大臣”两颗印信，把个蒲安臣喜得几次在梦里笑醒。

同治七年（公元1868年），蒲安臣率使团从京师出发，代表大清国访问美、英、法、普、俄等国，并于当年七月，在美国华盛顿与美国国务卿西华德签订了《中美续增条约》，无限扩大美国在华的侵略权益。

同治十年（公元1871年）四月，蒲安臣使团到达俄国，尚未进行正式访问，蒲安臣便于抵俄的第二天突发急症死去。使团于是不再成为使团，开始打道回国。

曾国藩当时并不知道蒲安臣已经去世，恭亲王与总理衙门知道消息也是在使团回国后。蒲安臣事件是恭亲王一生当中办得最愚蠢的一件事，不仅受到有识之士的普遍嘲笑，也让当时许多在华的外国人感到不解，认为这很幼稚。大清国的种种祸根，就是这样被一点一点埋下的。

李鸿章在上海耽搁了四十几天，把要办的事情全部办完，这才起程回天津。到了天津，自有一班官员迎候。他乘轿来到行馆，刚刚坐下，想喝口茶水歇口气，偏偏圣旨到了。

他急忙重新换上顶戴官服，亲自赶到大官厅接旨。

旨曰：“据曾国藩所奏，选派子弟出洋事宜，事关重大，着李鸿章速赴京师议事。钦此。”选派幼童出洋一事，朝廷这么快便有旨下来，这倒大出李鸿章的意料。李鸿章不敢耽搁，连夜赶往京师，当夜入住贤良寺。他此时并没有想到，紫禁城里正有一场大的辩论在等待着他。

翌日，刚用过早饭，总理衙门便派过来两名引路的差官。李鸿章简单漱了漱口，便乘上大轿，直接进宫。

宫门外，一溜排着十几顶绿呢轿子。轿夫们正凑在一起，讲着什么开心的事情，人群不时传来些笑声。李鸿章下轿，早有宫里的两名太监过来施礼问安，称："奴才奉太后懿旨，在此恭候李大人多时啦。李大人，请随奴才进去吧，大人们都等着呢。"

李鸿章被太监一直领进两宫听政的养心殿。太监先去报信，里面很快响起一个"传"字。李鸿章低着头走进去，照例是双膝跪倒，先给皇上请安，然后又给两宫皇太后请安。

李鸿章爬起来后退到大学士行列立住，用眼偷偷看了看两旁。

大学士一边站着的是瑞麟、朱凤标、单懋谦、文祥。文祥虽是协揆，但却站在头里。官文于正月因病去世，倭仁于五月因病去世，依着老例，两个人空出的大学士缺分要半年以后才能递补。军机处一边站着的是宝鋆、沈桂芬、李鸿藻三人。礼部侍郎徐桐和大理寺卿潘祖荫站在一处。后面还站列了十几人，李鸿章没有看清面目，估计也是三品以上大员。大臣的前面站着的是三位王爷，依次是恭亲王奕䜣、醇亲王奕譞、礼亲王世铎。

慈禧太后这时说道："你们已经吵了几天了，现在李鸿章来了，咱们再议一议关于选派幼童到西国的事。李鸿章啊，你与曾国藩、丁日昌联衔上的折子，你先说一说吧。有些事情啊，能办，咱就紧着办；不能办呢，咱也别拖着！"

李鸿章跨前一步，低头说道："禀皇上、两宫皇太后，臣以为，西方各国强大，不唯船坚炮利，更有舆图、算法、步天、测海等均我所不及。现我大清虽设同文馆，又有上海广方言馆，又设有江南、金陵、天津三处制造局，福建还设了船政局，但这些仅能步西人后尘，无法学其精华。我欲强大，非学其精华而不能达到目的。想将西人现有之强国精华，真正窥探明白，非选派幼童深入其国学习不可。此种念头，并非督臣曾国藩、抚臣丁日昌与臣突发奇想，实已探究多年。请皇上、两宫皇太后明鉴！"

慈禧太后"嗯"了一声，尚未言语，礼部侍郎徐桐已跨前一步禀道："禀皇上、两宫太后，臣以为，李鸿章适才所言，于情不符，于理有悖，实属荒谬之极！我大清乃堂堂天朝圣国，皇上及两宫太后恩泽四海，岂是小夷小邦君主所能及？如今夷人窜入我境，形同鬼怪现身，显其制器淫巧，不过张天师魔法一样，吓吓人而已，岂能视作常情？臣还有一比，孙悟空有七十二般变化，到头来终不过是一只猴子。臣恳请皇上、两宫太后明鉴，万不可被妖言所惑！”

李鸿藻未及徐桐把话说完，便腾地迈出一大步，朗声道：“禀皇上、两宫皇太后，圣人有云：君主当以德治国，臣子当以忠报国。我大清立国百年，拥有四方疆土，恩泽遍及四海，小夷小邦莫不急相朝拜，靠的就是一个‘德’字。圣人所谓厚德载物，此之谓也。务望皇上、两宫太后明察。”

一人未及李鸿藻退下，便从后面旋风一般地走了过来，当庭跪倒。

李鸿章吓了一跳，定睛一看，方知是内阁学士翁同龢。翁同龢大声说道：“禀皇上、皇太后，臣以为，曾国藩与李鸿章所请万不能答应。我大清立国百年，靠纲常维系至今。设若将幼童派赴西人那里，必沾染西人的匪盗习气，回来之后，性情定然大变，甚而坏我伦理，乱我纲常，其患更大于夷患。万望皇上、两宫太后三思！”

翁同龢是咸丰朝状元，笔下功夫自然好，谈吐也好，颇负盛名。他简简单单的几句话，便让各位王公大臣毛骨悚然，脊背发凉；慈禧太后也愣怔了许久开言不得。文祥这时跨前一步，说道：“禀皇上、两宫太后，奴才也想说句话，请皇上、两宫太后恩准。”

慈禧太后点了点头，说道：“文祥，你说吧。你是怎么想的呀？”

文祥说道：“禀皇上、两宫太后，奴才以为，翁大人的话有道理也无道理。翁大人适才所言，幼童到了西国之后，必沾染西人的匪盗之习气，奴才以为翁大人言之有理。但翁大人又说，幼童到了西国之后，性情定然大变，甚而坏我伦理，乱我纲常，其患更大于夷患。

“奴才以为，翁大人此言不仅毫无道理，且近乎胡说八道。奴才想问翁大人一句，幼童尚未选派出去，你怎么就敢肯定，他的性情定然要大变呢？奴才亲眼所见，总理衙门章京志刚、刑部郎中孙家穀，两人都曾在西国游学多年，不仅学会了西国语言，还懂得许多西国的事情。性情不仅毫无改变，且极重伦常。否则，蒲安臣出使西国，朝廷怎么能偏偏选中他们两个随行呢？西国强大，已是不争的事实，这怎能同虚无界中的鬼怪相提并论呢？”

慈禧太后见文祥越说越多，不由笑着道：“文祥啊，你要说什么，我已经知道了，也无非还是那句老话，以夷制夷。不过呢，李鸿藻、翁同龢他们几个所说，也都有道理。咱们哪，还是慎重点儿好。防患于未然这句话，总是有道理的。”

文祥退下后，慈禧太后又说道：“李鸿章啊，陈兰彬和容闳这两个人到底怎么样啊？听人说，容闳很早就加入了美国籍，这个人可靠不可靠啊？”

李鸿章跨前一步低头答：“禀皇上、两宫太后，刑部郎中陈兰彬现在金陵制造局出任协办。该员久在曾国藩身边办差，与洋人广为接触，对洋事洋务颇为熟悉。容闳籍隶广东香山，打小便经人介绍，进入美国学堂读书。他回国后，先在广州美国公使馆、上海海关任职，后随督臣曾国藩办安庆枪械所，并受督臣曾国藩指派，到美国购买机器。现在江南及金陵、天津等处制造局的洋技师，均系该员从美国聘请。容闳因为熟悉西国的情形，办起事来颇为得力。现在江苏抚臣丁日昌要办的洋事，也都依赖于该员办理。请皇上、两宫太后明察。”

慈禧太后沉吟了一下，说道：“恭亲王啊，你带他们先下去议吧。皇上累了，我们也累了。告诉他们，有话好好说，不要动不动就吵。有些事情，多议议只有好处，没有坏处。李鸿章啊，你上次同日本订的通商条约，王公大臣们都很满意，皇上也很满意。你呢，就多往这方面上上心。直隶若没什么事，就多往京里走走。你是直隶总督不假，可你还是我大清的协办大学士啊。”

李鸿章点头称是，然后随在各大学士的后面退出来。到了门外，恭亲王拉了拉李鸿章的袖子道：“少荃，走，跟我回王府，本王要对你说些事情。”李鸿章默默地点了点头。

内部消息

轿子很快停在了王府门首，李鸿章随恭亲王到书房落座。

恭亲王一边吩咐上茶，一边对李鸿章说道："少荃，你可能还不知道，福建船政局，可能要办不下去了！"

李鸿章一惊，忙问："王爷，福建船政局不是好好的吗？怎么会办不下去呢？"

恭亲王叹口气道："还不是一个'钱'字！没有银子，什么事都办不好！船政局花了近二百万两银子，到现在还没有造出一艘像样的船来。宋晋、徐桐等人，已给太后上了几个折子，请求把船政局关掉，太后被他们闹得也不知怎么办才好。昨儿，太后还向我问起这事。我让你来就是想问问你，有没有什么好主意能让船政局办下去？越赔越多，却毫无成效，朝廷赔不起呀！"

李鸿章想了想答道："王爷，江南制造总局和天津机器制造局，采用的都是外借洋款的方式来维系运作。船政局不妨也试试这个路子？"

恭亲王道："你说的这些我也想过，但终非久局。少荃哪，本王给你个题目，就是船政局，还有你办的几个制造局，以后究竟怎么办才好？既能省银子，又能把局子办下去。靠借外款只能是权宜之计，洋款利钱高不说，洋人一旦反目，不再往外借钱，咱们这些制造机器的局子还办不办？"

李鸿章皱起眉头答道："王爷，这可是个大题目，想一下子做成文章，恐怕办不到，总要慢慢摸索才行。但无论怎样，下官以为，福建船政局不能裁撤。王爷，西人专恃其枪炮轮船之精利，横行于中土，使我国国民深受其害。下官与日本订约之时，得知该岛国虽只弹丸之地，与西国通商之后，添设铁厂，多造轮船，变用西洋军器，无不为了保全自己不受西国之害。

"我大清广设制造局，设立船政局，无非是为了自保。下官以为，我大清诸费皆可省，惟养兵设防、练习枪炮、制造轮船之费不可省。王爷一定向皇上、皇太后奏明，造船制器，关乎我大清安危存亡啊！"

恭亲王笑着说道："好了好了，你说的这些我都懂。现在还只是浅议，还没到决定的时候。真到那时候，你再把你的这套理论写在折子上，也不为迟。你随本王先去用饭，今儿本王请你喝西洋皮酒①。"

李鸿章忙答道："谢王爷抬举。西洋皮酒下官在上海时喝过几次，味道有些怪怪的，挺打鼻子。下官这次进京，也给王爷捎了个小玩意，等一会儿，下官着人去贤良寺拿过来。"李鸿章说着话，又从袖里摸出一张银票，往桌上一放："下官来得太仓促，是个意思吧。"

恭亲王边起身边道："你呀，不要总想着我。醇亲王、礼王那里，你也要时不时地去走走，免得他们挑理。少荃，听说你走了一趟金陵，曾侯究竟怎么样了？要紧不要紧哪？看的是中医还是西医？"

李鸿章叹口气说道："咳，难得王爷还挂念着我恩师。他老的身子骨，比在保定时略强些，估计没什么大碍。雨生给找了两个西医，下官在天津也给找了几个，但总是不见有大的效果。下官听说，宫里也打发了两个太医过去。不过，他老总算支撑着还能做些事情，只是眼睛越来越不行了。咳！"

恭亲王笑着说道："好了，咱们不说这些了。饭后啊，咱俩得好好议一议这选派幼童的事。这是我大清立国以来从未做过的事情，堪称一等一的大事情。这件事情啊，一定要想周全些，万不能出纰漏。"

李鸿章问道："王爷，这事儿，不到衙门里去议吗？再说，太后也没有点头啊！"

恭亲王道："少荃，你是真不明白，还是装不明白？西边分明已经松口了，只要我们定下章程，这事儿就可以办了！你以为第一批选多少人合适呢？"

李鸿章答："下官以为，好像不能少于三十人吧？如果见成效，就陆陆续续地办下去。倘若不行，我们再从头计议。"

恭亲王点一下头，说道："少荃，本王给你透个内部消息，你上次同日本签订的条约呀，西边挺满意，许多大臣也都没话说。看样子啊，你这次递补大学士，应当很顺利！"

李鸿章忙答道："王爷容禀，下官递补不递补大学士倒没什么要

①当时人们习惯称啤酒为皮酒。

紧，只要下官能实实在在地为我们大清办几件实事也就知足了。适才在宫里，王爷看得比下官明白，现在想办成一件事情，难哪！李鸿藻、徐桐、翁同龢这帮子人，恨不能把下官一口吞进肚子里去！”李鸿章说着说着眼圈明显地一红。

恭亲王笑道：“少荃哪，你这回可是说错了。其实翁同龢倒不算什么，如果倭仁活着，这选派幼童一事啊，说不定还真能让他给搅黄了！还有那个徐桐，上年顺天府乡试，放他做主考，你猜怎么着？凡是姓杨和叫西什么的，他一概不取！倭仁活得值啊，他老算是后继有人了！”

徐桐和倭仁一样，都是大清国极负理学之名的人物。他是汉军正蓝旗人，字豫如，号荫轩，道光进士。累官翰林院检讨、实录馆协修，编纂《文宗实录》。同治初，选同治帝师傅。同治九年（公元1870年），擢太常寺卿，署都察院左副都御史，同治十年（公元1871年）升授内阁学士。

徐桐极其守旧，尤其痛恨外国事物，门人有敢谈西学者，他一旦听说，即不许入见；平常与人谈话，绝口不提洋、西二字，凡杨姓的京官，他一概不理，叫西什么或什么西的，也是他的仇家。大学士倭仁生前，能入他老法眼的京官，也只徐桐一个。徐桐能到内廷行走，充同治帝的师傅，也全仗倭仁的举荐。

倭仁视徐桐为朝廷的宝贝，倭仁在徐桐的心目中，亦是国家的头等栋梁。倭仁因病去世，京师文武百官照常上下衙门，独徐桐一个告假三天默哀。

恭亲王所料不差，李鸿章回到保定未及一个月，慈禧太后便恩准了选派幼童留洋这件事。总理衙门着各地督抚认真办理此事，朝廷并下专旨委曾国藩与李鸿章全权督办此事。

圣旨下到保定的时候，保定直隶总督衙门正为总督夫人赵莲忙碌着。夫人赵莲正在上房分娩，有两个接生婆伺候在床前。十几个丫环、使女、婆子往来端水、送水，忙得不可开交。老太太坐在自己的房里，不时问下人一句：“怎么还没动静？”

身边的下人被她催得脚不沾地地一趟趟跑出去打探动静。

李鸿章倒背着双手，一脸喜悦地在签押房走来走去，脑海却不时闪现着冬梅的面容。分娩是喜事，可也是女人难过的一关。李鸿章真恨不得几步走进赵莲的房里，安慰她几句。但他却不能走进去，因为老太太已提前有了交待，男人看女人生产是世间顶顶不吉利的事情，尤其是官宦人家，更要坚守这规矩，不可含糊。

李鸿章的鼻子上很快便急出一层汗珠来。上房里终于传来一声婴儿的啼哭声，李鸿章猛地止住脚步，认真地用耳朵聆听这哭声。一名下人急匆匆地推开签押房的木门，边施礼边笑容满面地说道："恭喜大人贺喜大人，二奶奶生了！是个小少爷！"

李鸿章一听这话，不由长出一口大气，一屁股坐到椅子上，许久才说道："告诉管家，预备赏钱！"

下人忙深施一礼道："奴才谢大人恩典！"随后乐颠颠地转身离去。李鸿章心花怒放。他一边用手摸着胡须，一边自言自语道："是个小少爷，小少爷。连经方算在一起，我李鸿章有三个儿子了！"

一连几天，总督衙门人来人往，直隶境内的大小官员俱来贺喜。此子取名经迈，字季高，李鸿章希望经迈长大成人后，能像左宗棠那样，敢说敢做，驰骋沙场，将来能成为国家的栋梁。

李鸿章摆过经迈的满月酒，便带上随员赶往天津，会着淮军行营内文案、充营务处会办兼署天津机器制造局帮办盛宣怀，一同登船赶往上海，督办挑选出洋幼童的具体事宜。

盛宣怀入幕较晚，但办事的能力却颇让李鸿章欣赏。盛宣怀时年刚刚二十八岁，虽读过书，但并未进学，花银子捐了个贡生算是有了出身。盛宣怀是江苏武进人，字杏荪，又字幼勖，号愚斋、止叟。

他一直给在上海经营钱庄生意的杨宗濂当伙计，颇得杨的信任，不久便被拔擢到协理的位置，成了杨宗濂的左右手。盛宣怀做事认真，肯吃苦，为人仗义，最爱交际，上海中外商界，莫不与他相善。

同治九年（公元1870年），杨宗濂为使盛宣怀有更大的发展空间，便忍痛割爱把他介绍给李鸿章充幕僚。盛宣怀很快便让李鸿章对自己刮目相看，不仅派充了淮军行营内文案、营务处会办两个差事，还被调进天津机器制造局，做了沈保靖的帮手。

曾国藩去世，李鸿章升官

到了上海不几日，李鸿章便与丁日昌、陈兰彬、容闳等人，拟出了选派幼童出洋的具体章程。该章程由专人递到江宁，经曾国藩同意后，便以李鸿章的名义上奏朝廷，作为各地督抚办理的依据。

此折名为《幼童出洋肄业事宜折》。折子先举荐四品衔刑部候补主事陈兰彬、运同衔江苏候补同知容闳，分别出任幼童留洋正、副监督，然后才汇报具体办法及款项出处。

该折先经总理衙门与军机处审议，最后才递到慈禧太后手上。慈禧太后浏览了一遍，又礼节性地给慈安太后看了看。慈安太后照例很快把折子又送回到慈禧太后那里，让太监捎了句“妹妹看着办吧”这样的话。

慈禧太后于是便一一照准，并命军机处将该折发给各地督抚照此办理。这件事渐渐成了大清国民街头巷尾议论的热门话题。一时间，嘲讽者有之，谩骂者有之，赞赏者亦有之。但无论怎么样，这件事情终于还是轰轰烈烈地办起来了。

同治十一年（公元1872年）正月，曾国藩在两江总督任所上去世，举国震悼。李鸿章当时正在保定筹修永定河河坝一事。

当曾国藩病逝的消息传到后，尽管李鸿章知道这是迟早的事，但他还是感到有些突然，心中难免悲伤。

在他看来，曾国藩虽病重，但起码能活到把第一批出洋肄习技艺的幼童送出国门。孰料，曾国藩偏偏没有等到。

李鸿章马上把手头的事务俱交付给布政使督办，带上薛福成、黎庶昌及少许亲兵，很快起程赶往金陵，为曾国藩治丧，料理后事。

来到金陵，李鸿章、薛福成、黎庶昌等人跪倒在曾国藩的灵前，大放悲声。很快，随行差官将李鸿章、薛福成二人各拟的挽联悬挂在灵堂之上。

李鸿章拟的挽联是：

师事近三十年，薪尽火传，筑室忝为门生长；
威名震九万里，内安外攘，旷代难逢天下才。

薛福成拟的挽联是：

迈萧曹郭李范韩而上，大勋尤在荐贤，宏奖如公，怅望乾坤一洒泪；

窥道德文章经济之全，私淑亦兼亲炙，迂疏似我，追随南北感知音。

很快，左宗棠为曾国藩拟的挽联也由专人送到。

左宗棠拟的挽联是：

谋国之忠，知人之明，自愧不如元辅；
同心若金，攻错若石，相期无负平生。

李鸿章到金陵不久，朝廷连下三旨表彰曾国藩生前之功，并特赐谥号为“文正”。

为曾国藩治丧期间，李鸿章密荐自己的进士同年福建巡抚何璟暂署两江总督，朝廷准奏。何璟也是曾国藩幕府造就的封疆大吏。

何璟字小宋，广东香山人，不仅与李鸿章是进士同年，且同被选为翰林院庶吉士。期满授编修，累官监察御史、安徽庐风道。咸丰十一年（公元1861年），经李鸿章推荐，得入曾国藩幕，总办湘军营务处，官星开始渐显。同治二年（公元1863年），授安徽按察使；同治九年（公元1870年），赏二品顶戴授福建巡抚。

在李鸿章的操持下，曾国藩丧事办得风风光光，朝野均服。回到保定两月后，李鸿章递补东阁大学士，成了名正言顺的相国。也正是此时，津海关道陈钦由天津风风火火地赶到保定。陈钦见到李鸿章，先行大礼，口称：“职道匆匆赶来，一为来贺大人拜相之喜，一为有一件要事要向大人禀告。”

李鸿章见陈钦一头汗水，不由问道：“陈道，看你的样子，莫非天津出了什么事故？制造局又短银子了吗？”

陈钦道：“爵相容禀，不是制造局出了什么事故，而是倭人又来了！”说完从护书里取出几页纸来递给李鸿章道：“倭人言称，去岁与我大清所订之条约，天皇极不满意，必须改订。他们此次前来，就是为办理改订条约而来。这是倭人拟好的改订条约，请大人过目。”

李鸿章翻了翻，见全是日文，便高呼一声：“来人！”

一名侍卫应声而人，李鸿章把条约递给他，道：“立即送到翻译馆，让翻译连夜译出来，不准耽搁。”侍卫急忙接过，答应一声并快步走出去。

李鸿章用手指了指椅子道：“陈道，你先坐下。”随即又高喊一声：“给陈大人上茶！”外面很快有人把茶摆进来。

陈钦坐下道：“大人，职道行前，特把倭人新拟的条约让翻译大略看了看。据翻译讲，倭人新拟的这个条约，与我大清国同西国所订之条约相近，同时又添加了许多利权。”

李鸿章气得猛地站起身来，用手一击桌面道：“这几个蠢贼！他还反了天呢！你先下去歇着，等本部堂看过条约，再传你商议。本部堂原打算与倭人联手对付西人，哪知倭人的胃口比西人还大！倭寇终究是寇，不可为伍！”

陈钦施礼告退，留李鸿章一个人在签押房里走来走去。

第二天，翻译将日本新拟之约译完并派员送到李鸿章之手。李鸿章接过一看，果如陈钦所言，日本此次拟就的条约，实乃搬抄西国与大清订约之款，几无二样。李鸿章大怒，马上传陈钦过来，吩咐道：“两国修约，非为儿戏，断无想改就改之理。陈道，你马上起程回天津，把日本人递上来的这个改约要求退还给他们，并把本部堂所言据实转告于他们，让他们死了这个念头。我大清同意与他们订约，已是给足了他们面子，他们竟敢得寸进尺！岂有此理！”

陈钦下去后，李鸿章犹忿恨不止，骂道：“区区岛国，弹丸之地，我不忍欺，彼竟敢欺我，着实可恨！”

他当日将此事上奏给朝廷，折子写道：“臣审其来意，殊为狡辩，暂未与该使员接见。饬令原派帮同议约之津海关道陈钦，并添派在津差委之江苏记名海关道孙士达，与该使员往复辩驳，俟稍有端倪，臣再面晤，相机开导，总当坚守前议，不稍松动。”

陈钦前脚刚走，圣旨后脚跟着便来到总督衙门。李鸿章接旨之后大惊失色，此旨原来是为裁撤福建船政局一事所下。李鸿章最担心的事情提早发生了。

圣旨道：“前因内阁学士宋晋奏，制造轮船靡费太重，请暂行停止。当谕文煜、王凯泰，斟酌情形，奏明办理。兹据奏，闽省轮船，原议制造十六号，具报开工者三号，其拨解经费，截至上年十二月止，已拨过正款银三百一十五万两，另解过养船经费银二十五万两，用款已较原估有增，造成各轮船虽均灵捷，较之外洋兵船尚多不及。其第七、八号船只，本年夏间，方克赍工，第九号出洋尚无准期，应否即将轮船局暂行停止，请旨遵行等语。左宗棠前议创造轮船，用意深远，唯造未及半，用数已过原估，且御侮仍无把握。其未成之船三号，续需经费尚多，当此用款支绌之时，暂行停止，固节省帑金[①]之一道。唯天下事，创始甚难，即裁撤，亦不可草率从事，且当时设局，意主自强，此时所造轮船，既据奏称，较之外洋兵船尚多不及，自应力求制胜之法，若遽从节用起见，恐失当日经营缔造之苦心。着李鸿章、左宗棠、沈葆桢通盘筹划，现在究竟应否裁撤，或不能即时裁撤，并将局内浮费如何减省，以节经费，轮船如何制造，方可以御外侮，各节悉心酌议具奏。钦此。”

宋晋上折的议题只有一个：福州船局靡银太重，所造轮船工期既长，又和洋船无法媲美，必须停止。

①意为钱币，多指国库所藏。

日本毁约内幕

李鸿章急把薛福成、黎庶昌、许钤身等人，召进签押房商议此事，又打发快马由陆路奔赴天津，传沈保靖与盛宣怀速来保定会商此事。

李鸿章对着薛福成等人连连叹息道："左季高一贯爱说大话，创设福建船政局伊始，本部堂就再三函告于他，凡事皆可马虎，唯筹算经费与用人二项，万万不能马虎。这头湖南老犟驴，他就是不听，非持三百万两之数上报朝廷不可，又放手让奸商胡光墉去与外国银行商谈借款的事。弄到最后，利钱竟整整高出我大清现借洋款的一半以上。也不知上头是怎么想的，竟然就准了！他老哥倒好，跑到陕甘后，仍让胡光墉大借洋款，还要在兰州建一座同江南制造总局一般大小的机器局！照他老这样下去，我大清尚未强大，自己就先垮了！"

薛福成道："中堂大人，这福建船政局，究竟是办还是不办呢？"

李鸿章喝口茶，很肯定地道："办！好不容易设成的船厂，怎么能半途而废呢？"

黎庶昌这时道："中堂大人，下官适才在想，左帅设立的这个轮船厂，靡费太重不说，造出的轮船，仍无法与外轮相比，与御侮的初衷，可不是大相违背吗？与其这样，还不如裁撤掉算了。"

李鸿章瞪起眼睛道："你这个黎莼斋，拿着我直隶的俸禄，倒和宋晋穿起了一条裤子！所谓靡费过重，全因造船一应所用全系由西国进口，钢铁煤炭，无一不是。若我大清自己有了铁厂，煤炭也能自采，情形又如何？还有我所造轮船，无法与西国轮船相比一项，并非根本，实乃技艺问题。若船厂技师把西国兵轮逐一悟透，必能造出与西国一般无二之兵轮耳。

"本部堂所虑者，乃是以后船厂经营的办法。我大清军兴以来，耗银无数，户部存银每每不继。以后但凡设局造船，仍靠户部拨银或商借洋款，实非善局，总要想一个万全之策出来才好。本部堂上次进京议事，恭亲王便就此题目相询。本部堂对此已思虑许久，仍想不出个更好的办法。何小宋对洋务一无所知，丁雨生偏偏又丁忧。咳！"

许钤身这时道："大人上次赴江宁，盛杏荪（盛宣怀）不是提了个官督商办的法子吗？"

李鸿章道："杏荪也只是说了个大概。杏荪脑子活，可惜缺少阅历。那个杨宗濂，除了自己经商赚钱，根本不管国家是否富强。庸盦，关于不可裁撤船政局这件事，你下去后先拟个初稿给我。等杏荪到后，我们好好议一议。无论如何，本部堂都不能让朝廷把船政局裁撤掉！"

薛福成笑着说道："中堂大人，您老想没想过，如果朝廷执意要把这船政局裁撤掉呢？看圣旨的口气，户部是真无银可拨了。"

李鸿章听了这话，先是一愣，随后便习惯地站起身，一边踱步一边说道："设若朝廷当真下了裁撤船政局的决心，那本部堂就上折辞掉这总督，甘愿到福建去接替沈葆桢做船政大臣。"

薛福成闻言一愣，没有言语，暗道："一个堂堂大学士，甘愿辞掉实缺总督，而去做二品的船政大臣，朝廷若听到这话会怎么想呢？"薛福成决意要把这份折子拟好，让朝廷打消裁撤福建船政局的念头。

盛宣怀接到李鸿章的传谕，知道有要事相商，不敢耽搁，当日就将手头的事情交给别人办理，带上随员急急赶往保定。

盛宣怀到后的第二天，薛福成拟出的折子初稿，也正巧交到了李鸿章的手上。李鸿章边看边改，一遍过后，他让人誊清，又改第二遍、第三遍，直至满意。一篇看似极其简单的奏折，竟在李鸿章的手上，变成了一篇流传一时的好文章。该奏折洋洋洒洒，有理有据，极具说服力。

该奏折一共说了六点福州船政局不可裁撤的理由：一、欧洲列强就是因为船坚炮利，所以才横行中国；二、自造轮船，方能保和局守疆土；三、欧洲列强早就制造轮船，我刚试造，不可半途而废；四、小国日本为自保，尚且添设铁厂，多造轮船，变用西洋军器，我们也应该如此；五、前功尽弃，后效难图，而所费之项，转成虚靡，不独贻笑外人，亦且浸长寇志；六、养船练兵，实富国强兵大计。

折子刚刚发走，日本改约使团便突抵保定，定要面见李鸿章，陈述改约之情。日本人这一招，大出李鸿章意料之外，也让陈钦忙不迭地乘快马追来。

陈钦赶到保定，得知日使尚未见到李鸿章，这才长出一口大气，飞也似地便往总督衙门赶。

李鸿章一见到陈钦，正想斥责几句，哪知陈钦不待李鸿章张口，已双膝一软齐齐跪了下去，拖着哭腔说道："中堂大人容禀，非是职道交涉不力，实是倭人背着职道而来。职道按中堂的吩咐，将倭人新拟之改订新约，逐一驳复，又把中堂教给职道的话，反复讲给倭人听。

"倭人当着职道的面，同意了职道所讲之话，那个前次来过的柳原前光，还特别向职道表示，他们在天津宽住几日后，便搭洋轮回国交差。哪知道，他们竟然不辞而别！职道起始以为他们回了日本，后经天津县告知，才知来了保定。职道不敢耽搁，借了军营的一匹快马便赶了来，竟然还是落他一步。职道适才所讲句句不虚，请中堂大人明察。"

李鸿章听了陈钦的一番讲述，心中的怒气不由小了许多。他把陈钦扶起来，语重心长地说道："本部堂在安徽练勇时，便听人说过，倭人身短腿快，脚底下都长有一撮毛。你陈道不要说骑了快马，就是骑了吕布的千里驹，怕也赶他不上。看样子，这件事与你无关，全是倭人性拗所致。陈道，你现在就去驿馆，把柳原前光这几个人传来这里，由本部堂亲自开导于他。他们既来到保定，不见到本部堂，定然不死心。真在保定长住下去，徒费口粮不说，还要受他聒噪，好像我大清国有意欺负于他。"

陈钦听了这话，感激涕零，忙不迭地施礼退出，到驿馆去见柳原前光一行。柳原前光得知李鸿章肯见他们，喜得又是鞠躬又是作揖，恨不得把全身的礼数都使出来。

陈钦见惯了他们的这套路数，并不以为意，心中已是存了老大的瞧不起。大清国与日本交往尚浅，还未尝到日本人的手段，陈钦有此心理，自不足怪。

柳原前光一行如约来到总督衙门的办事大厅。见到李鸿章后，柳原前光一行几人，自然把一应礼数一一表演一番，这才说道："李中堂，我国伊达宗城奉天皇之命，去岁与贵国所订之通商修好条约，天皇阅后甚不满意，特遣本大臣前来改订前约，请您允准，并确定改约日期。"

柳原前光话毕，双手把一份文稿递给李鸿章道："这是我国天皇拟就的修约条款，请中堂大人过目，并请批准。"

李鸿章站起身，把柳原前光递上来的文书双手接过来放到文案上，又用手示意柳原前光坐下，然后说道："柳大臣，本部堂再次向您讲述一下本部堂早就说过的话，两国修约，并非儿戏，岂能朝订夕改？"

柳原前光忙起身道："李中堂容禀，前大臣伊达宗城与贵国所订之约，已被我国天皇一一驳复，不再生效。本大臣此次是奉天皇之命，重新与贵国订立一份条约！"

李鸿章听翻译把话讲完，不由喝道："胡说！本部堂要问柳大臣一句，伊大臣去岁来我国订约，难道不是奉了贵国天皇之命吗？他既是奉了贵国天皇之命，他与我国订立之约，就是有效的条约，双方均应照此办理。悔约失信，为《万国公法》所最忌。贵国无论大小，不应蹈此不韪，贻笑西洋各国。柳大臣，本部堂的话你可曾听清？"

柳原前光听完翻译的转述，面无表情地说道："李中堂的话，本大臣听清了。李中堂所言极是，本大臣也赞同李中堂的观点。但是，我国天皇已经驳复了这个条约，本大臣也没有办法，只能照天皇的吩咐，来与李中堂重新订约。李中堂若执意不肯改约，本大臣怎么回去面对天皇呢？请李中堂体察本大臣的苦衷，拜托了！"柳原前光未及把话说完，腰已深深地弯下去。

李鸿章用鼻子哼一声，冷冷地说道："柳大臣，本部堂现在正式知会于你，你适才所言改约一事，毫无道理，本部堂断难答应！请柳大臣回国后面禀贵国天皇，悔约失信，素为各国所不耻。柳大臣，本部堂还有公干，恕不相陪！"

李鸿章回头对陈钦道："把他们送回驿馆歇一天，明儿就带他们回天津吧。"陈钦急忙答应一声是，随即站起身来。

柳原前光却起身说道："李中堂，重新订约并非极难之事，只需重新画押钤印就完成了，您为什么不肯答应呢？您为什么不肯帮本大臣一次呢？本大臣如果两手空空地回去，我国天皇会把本大臣投进大狱的！您李中堂不能见死不救啊！"

李鸿章理也没理，背起双手踱进内室里去了。陈钦笑着对柳原前光说道："我家中堂大人还有公事要办，柳大臣请回驿馆歇着吧。"

柳原前光却不肯就此罢休，他对着陈钦把礼节重演一遍，反复恳求陈钦，能否问中堂一句，大清国究竟什么时候才肯答应日本国的改约要求。陈钦被他缠得没了主张，只好硬起头皮到里间去见李鸿章。

李鸿章沉吟了一下，对陈钦说道：“你告诉柳原前光，等换约的时候，本部堂可酌情考虑该国修约的要求。”陈钦讨了这句话，忙跑出来对柳原前光说了一遍。柳原前光这才肯回驿馆里去，转天，在陈钦陪同下，由陆路返回天津，旋搭乘英轮回国。

两个月后，李鸿章转补武英殿大学士。

这时的大清国，除陕甘外，境内已基本无战事。各省的各级官员，都在抓紧督促百姓恢复农田生产，希望重兴百业。

曾国藩的湘军早就被裁撤掉了，李鸿章的淮军也基本被裁光，除旗营、绿营以及未被裁撤的部分湘勇、淮勇都转成国家经制之师外，只有陕甘总督左宗棠手里，还有几万的楚勇和老湘军，不属国家经制之师。

十几年的战事，九州生灵涂炭，八方百业不振。朝廷累了，百姓厌了，大清国是真到了该好好地休养生息的时候了。

但欧洲各国却不答应。他们不允许大清国休养生息，他们加紧吞食大清国的边疆土地，掠夺大清国边疆地区一切可以掠夺的资源。

大清国北部、西北部的俄国，西南部的法国，东部岛国日本，无不如此；连越南和朝鲜这两个大清的属国，他们也不想放过。

先是浩罕汗国[①]军事统帅阿古柏，趁大清国内乱的时机，率兵侵占了新疆的大部分地区，接着是俄国乘阿古柏向东进犯之际，强占了伊犁九城。当时，大清国与浩罕没有建立外交关系，只能通过武力解决。但当时的大清国军队正在同捻军作战，腾不出手来对西北用兵。

俄国则与大清建立了外交关系，大清国可以通过外交途径解决该国强占伊犁一事。但俄国对大清提出的抗议竟然置之不理。新疆是陕甘总督的辖区，但左宗棠却无法向新疆调派一兵一卒，因为陕甘乃至青海，正爆发着大规模的回民起义，左宗棠没有喘息的机会。也许大清国真是到了末路，内地稍安，边陲却烽烟四起，捂也捂不住。

①中亚古国，18世纪初由乌兹别克明格部落建立，1876年被俄国灭亡。

第三章
五十二岁成百官之首！

李鸿章强烈反对重修圆明园

尽管边境危机四伏，但并未影响李鸿章兴办洋务的热情。

继港、沪海底电线完工之后，李鸿章又于同治十一年（公元1872年）年底，上奏请求创办轮船招商局。

轮船招商局是大清国立国以来，设立的首家轮船航运企业，采用招商集股、官商合办的形式运作。轮船招商局总局设在上海，分局设天津、牛庄、烟台、汉口、福州、广州、香港以及日本的横滨、神户及吕宋、新加坡等港口，承运漕粮，兼揽商货。总办为朱其昂，李振玉、胡光墉、盛宣怀等人分别参股。

轮船招商局的成立，标志着外国垄断大清国航运的局面不复存在。

说起来，李鸿章决定设立轮船招商局，主要还是听从了盛宣怀的劝告。盛宣怀脑子活，是做官、经商的双面料。

盛宣怀对李鸿章这样说道："中国官商久不联络，在官莫顾商情，在商莫筹国计。夫筹国计必先顾商情。试办之初，必先为商人设身处地，知其实有把握，不致废弛半途；办通之后，则兵艘商船并造，采商之租，偿兵之费，息息相通，生生不已。"

朱其昂字云甫，是江苏宝山人，上海巨商。捐资为通判，累至道员。朱其昂曾与美国商人在烟台合伙开设清美洋行，往来上海、烟台、天津各口，经营水上贩运业务，深谙航运的经营之道。朱其昂在上海根深蒂固，与胡光墉、盛宣怀等人早就认识，并有一定生意上的往来。

李鸿章让朱其昂出面设立轮船招商局，主要也是缘于盛宣怀的举荐。朱其昂同胡光墉、盛宣怀一样，都是奔走于官商两界的人物。

李鸿章当时尽管已入阁拜相，甚而成为汉官之首，但要想办成一些事情，也离不开这些人的支持，这都是国库干涸所造成的尴尬局面。

曾国藩生前，抵死不与商人打交道。但李鸿章却反其道而行之，不仅与商人打交道，而且依靠他们办自己想办的事。

同治十二年（公元1873年）刚出正月，衙门虽然开印多日，但新年的气氛还并没有真正地散尽。大小衙门的官员照例是上午办公差，下午聚到清静的地方摸麻雀，或者去办私事。

就是这个时候，京师军机处传来消息，言称从即日起，年轻的同治皇帝正式亲政，两宫皇太后撤帘归政。李鸿章接旨后内心不由一喜：”慈禧太后垂帘听政的时代终于结束了，大清国总算又有了新的开端！”

但让他和百官想不到的是，同治皇帝当政下发的第一道圣旨，却是以颐养两宫太后为名，命各地筹款，兴修圆明园。

李鸿章接旨后，只觉头晕目眩，四肢无力，勉强面北叩谢了天恩，却无论怎样挣扎也爬不起身了。守在门外的侍卫见李鸿章瘫成了一团，急忙飞跑进来扶他，一边口里道：“大人这是咋了？大人这是咋了？”

李鸿章只是浑身抖个不止，头上冒出豆大的汗珠来。侍卫情知不好，急忙又喊进一名侍卫来，两个人架着，把李鸿章扶到椅子上坐定。李鸿章闭着双眼，嘴里却喃喃自语道：“完了，我大清国彻底完了！”

一名侍卫小声问道：“大人，您老要说什么？”

李鸿章猛然惊醒。他费力地睁开双眼看了看不知所措的侍卫，小声说道：“你们两个听老夫说什么了吗？”两名侍卫急忙摇头答道：“大人适才什么都没有讲。”

李鸿章点了一下头，吩咐道：“你们两个，把老夫扶进上房去歇一歇。老夫浑身无力，像是病了。告诉厨下，给老夫熬一碗燕窝粥。”

两名侍卫一左一右扶起李鸿章，慢慢向上房走去。

李鸿章整整在床上躺了三天。第四天，他感觉有了力气，便传人套车，准备进京。赵莲不明就里，劝道："我的爷呀，您病成这样，如何还要进京啊！圣上又没召您，您擅自进京是要问罪的呀！"

李鸿章长叹一口气道："你可能还不知道，我大清眼看着就要完了！皇上刚一亲政，便让各省筹款，兴建那座被洋人烧毁的园子！国家连年兴军，元气至今未复，已外借洋款达一个亿之多！如何还敢往这上面用银哪！"

赵莲小声说道："我的爷呀，这也不是您一个人的事，您何必急成这样呢？您先养养身子，然后给皇上上个觐见的折子，等圣旨下来，您再进京也不为迟啊！"

李鸿章断然道："莲儿啊，你不要再讲了，马上给我更衣。设若我此次进京当真不能回来，你就带着经迈他们几个同老太太回合肥老宅去住。"赵莲一听这话，登时流下泪来。她一边伺候李鸿章更衣下床，一边哽咽着说道："我的爷呀，您这是何必呢？"

李鸿章当日只带了少许亲兵，快速赶往京师。此次他没有到贤良寺落脚，而是径直去了恭亲王府。恭亲王也正为修园子的事同文祥在书房商议策略。恭亲王背着双手在屋里走来走去，文祥站立在一边，跟个木偶一般。李鸿章一跨进书房的门槛便跪倒在地，一边对着恭亲王磕头一边道："下官冒死进京来给王爷请安！"

恭亲王与文祥一边往起扶他一边道："少荃，你莫不是也为修园子的事来的吧？"

李鸿章流泪说道："王爷、文大人，我大清元气未复，不能再折腾了！圆明园工程浩大，我大清现在实在无此国力呀！"

恭亲王让李鸿章和文祥坐下，又让人摆了茶出来，自己才坐下说道："少荃啊，你先不用着急，本王与文山也正在商量这件事情。"

文祥这时拉了拉李鸿章的衣袖，小声说道："少荃哪，你可能还不知道，王爷为了这事，已经两天没有睡好觉了！这都是徐荫轩这个老混蛋给皇上出的好主意！"

李鸿章道："王爷，文大人，我们总要想个法子，阻止这件事才成啊！不能徐荫轩说什么，便是什么呀！"

恭亲王叹了口气道："这件事，找皇上肯定是不成了。皇上现在就会背徐荫轩教给他的那句'尊亲之至，莫大乎以天下养'，其他的什么都不顾。这件事啊，就看西边是什么态度了。少荃，我看不如这样，借着你进京的由头，本王着人先给西边递个话进去，就说你同一班大臣要给太后请安，看太后怎么答复。如何？”

文祥道：“王爷，太后如果不让少荃进去请安呢？太后懿旨可是说得明明白白，归政之后，两宫不再过问朝政。太后有了这话，少荃还要去给太后请安，这要让皇上知道了，还了得吗？”

恭亲王笑道：“文山，你不要把话说得那么吓人，我们这也是没有办法的办法。你们两个先在这里坐着，本王现在就打发人进宫去打探消息。成与不成，就看这一把了。”恭亲王话毕，大步走出去。

文祥复又用手拉了拉李鸿章的衣袖，小声道：“少荃，老哥正有一件事要同你商量，也不知可行不可行。”

李鸿章一愣，忙问：“你老哥还能有什么事求到老弟头上？”

文祥笑道：“这件事啊，我想了又想，还非你答应不能办成呢。是这样的，你在上海搞的那个轮船招商局不是正招股吗？老哥手里呢，还真有几万两银子，只是不知道投进去可靠不可靠？”

李鸿章笑道：“就为这事啊，行，你就入股吧，老弟保证让你年年吃红利就是了！”

文祥很振奋，忙道：“有你老弟这句话，老哥就决定把银子放进去。只是这件事办起来还要隐蔽些，最好你能给找个可靠的人代办一下，才能万无一失。你想，老哥在军机处当差，却拿着银子去参股吃红利，这要传出去，成什么呢？你老弟也洗不清不是？”

李鸿章点头说道：“你老哥所言极是，老弟还真是忘了这一层。这样吧，我回保定后，让杏荪进京一趟，凡老哥身边手里存有银子想吃红利的，让杏荪一遭儿给办一下算了。老哥可以告诉他们，不管招商局办得怎样，他们的红利是稳吃的。当然了，生意好呢，吃的红利就自然多一些。”

文祥满脸堆笑道：“少荃哪，听你这一说，老哥自然是要多放心有多放心了！少荃哪，以后但凡有什么事，你要勤跟老哥通通气儿。老哥在京里，银子不够用啊！”

到了晚上，慈禧太后传过话来，允准李鸿章等人进去请安。恭亲王得到这话，忙把军机大臣工部尚书李鸿藻、军机大臣兼署总理各国事务衙门大臣沈桂芬、体仁阁大学士军机大臣兵部尚书宝鋆等几位对修园子持有异议的大臣约到一起，会同文祥、李鸿章二人，背着同治皇帝，一同进宫去给慈禧太后请安。

其实，慈禧太后听说一班王公大臣要进宫给自己请安，便已料出这些人是为何事而来。

所以，当几位王公大臣施礼毕，尚未正式讲话的时候，慈禧太后便当先说道："你们几个，是为修园子的事来的吧？其实，这件事我也是刚听人说起。说句心里话，皇上的一片苦心，我能理解，他是想让我们有个休养的好去处。不过哪，皇上还是年轻，不知道我大清是个什么样儿。这件事啊，你们就不要说什么了。回头啊，我跟皇上言语一声，劝劝他也就是了。也难为你们这些人了！都下去吧。"恭亲王等人想不到这么快就得了这话，顿时感觉喜从天降。

等他们退出后，慈禧太后果然把同治帝叫到自己的房里，狠狠训斥了一顿。同治帝亲政的热情登时烟消云散。

同治帝于是开始厌倦国事，讨厌日复一日的早朝，竟很快在一班小太监的指引下，乔装成公子哥儿的模样，夜夜出宫到外面去寻花问柳，以致成瘾成癖。

慈禧太后虽大演了一出归政闹剧，闹到最后，大权还是回到了她自己的手里，按她自己的话说，是"皇上太不争气！"

李鸿章高高兴兴地回保定，开始放开手脚办理一切自己要办的事。

不主张与日本开战

同治十三年（公元1874年）四月十八日，岛国日本借口台湾高山族人杀死琉球船民一事，发兵三千乘兵船分三路攻进台湾，企图将台湾据为己有。

大清国一面着福建布政使台湾道潘霨，迅速与日本驻台湾领事西乡从道交涉此事，一面飞檄船政大臣沈葆桢，紧急派兵船支援台湾。

与此同时，日本则派大久保为特使专程来华，直趋京师，配合刚刚到任的日本驻华公使柳原前光，对大清国总理衙门实行外交讹诈。

大久保到京的当日，便带着柳原前光来到总理衙门，声称要向大清国皇帝递交国书，其实是试探大清国对日本侵台一事的态度，为下一步如何行动做准备。

当总理衙门就日本侵台一事向大久保提出交涉的时候，大久保道：“台湾岛自古就是无主野蛮之地。高山族人敢杀害我属国琉球船民，我国自然要发兵惩治这些人。这是我国的内政，贵国无权干涉。本大臣此来，是为商议向贵国大皇帝递交国书的事。”

总理衙门向大久保指出，台湾自古就是中国的领土，日本必须撤出，大久保却冷笑道：“我国发兵台湾，是奉天皇诏命惩办凶手。我国定不退兵，中国究欲如何办法？”大久保的口吻，已充满了挑衅。

但总理衙门却这样答道：“此等不和好之话，不应说，亦不能答。”总理衙门这种软弱无力的答复，使大久保和柳原前光，看透了大清国并没有在台湾作战的决心，二人的口气于是愈加强硬、蛮横起来。不久，沈葆桢从福建发来专折，汇报台湾的战事。

在京的一班王公大臣一读到沈葆桢的这个折子，更是大惊失色，六神无主起来。

沈葆桢言称，倭人虽只三千，但船坚炮利，武器精良，官军力不能支；而从船政局调派过去的几艘战船，根本不堪一击，无法与之交战。

沈葆桢最后恳请朝廷火速调兵援台，以防战事扩大。此时的同治帝早已不问国事，因从外面染了不干净的病，已在床上卧养了大半年，慈禧太后这时就算想归政，这政也无处可归了。

日本侵台一事，让慈禧太后与一班王公大臣整整议了三天，最后才决定调崇厚在天津时创办的洋枪队过去。另外再从两江总督李宗义的督标抽调四营两千人，合成五千人，增援台湾。圣旨很快下到保定和金陵两地。

李鸿章接旨之后，一面檄催驻在天津的洋枪队三千人，飞乘轮船驰赴台湾，又加调记名提督唐定奎所部六千步勇，分批航海到台归沈葆桢调遣，一面给朝廷上折强调："窃念日本藉番拓地，悍不旋师，恐是中外称乱之邑。无论苏浙江海各口防兵单薄，即北洋两千余里口岸林立，亦多空虚，若另募新军，实在无此饷力，唯有添调久练劲旅，屯扎后路适中之地，以壮声援。查甘省现早肃清，陕境防务已松，拟请旨敕下陕西抚臣，速饬记名臬司刘盛藻，统率陕防武毅铭军马步二十二营，星夜兼程拔赴山东济宁及江南徐州一带，择要驻扼，以备南北海口策应，由臣会商两江督臣李宗义，相机调派。"

折子拜发的当日，李鸿章为防衅端由此而起，连夜又给唐定奎与总理衙门各快函一封。在函中，李鸿章饬令唐定奎："设防备御，非必欲与之用武。"到台后，"扎营操练，勿遽开仗启衅"，"进队不可孟浪，日人稍知即止足，断无以兵驱逐之理"。

唐定奎见到饬令很有些莫名其妙，他不知李鸿章紧急调他率军赶往台湾去干什么。李鸿章既要求唐部到台后"勿遽开仗"，那么，他调唐定奎所部的六千步勇尾随洋枪队进台，究竟为的是什么呢？

李鸿章在同日送给总理衙门的快函中这样写道："向来办理洋务，皆为和战两议举棋不定所误。鄙见则谓明是和局，而必阴为战备，庶和局可速成而经久。洋人论势不论理，彼以兵势相压，而我欲以笔舌胜之，此必不得之数也。"

说穿了，李鸿章就是不想打这场战争，他向台湾派兵，只是为了能"和局可速成"而已。

当日晚饭后，喝茶的时候，李鸿章对薛福成、黎庶昌一班幕僚说道："老夫以前的确小看了日本这个岛国。他此次侵我台湾，日后定欲吞我全境。我中国与该岛国一衣带水，登船可抵，其危害实在大于西方各国。我大清想保无虞，必须加强海防，亦须设立一支堪与西方各国相媲美的水师舰队。”

但李鸿章抽调陕防武毅铭军马步二十二营拔赴济宁、徐州的建议，却遭到陕甘总督左宗棠的坚决反对。

左宗棠一面大骂李鸿章不懂兵事，一面紧急上奏朝廷，恳请罢除此议，另从别省调兵布防。

左宗棠的折子递进京师的时候，日本已答应从台湾撤军，条件是大清国须向日本支付五十万两的抚恤银。

恭亲王见日本狮子大张口，不敢自作主张，只得把日本的要求奏明慈禧太后。慈禧太后当即让恭亲王给李鸿章发封快函过去，征求李鸿章的意见。

李鸿章原本就不主张对日本开衅，接到恭亲王的信后，他马上复函："平心而论，琉球难民之案已阅三年，闽省并未认真查办。无论如何辩驳，中国亦小有不是，万不得已或就彼。因为人命起见，酌议如何抚恤琉球被难之人。并念该国兵士远道艰苦，乞恩犒赏若干，不拘多寡，不作兵费，俾得踊跃回国，且出自我意，不由彼讨价还价，或稍得体面而非城下之盟。”又说："鸿章亦知此论为清议所不许，而还顾时局，海防非急切所能周备，事机无时日可以宕缓。”

李鸿章所料不错，他的这封函件一公开，立即招来一片骂声。但李鸿章认为自己没错。慈禧太后与一班王公大臣反复计议，决定采纳李鸿章的建议，对日本索银之议于是答应下来。

形势趋于缓和，左宗棠所请于是照准。日本拿到恤银后，开始从台湾徐徐撤兵。但朝廷并没有按李鸿章所议从别省调兵驻防山东、济宁、江南、徐州等要口，而是忙起了为慈禧太后过四旬万寿这件事。仿佛日本大举进兵侵占台湾，只是观光旅游；俄国侵占新疆伊犁九城，也只是替大清国管理而已。大清国国泰民安，正处在中兴时期，什么事都没有发生过。所谓边境不靖、外国觊觎云云，都属庸人自扰，杞人忧天。

慈禧太后的四旬万寿，一生只有一次，什么事也大不过这件事。

早早地，朝廷便有旨下来，着各地督抚置办贡品，又几次打发内务府的人，奔赴江宁、金陵、苏州三地，往京师押运锦缎、丝绸等万寿所需物品。

顺天府为了能把事情办得风风光光，从慈禧的口里讨出一个好来，不仅让首县筹银，把京师的各条街路都铺上新黄沙，还把九门全部刷上新油漆，九门城楼上的灯笼也一律换上新的挂上。

军机处原本是讨论国政的中心，此时也全部放下应办的差事，各军机大臣以及章京们，都穿着簇新官服朝靴，全力去为万寿的一应事宜奔忙。军机处此时成了办寿处。

总理衙门是大清国唯一的外事机构，原本规定每天都要有大臣当班，以防出了交涉无人办理。但此时，这规矩已不再是规矩，不仅满衙门找不到当班的大臣，连章京也走得精光，只有一个门子还算没忘了自己的职分，全天都坐在门房里，捧着个茶碗滋滋地喝茶，那嘴分明也是撅起老高，十二分的不情愿。总理衙门成了无人理衙门。

大清国忙成这样，偏偏就有一个不识趣的秘鲁王国，打发了一个使团来到京师总理衙门，声言要与大清国订约。门子无论怎么解释，他们随行的翻译仍然执拗地声称："不见到总署大臣，我们抵死不走！"跟乡间的无赖一般无二。

门子正被他们闹得无办法好想，正巧一名章京来衙门要取一样东西。门子跟见到救星一样，一把便把那章京抓住，道："大人来得正好，几个洋人在下官的房子里闹个不停，这事非大人亲去不能了断。"

章京挣不脱手，只好随门子来到门房。章京问明来意，便让门子到里面搬了几个凳子过来，让洋人先坐下，他便离开衙门满世界去找当班大臣，却哪里也找不到。

章京急得实在不行，便狠了狠心，索性直奔恭亲王府。

恭亲王当日并没在府里，他已一连几天，被宫里的人找去商量万寿那天该办的事情。章京无法，只好借了王府门子的笔墨，把秘鲁王国要订约的事写在纸上，嘱门子务必交给王爷。

章京走出王府，不敢回衙门，怕让洋人缠住脱不了身子，就又去找当班大臣。秘鲁王国使团在京师耽搁了十几天，宫里才传出话来，让他们去天津找北洋大臣李鸿章，商谈订约的事。

"难道贵国的总理衙门不能办理此事吗？"使团的翻译问送信的差官。差官一脸无奈答道："现在朝廷正在办大事情，已顾及不到这些了。听说，军机处已给李鸿章下了专旨，命他全权与贵国商谈订约之事。你们快去吧，去晚了，若李中堂来京师参加万寿庆典，你们就又扑空了。”

秘鲁使团一听这话，哪还敢耽搁，当日就乘车赶往天津。

李鸿章在秘鲁使团到津前，已接到谕旨，授其为全权大臣，与秘鲁使团议立通商条约，毋庸进京云云。

家族受封

李鸿章带上随员，匆匆赶往天津。但秘鲁使团却较日本使团更加饶舌，在签通商条约的同时，还特别强调，要允许在华传教与招工二项，否则便不画押钤印。

李鸿章和他们反复辩论，指出秘鲁在华招工弊端百出，华人受害独深，“以前虽允查办，以后若仍开招，患将何所底止？”

秘鲁使团当即拂袖而去，当日即去拜会驻津各国领事，言称与大清国订约不成，择日即离驿告辞。秘鲁使团同时又将谈判各情布告各国，是非曲直请求各国公评，仿佛受了不可忍受的委屈。

美领事施博、法领事林椿，见秘鲁使团委屈得要哭，不得不劝解一番，声称出面调解，其实是做顺水人情。哪知秘鲁使团要的偏偏就是这个顺水人情，他好借坡下驴，与李鸿章重开谈判。

施博与林椿眼见弄巧成拙，也只能把好人做到底。两个人赶到总督行馆面见李鸿章，直言相告，秘鲁仍想订约。

李鸿章冷笑一声道：“他们不是要回国吗？”

施博笑道：“中堂在讲笑话。他们若当真回国，秘鲁国王不把他们杀死才怪！”于是，中秘两国又重新坐到一处，终于订立了通商条约。但传教、招工二项，终于还是没有被写进条约里。

李鸿章在上奏朝廷时这样写道：“……不准在澳门及各国口岸勉强诱骗中国人运载出洋，违者其人从严惩治，船只按例罚办等语。臣为此条反复争论，几乎舌敝唇焦，至往复数十次，该使始勉强遵允。嗣后，尤望内外各衙门一意坚持，照约严禁，将来或值修改章程，仍须重申禁令，力杜觊觎，庶可保民命而肃政体耳。窃查上年六月间，总理衙门照复英、美、法各国，秘鲁专以拐贩华工为事，必将所招华工送回中国，并声明不准招工，方能商议立约等语，实属词严义正。”

李鸿章与秘鲁使团反复辩论的时候，慈禧太后的四旬万寿早已来到。普天同庆之日，依例大赦天下，对各大臣实行封妻荫子，今年又格外加上一条：加恩中外大臣有老母年八十以上者。李鸿章虽未参加大典，但赵莲仍被封为一品诰命夫人，子经述虽刚交三岁，也被恩赏举人，准其一体会试。

这都是老样文章，每逢吉日无不如此，但李鸿章今年仍有了个破格的恩典，这却让他及所有的文武百官都没有料到。李鸿章之母是年未及八十，本不该加恩，但慈禧太后却破格赏赐御笔匾额一块，上题一个“寿”字，赏玉如意一件，大卷江绌、八丝缎袍褂料各一块。

朝廷御赐之物由专差送到保定的总督衙门。李老太太率全家大小山呼万岁，面北连连谢恩不止。李母如此激动，却也有缘由在里头。

李鸿章的父亲李文安，生前是五品的郎中致仕，李鸿章之母，仅从丈夫的身上得到了一个宜人的封赠。宜人不是诰命，仅能证明是官宦妻室而已。

李鸿章赶回保定的时候，李母仍处在狂喜之中，这让李鸿章也格外高兴。但他的这种高兴只挂在脸上，心里却在盘算怎样来对付日本人。

日本侵台一事，虽在总理衙门没有造成大的震动，朝廷似乎也无动于衷，但给李鸿章造成的印象却非常深刻。

头脑清醒的李鸿章开始重新认识日本，开始重新审视大清国现有的国力，茶余饭后不由想到：“如果堂堂的大清国，连一个区区岛国都防御不了，那还算什么大清国？大清国地域多大？日本岛国土地几何？大清有多少兵？日本岛国又有多少兵？但就是这样的一个区区岛国，竟能用三千人攻占台湾！”一想到这些，李鸿章的心就隐隐作痛。

这时，总理衙门因日本侵台给大清国造成损失一事，恰巧给两宫太后上了个《海防亟宜切筹》的条陈；丁忧期满实授福建巡抚的丁日昌，也跟手给朝廷上了个《续拟海洋水师章程六条》的折子。

慈禧太后就着庆典的余兴，令军机处拟旨，把总理衙门的条陈和丁日昌的折子发给各地督抚，着各地督抚详细筹议，并“限于一月内复奏”。李鸿章接旨之后自是大喜，决定借着筹议的由头，趁势在北洋建起一支水师舰队，一为拱卫京畿，一为防患岛国日本的攻袭。

他把自己关在书房里，一连思考了几日，终于拿起笔，郑重地给朝廷上了《筹议海防》一折。

李鸿章一共向朝廷陈述了三点加强海防的必要性：一、不加强海防，难防日本和西欧列强海上的攻击；二、不加强海防，海疆万余里，各国通商传教，来往自如，一旦失和，履如平地，无法阻挡；三、把用于塞防之款移到海防之上，向外洋购买铁甲战船、水雷、先进枪炮。只有这样，才能军事渐强，人才渐进，制造渐精，由能守而能战，由贫弱而为富强。

这也是李鸿章第二次奏请总理衙门向通商各国派驻公使，但仍被许多王公大臣所否决，慈禧太后亦不热心此事。李鸿章只能望洋兴叹，无可奈何。

李鸿章折子拜发的当晚，他又接到丁日昌从福州遣专差送达的密信。丁日昌在信里告诉李鸿章，福建按察使正好出缺，他按李鸿章从前的吩咐，已奏请朝廷保举在籍养疾的郭嵩焘署理福建按察使一缺。

丁日昌在信的后面又谈了许多船政局内部的事情，诸如内外勾结套取官银，沈葆桢名为船政大臣，实际大权却操在最得左宗棠信赖的法国人日意格的手里等等。

李鸿章读罢信后，不由仰天长出了一口大气："郭筠仙若做了福建臬司，不仅丁日昌有了帮手，福建船政局也有起死回生的希望了！"

李鸿章此时已打定主意，只要郭嵩焘到了福建任所，不出两年，他就能保举他为福建的船政大臣，顶替现在的沈葆桢，主持船政局的一切事务。李鸿章很清楚，对把持船政局大权的法国人日意格，沈葆桢拿他没办法，郭嵩焘却不会任由他胡来，因为敢说敢做，正是郭嵩焘区别于其他人的地方。

李鸿章主张抛弃新疆引发争议

日意格何许人也？如何中国的船政局，倒把持在他一个法国人的手里？事情得追溯到同治元年（公元1862年）。

这年的十月十二日，浙江巡抚左宗棠仿上海常胜军的建制，在浙江宁波募本地人成立了常捷军。该军全部使用洋枪洋炮，聘法国水师副将勒伯勒东任统领，聘浙江宁波海关税务司法国人日意格出任帮统。

常捷军裁撤后，日意格又被湖广总督官文聘去做湖北先锋营统领。先锋营解散后，正值李鸿章在上海创办江南制造总局之后，又在金陵设立金陵制造局的时候。

日意格眼看大清国洋务渐兴，便搭船跑到福州，找到时任闽浙总督的左宗棠，怂恿左宗棠创办一座造船局，并承诺，一应煤炭钢铁乃至技师，全由法国有偿供应。

左宗棠此时正对李鸿章创办的江南、金陵二局感着兴趣，如今听日意格如此一吹，他登时便心旌飘摇，很快便奏请朝廷，拟在福州设立一座堪与江南、金陵二局相媲美的造船局，因局域选在马尾，故名马尾船政局。

旨准后，左宗棠便聘日意格出任大权无限的船政局正监督，总揽一切事务。日意格在船政局里，真是要风有风，要雨有雨，风光得不行。

日意格是法国军官，曾参与波罗的海、克里米亚之海战。咸丰七年（公元1857年）参加英法联军侵占广州，后出任宁波海关税务司。其间，曾帮助上海组建洋枪队并为之购买军火，颇捞取了一些实惠。担任常捷军帮统后，更是大发横财。

李鸿章心里清楚，福建船政局险被朝廷裁撤，主要的原因，还是该局的创办者左宗棠用人失误造成的。李鸿章坚信，只要用人得当，福建船政局肯定能办好。李鸿章把振兴船政局的希望，寄托在丁日昌与郭嵩焘的身上。但郭嵩焘却不肯去做丁日昌的属官。

朝廷着令郭嵩焘暂行署理福建按察使的圣谕，由湖南巡抚衙门转递进湘阴郭府。在打发走传旨差官后，郭嵩焘便破口大骂起来："这个丁小鬼，亏他想得出！让我这个两榜出身的堂堂翰林，去伺候他贡生出身的人，他也不看看自己是个什么！我就算饿死在山林，也轮不上到他的眼皮子底下去讨饭吃！”

家人见他骂得凶狠，都屏声息气，不敢进房去劝他。

郭嵩焘一个人骂了半晌，骂得嗓子眼直冒青烟才住口，传人摆茶进来消渴。丁日昌好心好意给了他个缺分，郭嵩焘非但不领情，反倒认为是丁日昌在作践于他，忘了他郭嵩焘是个什么出身，他丁日昌又是个什么出身。这正是郭嵩焘一生的悲哀。

李鸿章一天饭后同幕僚们围坐在一处说闲话，无意中说到郭嵩焘，李鸿章便道：“郭筠仙想来该到福建臬司任上视事了。福建有丁雨生和郭筠仙在，那日意格把持我船政局的日子，恐怕就不会太久了！丁雨生和郭筠仙，可都是我大清眼下搞洋务的奇才呀！”

盛宣怀道：“大人说这话，下官倒有些不同的看法。依下官大胆猜测，郭筠仙不仅不会到福建去，还要对丁抚台有怨气。”

李鸿章忙问一句：“杏荪，你这话怎么说？你莫非在外面听到了一些什么？”

盛宣怀道：“大人容禀，下官在上海做伙计的时候，就听官场的人传说，郭大人从不肯替比他出身低的人做事。大人不知是否还记得，左季高制军初领陕甘的时候，曾三次请他去幕中帮办军务，他理也不理，搞得左制军在幕僚面前很是没有面子。

“后来才知道，左制军是一榜出身，而郭大人却是翰林，虽左制军位列封疆，声震中外，他仍不肯去帮他。大人再回过头来想一想，丁雨生中丞是个什么出身？他郭大人肯让一个贡生出身的人摆布吗？所以下官推测，郭大人非但不肯到任，还要大骂丁中丞一顿！”

李鸿章赞同地点头说道：“老夫怎么忘了这茬儿？老夫这事做得可是欠思考了！”

薛福成这时道：“中堂大人，下官最近听说，好像总理衙门有了个缺分，大人不妨密保一下。郭大人深谙洋务之道，又曾随僧王爷帮办过交涉，到总理衙门去当差，不是正可发挥一下他老的特长吗？”

黎庶昌说道：“庸盦所言极是，让郭大人入值总署，无异于大人在总署安了一个眼线。以后办起交涉来，总不至于两头不落底。”

李鸿章抚须沉吟了半晌，终于缓缓说道："老夫也并非执意要筠仙出山，只是不想浪费了他这个大才！"

当天夜里，李鸿章果然给朝廷上了一个密保，奏请郭嵩焘入值总理衙门。朝廷果然允准。圣旨下到湘阴，郭嵩焘很快打点行装赴任。

李鸿章的《筹议海防折》递进宫里后，慈禧太后看了看，不着一词，便把恭亲王传进来，吩咐道："李鸿章的这个折子你可能也看了。你是个什么主意呀？皇上病成那样，不能指望他了，还是咱们定吧。"

恭亲王答："禀太后，李鸿章的这个折子臣看了，也让文祥、沈桂芬、李鸿藻看了。他们赞成李鸿章的观点，臣也认为他说得在理。我大清的海防是太空虚了，如不趁此时加强，不定什么时候要出大乱子。"

慈禧太后道："李鸿章说造船不如购船，这得需要多少银子啊？"

恭亲王答："禀太后，李鸿章算过一笔账，折子上都写了。如果新疆暂时不动，这笔饷源，可以移过来用于海防，各省再解济一下，余下的缺口再借些洋款，大概就可以了。"

慈禧太后沉吟了一下，说道："恭亲王啊，依我看哪，李鸿章的这个折子，让军机处发给各督抚看一看，让他们也议一议，看有没有更好的办法。你呀，再让他们留意一下，有没有好郎中给荐几个过来。皇上这病越来越重，我都快让他闹死了。我打算把奕譞的儿子载湉抱进宫来，过继给文皇帝，你以为怎么样啊？"

恭亲王全身一抖，忙道："太后说什么便是什么，臣不敢有异议。"慈禧太后起身走了两步，说道："我这也是给你透个口风，究竟能不能办呢，咱们还得商量。我适才同你讲的话，你先不要说出去，以免惹出什么麻烦。你下去吧，先让军机处把李鸿章的这个折子，给督抚发下去。"

恭亲王低头怏怏地退出去。他心里清楚，慈禧太后要把载湉抱进宫来，过继给死皇上而不是现在活着的皇上，意思已很明显，无非是等同治宾天后，她仍能名正言顺地操纵朝政。如果从世族里面挑出一个人来，过继给同治，这个过继给同治的孩子如果继登大统，那慈禧太后就已不是太后，而是太皇太后。大清祖制，太皇太后是不能过问朝政的。

恭亲王一想到这些，他的那颗心就不由一阵阵发凉。恭亲王活到现在，还从没有见过对朝权这么痴迷的女人。

李鸿章的《筹议海防折》很快由军机处抄出多份，分递各省督抚，没想到竟引发了一场震惊中外的大论战，史称“海防与塞防之争”。

争论的焦点主要是李鸿章折子中的那句“新疆不复，于肢体之元气无伤，海疆不防，则腹心之大患愈棘”，究竟是对还是不对？外敌入侵，新疆失控。新疆不复真的于大清元气无伤吗？

两江总督李宗义、福建船政大臣沈葆桢、福建巡抚丁日昌、江苏巡抚吴元炳等人，纷纷上折支持李鸿章的观点，认为海防的确关乎国家的安危，千真万确大于塞防；塞防之饷，可以移给海防用来买铁甲船。

山东巡抚丁宝桢、云南巡抚岑毓英、陕西巡抚邵亨豫、广西巡抚刘长祐等人则认为，塞防大于海防，塞防不防，才是大清真正之大患；塞防之饷，不能移给海防。

陕甘总督左宗棠则认为，海防与塞防同等重要，不可只重海防而忽视塞防，塞防之款亦不可转移于海防。

左宗棠的折子这样写道：

“窃维时事之宜筹、谟谋之宜定者，东则海防，西则塞防，二者并重。今之论海防者，以目前不遑专顾西域，且宜严守边界，不必急图进取，请以停撤之饷匀济海防；论塞防者，以俄人狡焉思逞，宜以全力注重西征，西北无虞，东南自固。此皆人臣谋国之忠，不以一己之私见自封也……窃维泰西诸国之协以谋我者，其志专在通商取利，非必别有奸谋……论者乃欲撤出塞之兵，以益海防之饷。臣且就海防应筹之饷言之。始事所需，如购造轮船、购造枪炮、购造守具、修建炮台是也；经常之费，如水陆标营练兵、增饷及养船之费是也。闽局造船渐有头绪，由此推广精进，成船渐多，购船之费可省，雇船之费可改为养船之费……论者乃议停撤出关之饷匀作海防。夫使海防之急倍于今日之塞防，陇军之饷裕于之海防，犹可言也……是停兵节饷，于海防未必有益，于边塞则大有所妨，利害攸关，亟宜熟思审处者也……若此时先将已经出塞及尚未出塞各军概议停撤，则实无此办法也。”

左宗棠随后又讲述了加强塞防及如何收复新疆的具体办法。

私底下，左宗棠对李鸿章的主张很是不满，道："新疆如手足，怎么能因外敌入侵，就弃而不管？或许他李鸿章可以不要自己的手足！"

同治皇帝驾崩，慈禧太后揽权

这场争论整整持续了半年之久，才使朝廷渐渐倾向了左宗棠的论断："东则海防，西则塞防，两者并重。"

朝廷给左宗棠下旨态度鲜明地指出："左宗棠奏海防、塞防实在情形，并遵旨密陈各折片，览奏均悉，所称关外应先规复乌鲁木齐，而南之巴、哈两城，北之塔城，均应增置重兵，以张犄角。若此时即拟停兵节饷，于海防未必有益，于边塞大有所妨。所见甚是。至海防之饷，据称始事所需与经常所需无待别筹。综计各省设防，事属经始，需款较巨。若仅将购船、雇船之费备用，短缺尚多。此则宵旰焦思，而尚待与各省疆臣共相经画者也。"

军机处同日又下给李鸿章廷寄一道，让他会同两江总督南洋通商大臣李宗义、福建巡抚丁日昌、福建船政大臣沈葆桢等人，筹划加强海防之事。

李鸿章接到军机处的廷寄，未置一言，许久叹息了一句："东则海防，西则塞防，两者并重。如此一来，只怕一样也办不好，只能大举外借洋债了！"李鸿章说这话时，时令正交十一月，天气正一天天地变冷，总督衙门的各办事房已经摆上了炭火。

借洋债付重息，是李鸿章倡办洋务以来最感头痛的事。尽管在大借洋债创办洋务的过程中，他捞到的好处让许多王公大臣为之眼红，但他仍想把洋债的数额压到最低点。他提出的将塞防之饷移于海防，主要也是出于节饷的目的，其他倒在其次。

如今，朝廷既然定下了塞海两防兼顾的方针，他自然没话说，只能把直隶的一些地方性事务交给布、按二司及分守巡道去打理，自己则全身心地赶到天津，会同盛宣怀等一起，一边和各国商量借款，至于对大量商借洋款朝廷能否同意，李鸿章尽管早已奏请，但仍无十分的把握，只能走一步算一步；一边同沈葆桢函商购买丹麦国铁甲船的事。

关于沈葆桢所提之丹麦国要出售的这艘铁甲船，是日意格在丹麦与沈葆桢之间牵的线，说穿了是日意格拉的生意。日意格向沈葆桢报出的价格是一百二十万两白银，缺一文都休想成交。

沈葆桢自己不敢做主，便函商于李鸿章，让李鸿章拿主意。李鸿章去函告诉沈葆桢，日意格其人不甚可靠，让沈葆桢不妨拖些日子。

恰巧这时，丹麦国公使拉斯勒福要到烟台去办公事，正好路过天津，李鸿章得到消息后，便忙带上陈钦与盛宣怀二人赶来与他相见。

闲谈中，李鸿章从该公使的口中探出，该国要出售的这艘铁甲船，是小号船，原购自美国，当时花费约值大清白银八十万两。该船现已服役四年，折旧以后，约值大清白银五十万两至六十万两之间。

拉斯勒福又言称，法国有购此船意向，正委托日意格与该国外务部洽谈。李鸿章一听这话很是吓了一跳。与拉斯勒福辞别后，他马上派人紧急给沈葆桢去函一封，坚决阻止此事，并告诉沈葆桢："日意格果真不可靠，以后但凡购船购物等事情，均不能委他去办。"

李鸿章最后又密嘱沈葆桢，寻机辞退日意格。

沈葆桢也是曾国藩幕府造就的人才。沈葆桢字幼丹，福建侯官人，道光进士。授编修，迁御史。咸丰五年（公元1855年）任江西九江知府，随曾国藩管营务，后经曾国藩保举累官广饶九南道、署江西巡抚。左宗棠由闽浙总督转补陕甘总督，怕福建船政局中途停办，行前，特密保沈葆桢继任福建船政大臣。按清朝规避制度，官员不可在籍隶省任职，但考虑到沈葆桢素有清名，又肯任事，朝廷于是破格允准。

沈葆桢官声颇好，比较受人尊重。这一则是他自己争气，为官比较廉洁，一则也多少借了他岳父林则徐的光。

见过拉斯勒福的第二日，李鸿章又接到留美学习监督容闳从美国发来的快函。

容闳在函中先向李鸿章汇报了一下留美学生入学及学习的情况，然后又通报了同赴美国的陈兰彬，遵旨作为大清的全权大臣，赶往秘鲁去交涉秘鲁国虐待华工的事。

容闳最后才向李鸿章讲了一下美国造船厂的情况：“该船厂所造未成之大号铁甲船一艘，预售价约合大清白银一百七十万两。容闳赶到船厂时，船厂却申明，大清国若想购买此船，需另派员与之签约或由大使签约亦可，留学监督官员却不能代劳此事云云。”

李鸿章读过容闳的信，不由对陈钦、盛宣怀二人发感慨道：“老夫已两次上奏朝廷，请求向与我通商和好之国派遣常驻公使，朝廷一直不议此事。同治十年，岛国日本与我大清初议条约，老夫就曾与恩师曾爵相，联衔上书总理衙门，中国应派员驻扎日本，管束我国商民，借探彼族动静，冀可联络牵制，消弭后患。

“如今想来，当初总理衙门重视此议，当真在该岛国设立公使馆，日本发兵侵台，我公使当能预为辩阻，设若辩阻不成，也可于该国发兵之后，与该国天皇及有关大臣面折廷争，不是比在我京师议办更好吗？何至于要花五十万两白银！”

盛宣怀这时道：“郭大人已充总理衙门大臣，若大人此时再上折请办此事，总理衙门或许就能允准呢！”

陈钦接口道：“杏荪所言不错，大人不妨再上一折，就着购船这件事，重提此议。”

李鸿章沉吟道：“总理衙门虽是恭亲王领班，慈禧太后实际信任的是李鸿藻。李鸿藻这个人，是清流派首领。有些事他办得好，有些事他办得就不好。据老夫所知，皇上亲政议修圆明园一事，第一个上折力持不可的，就是他。他上的折子，恭亲王同老夫讲了一下，其中有这样一句，颇有说服力：‘不应虚靡帑糈，为此不急之务。’若没有他这话，慈禧皇太后的念头，肯定不会转得那么快。但李鸿藻不太知道外面的情形，他一直对派员出去常驻外国这件事有异议，认为是空耗饷粮，多此一举。李鸿藻做过帝师，名头大，两宫对他的话还是入耳的，有时恭亲王都拿他没办法。我大清要办成一件事，说易也易，说难也难。”

说到此，李鸿章重重叹了一口气，接着说道：“不管怎么样，老夫也要和他争一争。老夫就从购船这件事上入手。杏荪哪，你明儿替老夫跑一趟上海，去见一见赫德，探一探他的口风。一哪，看看英国的船价，顺便再接触一下那几家外国洋行，谈一谈借款的事。左季高想借多少洋款先不去管他，这购船一事啊，却是不能再耽搁了。陈道啊，你明儿也在天津着手办这些事。老夫这几日要想想上折的事。薛庸龠丁忧回籍了，黎莼斋也告假回乡养病了。有些稿子啊，就要老夫亲自起了。”

盛宣怀道：“大人，衙门里不是又添了三个文案吗？”

李鸿章摆摆手道：“他们是新手，一时还领会不了老夫的意图。这用人和做事一样，熟了就是宝啊！”

李鸿章在天津一住就是月余，直等到盛宣怀从上海赶回来，他才回到保定。到保定休养了几日，他便给总理衙门上了欲借洋款购兵船的折子。折子拜发的当日，一个惊天动地的消息便由京师传进保定：同治皇帝宾天了！

李鸿章手捧着廷寄，脑海却一片空白，心里说不出是忧还是喜：这个自大清国开国以来最混蛋不过的小皇帝，亲政不及一年便撒手尘寰了，步他之后登上皇帝宝座的，会是个什么样的人呢？小同治年轻无后，慈禧会把皇族里的谁推上来呢？两宫此后是卷帘还是照旧垂帘？如果卷帘，恭亲王能不能摄政？国丧期间，这船买得成还是买不成？

李鸿章一想到这些，就恨不能自己把自己按翻在地狠狠地踢上几脚。自己这不是混蛋吗？要么早几天递这个折子，要么晚几天递这个折子，偏偏不早不晚，赶这么个当口递折子。

这个时候递折子，你让谁去看？国丧已经是大事，加上皇上无后，要想办法给大清国找出个新皇上来。新皇上定下来后还不算完，下面又是登基、议年号，这一套程序走完，没个三五月根本办不下来。

李鸿章强打起精神吩咐人传文下去，让各衙门依例设灵哭祭，他则连日上折，依例吁恳进京叩谒梓宫（皇帝的棺木）。

李鸿章私下设想，同治帝是慈禧太后唯一的儿子，如今英年早逝，作为母亲的慈禧太后，心里不痛死才怪。女人三大不幸：青年丧夫，中年丧子，老年无养。慈禧太后年纪不大，已摊上了两个。李鸿章一会儿替慈禧太后惋惜，一会儿又替大清国着急。

一连几天，李鸿章办差吃饭全打不起精神，心情真是糟透了。

但慈禧太后并不像李鸿章想象的那样悲痛，当她得知儿子宾天的消息时，尽管也哭得呼天抢地，但很快就振作起来。她一面紧急传各主事王爷及在京的三品以上大员，进宫为皇上守灵，一面却让人单把醇亲王奕譞叫进自己的房里，商议让载湉进宫的事。

奕譞的子嗣也不是很旺，载湉是他和福晋唯一的儿子，另几个儿子均出自偏房。小载湉年仅四岁，是他和福晋的命根子。

慈禧太后静静地把话说完后，奕譞当时就跪倒在地，先是拼命地磕了一阵头，许久才迸出一句："奴才谢太后抬举。太后容禀，载湉他才四岁，不大懂宫里的规矩。奴才怕载湉进宫后，惹太后生气呀！"奕譞话毕泪如雨下。奕譞这后一句话，分明是有些舍不得儿子。

但慈禧太后却不给他思考的机会，她冷着脸子说道："这件事啊，就这么定了，国不可一日无君哪。你回去后，跟福晋言语一声，选个日子就把他送进来吧。"奕譞吓得大气也不敢出一口，只管点头称是。

慈禧太后最后又说道："你呀，是亲王，不是一般的大臣。不要一说话就哭得跟个泪人似的，好像受了多大的委屈，得稳重点儿。去吧。"奕譞一脸泪水地从里面爬出去。

慈禧太后随后把恭亲王传进来，先通报了一下载湉即将进宫的事，又吩咐道："还按老规矩办吧。让军机处拟旨下去，晓谕各地督抚，一律不准离任进京。"

恭亲王小声问道："太后，国丧期间，折子还往宫里递吗？"

慈禧太后面无表情地说道："皇上宾天了，我们不是还活得好好的吗？照递！"恭亲王一边往外退，一边在心里骂道："这个狗女人，她真是铁石心肠！儿子都死了，她还能看得下去折子！祖宗创下的这份基业，早晚败在她的手里！"

同治帝很快被葬进陵寝，小载湉跟着便被抱进宫来。慈禧太后先是把王公大臣召进宫来举行了一个过继仪式，宣布打这一天开始，小载湉就正式过继给文皇帝咸丰为子，然后便让军机处拟旨颁诏天下，由四岁的小载湉继承大统，改国号为光绪，定明年为光绪元年。

其实，这些是早就由王公大臣议好了的，礼部堂官不过是照本宣科罢了。四岁的载湉自然不懂什么国政，只能读书写字，两宫太后自然接着垂帘。

李鸿章官至极品

同治十三年（公元1874年）十二月初四是辕期，李鸿章同往常一样，早饭过后，便同着两司接受官员的拜谒和答复公事。

第一批是实缺的官员。因有公事要回，回完公事，还要连日赶回任所，这自然要先进来，无人能比得过。第二批则是临时差委出去的候补官员。有道员衔的，也有五六品顶子的，这些官员办完了差事，势必要禀明一下办事的经过，为的是尽早领到新差事。第三批官员则纯属有顶子没缺分的候补官员了。这些人有的是因为到省的时间短，一时还轮不到差事，有的则是奉到过差事，却没有办明白，于是也就再没了办事的机会。这部分人道台居多，商人居多，捐班居多，十个里头，总有九个是拿银子捐得的功名。

李鸿章从不拿这些人为重，布、按两司也不拿正眼看他们，他们自己也从不拿自己当一回事。见过这第三批人后，辕期就基本上过去了，各地督、抚衙门莫不如此。

李鸿章见过第三批官员后，照例要和两司再说几句什么，以示对大宪的尊重。正和两司说话的时候，外面忽然传来了“圣旨到，李鸿章接旨”的喊声。

李鸿章当时正坐在签押房的炕上同布、按两司喝茶，一听这话，只得说一句：“两位老弟少坐，老夫去接圣旨。”到了官厅正冠掸衣，双膝跪倒，口称：“臣李鸿章接旨！”

传旨差官展开圣旨，不慌不忙读道：“本日内阁奉上谕：文华殿大学士着李鸿章补授。李鸿章仍留任直隶总督兼北洋通商大臣。钦此。”送走差官后，李鸿章犹在梦中。

众所周知，大清开国以来，文华殿大学士一直是满缺，是真正的满汉各官之首。按大清官制，汉员最高只能授武英殿大学士，而武英殿大学士地位又永远排在文华殿大学士之后。如今，这顶满人专有的桂冠，忽然间落在了一位汉员的头上，不仅李鸿章本人不敢相信，连各地督抚，也在很长的一段时间内，怀疑是军机章京誊错了稿子。

陕甘总督左宗棠见到廷寄后，甚至这样说道："可不是怪吗？大清定制，文华殿大学士非满员不放，这种连三岁娃娃都知道的事情，偏偏军机处就能弄错！这些军机大臣，整天都在忙乎什么呢？"

新年一晃就过去了，开印之后，朝廷下旨，对借款购船一项，完全同意李鸿章、丁日昌等人的建议，并着李鸿章会同新到任的两江总督沈葆桢，密保能员，筹购洋船等事；但对向外洋遣使之议，仍不着一词。

李鸿章接旨在手，内心自有说不出的喜悦。

他深切地感到，只要朝廷同意向别国大量商借洋款，他的购船计划，就会在最短的时间内实现。他坚信，只要大清建起了强大的海防，不仅日本侵台一事不会重演，就连西方各强国，也要对大清另眼相看。到了那时，大清国才算真正到了中兴时代。

一出正月，李鸿章便忙碌起来。他带着随员走上海，过江宁，询洋行，见领事，可是称得上是马不停蹄，人不歇脚，恨不能把所有应办的事情办完。

但沈葆桢却一直打着自己南洋的主意。他表面上对李鸿章讲过的话一律称是，转过脸去，便有异议，不是说李鸿章找的洋人不可靠，便说李鸿章购船委错了人，大清的官银都落进了个人的腰包。

李鸿章人仰马翻地忙了近五个月，不仅一件事没有落到实处，还感染了一场风寒。他心里清楚，沈葆桢这么做，无非是想在南洋建起自己的海防，加重他在朝廷眼里的分量。想想也是，李鸿章已经成了文华殿大学士，他沈葆桢连个协揆的名分还没有捞到，换谁，都要有情绪。

沈葆桢不认为自己比李鸿章差，他有时甚至觉得，在某些方面，他还要比李鸿章强上一些。你李鸿章是北洋大臣，自然要注重北洋海防；我沈葆桢是南洋大臣，当然要加强南洋洋面，这没的说。沈葆桢能找出一百个不与李鸿章合作的理由。

李鸿章拖着疲惫的身躯，无精打采地回到天津的行馆。一天晚饭后，他对随行的幕僚道："海防海防，说起来容易，可当真办起来，可就不仅仅是海防了。洋人要防，防他借机哄抬船银，防他借机暗升借款利钱；满人要防，防他成事不足败事有余，防他把好端端的一盆水搅浑，让你什么都办不成；一些汉官也要防，防他不同你真心办事，防他私留款项，防他同你打埋伏。我大清此次加强海防，因为款项有限，所购船只自然也有限。设若把购到手的这些船只，不拢在一起统一调配，东一只，西一只，这成什么呢？这又能防什么呢？老夫要购两艘铁甲船，船银还没有谈妥，沈幼丹却已经把折子送上去了，无论如何，要把这两艘尚未购到手的铁甲船，留在南洋海面不可！你们说，他这不是胡闹吗？”

许钤身这时道：“中堂大人何不也上个折子与他辩一辩呢？”

李鸿章抚须笑道：“老夫这个汉官，自打补授了文华殿大学士之后，不仅让一些满员生气，也让一些汉官生气。若在从前，老夫不仅要上折子与他辩一辩，还要参他！但现在，老夫却不敢做这些事了。自从朝廷把文华殿大学士加到老夫身上后，老夫不觉其荣，反觉其累，老夫反倒放不开手脚去做事了！”

李鸿章在天津歇息了两天，正要起身回保定，却突接一旨。

旨曰：“为事权归一，着派李鸿章督办北洋海防事宜，所有分洋分任练军设局，及招致海岛华人诸议，统归该大臣等择要筹办。钦此。”

李鸿章面北谢恩，精神明显一振，脸上也有了光彩。当晚，他笑着对许钤身等人说道：“看样子，这筹办北洋海防一事，老夫想罢手都不行了！老夫要连夜拟个谢恩折，拜发后，我们还得到上海去找赫德。朝廷此次专委老夫督办此事，老夫偏要把沈幼丹给拉上！他这回呀，想不干都不成！”

李鸿章连夜上折，奏请与南洋督办大臣沈葆桢，共同办理此事。折子刚刚拜发，津海关道陈钦忽然来报，称秘鲁国换约使臣到了。

李鸿章无奈，只好先打发许钤身、盛宣怀二人，先期赴沪去见赫德，自己则全身心地投入到与秘鲁国换约一事上来。换约毕，李鸿章一边把换约文本呈报总理衙门，一面附带了一个《请遣使赴秘鲁片》，第三次提出向外洋派驻使节一事。

在片中，李鸿章呼吁朝廷：“合仰恳天恩，迅派正使、副使，前往秘鲁，按照条约等件，凡遇可以为华工保护除弊之处，随时商同该国妥立章程。是此则在水火十数万之华人将死而得生，既危而复安也。伏查华民在东西南洋各岛人数不下百万，春间，王公大臣等议办海防，本有招致各岛华人之议，但平时既无相为维系之心，则有事何以动其尊亲之念？今若于秘鲁、古巴各岛分别遣使设官，拯其危急，从此，海外华民皆知朝廷于绝岛穷荒，尚不忍一夫失所，忠义之心，不禁油然而动，有裨大局，诚非浅鲜。”

折子与附片递进宫去，慈禧太后在该片的空白处朱批了“知道了”三个字，然后便没了下文。

李鸿章失望到了极点。此时的总理衙门，正与英国驻华公使威妥玛闹得不可开交，无法顾及此事。这是由马嘉理之死引发出的事端，史称“云南事件”或“马嘉理案”，此案发生在云南。

第四章
有人想整死李鸿章

云南事件

云南是英、法等国早就想进入的大清地面。

英国为了达到这一目的，先用武力占据了缅甸；法国也通过武力和外交手段，控制了越南的南部。

同治八年（公元1869年），云南爆发了大规模的回民起义，英、法等国很想乘虚而入，但这次起义很快便被官府镇压下去。两国的目的均未达到。同治十三年（公元1874年）十月，英国驻华公使威妥玛，忽然向总理衙门索取三四名官员从缅甸进云南的游历护照，其实是为英国探路队提供方便，以游历之名，行探路之实。

威妥玛将护照交给驻华公使馆华语翻译马嘉理，着马嘉理由京师动身，往云南迎接探路队，并出任该探路队的翻译。

该探路队远非三四人，而是由近二百人组成的武装部队，领队是英国现役军官柏郎。马嘉理于光绪元年（公元1875年）一月十七日到达八莫（缅甸北部城镇），并很快与柏郎等人会合。二月初，探路队离开八莫，向云南进发。进入云南之后，既未知会地方官府，也未同沿途乡绅、百姓说明情况，只管前行。在途中，马嘉理对询问的百姓并不作解释，扬言要攻打腾越城。

探路队此举和马嘉理的扬言，引起当地百姓的不安，有人很快向官府禀告。但地方官并未派员去与探路队接洽，也未向百姓做出解释，只作不知。有人开始传言，此队洋人入境，专为攻打腾越城而来。

谣言长腿会跑，当马嘉理一行行至腾越城附近的蛮允一带时，便被近千名手持砍刀、木棒的百姓团团围住。

柏郎见形势不妙，急忙带人撤退，马嘉理因身兼翻译之责，不仅不能随队撤走，还要走向前去说明情况。

百姓却不容马嘉理讲话，先是一人冲向前去，一棒子将马嘉理打翻，随后蜂拥而上。马嘉理登时被践踏成一块大肉饼。百姓随后围追柏郎等人，喊打不止。

柏郎眼见马嘉理一命归天，当下也顾不得许多，率大队人马快速地逃回缅甸境内才敢驻足，并将马嘉理死讯快速报给国内。消息很快由英国传进大清的京师。威妥玛一见之下，立时火冒三丈，当天就带着参赞等随员来到总理衙门，向大清国提出严重交涉。

恭亲王见英国凭空里递上来个抗议书，不由心吃一惊。他一面着人先陪威妥玛等人在衙门里喝茶，一面飞也似地跑进宫去，向两宫太后禀明此事。慈禧太后未及恭亲王把话讲完，脸已吓成了灰黑色，她急问一句："岑毓英怎么说的？"

恭亲王答："禀太后，威妥玛闹成这样，岑毓英那里连个纸片都没有递过来。按理说，岑毓英无论怎么样，他的折子也该比英国人早一天进京。"

慈禧太后急道："那就快给岑毓英下询旨啊！威妥玛说马嘉理死了，他是真死了还是没死啊？总得岑毓英说句话呀！他这云南巡抚是干什么的呀？境内出了这么大的事，他怎么跟没事儿人似的！快让军机处拟旨，问问岑毓英是怎么回事，不能他威妥玛说什么便是什么呀！用八百里加急。"

圣旨当日便由军机处拟出，用八百里加急快速递往云南。

但威妥玛并不相信恭亲王说的话，他认为总理衙门肯定在他来之前，就已得到了云南方面的消息。他甚至怀疑，恭亲王矢口否认知道这件事，肯定另有所谋。说不定马嘉理的死，就是总理衙门预先通告了云南的岑毓英，岑毓英再安排腾越的地方官有意这么做的！

威妥玛把自己的推测火速转告国内的外务部。一个月后，岑毓英的折子递进京师。岑毓英奏称：地方民众确在腾越附近的蛮允一带，杀死一名英国人，死者身份尚未查明，估计就是圣旨里提到的马嘉理；巡抚衙门已着令腾越地方官将尸身收殓，正派员调查此事，若有进展容当续报云云。

恭亲王读罢折子，顿感眼前一片迷茫。很显然，若非朝廷下询旨催问此事，岑毓英还不会如实奏报。也就是说，岑毓英根本就没把这件事当成一件事。

恭亲王怀袖着岑毓英的折子，低头走进慈禧太后的房间。恭亲王从宫里出来回到总理衙门的当日，便紧急约见了威妥玛，商谈如何了结此事。

威妥玛开始不依不饶。他先是提出中国须派员前往腾越对事件进行调查，并将云南巡抚岑毓英等一应官员俱押京审问，又提出增开口岸、减免英商正税及半税以外的各种负担。

威妥玛最后又狮子大张口，提出中国须出重金抚恤马嘉理遗属，恤银不得低于一百万两。

以后的几天里，威妥玛又相继提出俟此案议结，中国即应派钦差大臣奉中国朝廷惋惜滇案玺书，往英国道歉；新旧各口岸，将英人住所画定界址，中国人不许随便进入等项。

恭亲王被威妥玛闹得焦头烂额，几乎一日一进宫，疲惫已极。总理衙门先是奏调正在原籍养病的前总理衙门大臣薛焕，就近由四川赴滇，会同岑毓英查明此事，接着又调湖广总督李瀚章，驰赴云南会办此案。

但对威妥玛提出的将岑毓英一应官员逮京问罪一项，总理衙门却始终不肯答应。这更让威妥玛认为，自己所料不错，认定马嘉理被百姓杀死，是朝廷与岑毓英预谋所为，是故意发难于英国，希望达到英国人再不敢进入云南的目的。

威妥玛抓住此项不放，坚持要朝廷将岑毓英等人逮京，由中英官员会审。威妥玛要利用滇案，把英国早就想要却尚未到手的东西拿到手。经过近一个月的磋商、谈判，恭亲王对威妥玛所提之条款基本点头允准，但恭亲王却强调，此条款须报请慈禧太后和经王公大臣们议准后才可画押钤印。

条约里同意：(1) 英国派员至云南调查，准备商订云南和缅甸之间的边界及通商章程。(2) 英国可以派人前往甘肃、青海一带或四川等地进入西藏，转赴印度。(3) 请添口岸分作三项，以重庆、宜昌、温州、芜湖、北海五处为领事官驻扎，湖口、沙市、水东三处为税务司分驻，安庆、大通、武穴、陆溪口、岳州、码斯六处为轮船上下客商货物。(4) 中国俟案件办结，须派钦差大臣，奉朝廷惋惜玺书，往英国道歉，并向英国朝廷保证，不再发生此类事件等八条。

威妥玛所提之条款摆到慈禧太后的案头。

慈禧太后读了两遍，便让恭亲王将此条款交由在京各王公大臣先议一议。这是慈禧太后听政以来一贯使用的方法，凡是她拿不定主意的事情，她不是先问恭亲王怎么办，就是交由王公大臣们公议，她则根据这些不同的意见，作出自己的决定。

恭亲王把在京的王公大臣们紧急召集到一起，商议此事。李鸿藻的态度是："出些银子是该的，但添开口岸与逮问官员这件事，却万不能答应，这关乎国体。"

潘祖荫在赞同李鸿藻的同时，又提出派钦差前往英国道歉这件事，也不能答应，这亦关乎朝廷的尊严。

潘祖荫进一步指出："百姓打杀的仅是英国驻华公使馆的一名普通翻译，又不是英国的国君，威妥玛提出此条纯属无理。"

徐桐对李、潘二人的态度全不赞同，他道："打杀一个马嘉理算不了什么大事情，威妥玛乃至大清境内的洋人，全可打杀！威妥玛不要说提八条，就算提八十条，我大清身为上上大国，一条都不能答应他！姓威的再敢到总署胡闹，就把他下进刑部大牢，让英国人出银子赎人。"

徐桐说这话时咬牙切齿，两眼圆睁，里面分明在喷着怒火。他对洋人恨得不仅仅是入骨，简直到了入髓的程度！每一提及洋人，他的双眼就要红肿几天。

这件事一议就是近一个月的时间，但到最后也没有议出切实可行的办法。总理衙门行走郭嵩焘曾在私下感叹："我大清的许多事情，就是毁在一些庸员的手里！非等洋人拿起枪炮来才肯认真办理。"

郭嵩焘这话传出去以后，有人赞同，有人反对。恭亲王硬起头皮来见慈禧太后，把各位王公大臣的意见逐一禀复。

慈禧太后沉思良久，忽然问了这样一句："那个威妥玛，近几日怎么样啊？闹得还像以前那么凶吗？"

恭亲王据实答道："回太后话，威妥玛闹得不如以前凶了。这个月，他一共才催了三次，还是打发别人来的。"

慈禧太后一听这话，低头想了想，脸上慢慢露出了笑容。

她一边点头一边道："这就对了。看样子啊，这与洋人交涉，还真得跟他们拖上一些日子。他们洋人，也和咱大清一样，每天都是有许多事情要办的。不就是死个人嘛，值得大惊小怪吗？这一拖呀，说不定，这事就拖过去了，谁成天老记着这事儿啊？"

恭亲王道："太后说得是。这一拖，说不定这事还真就拖过去了。"恭亲王领了懿旨，蔫头耷脑地退出宫去，径直回了王府。

第二天，恭亲王正在用早饭，郭嵩焘忽然匆匆赶了过来。

一见面，郭嵩焘先行了见面大礼，然后便从袖里摸出一份公文，双手递给恭亲王道："这是总理衙门一早便收到的威妥玛着人递送的辞行书。下官着翻译看了一遍，大意是说我衙门办事推诿，不肯认真等语，威妥玛只好离京回国请旨。"

"什么？"恭亲王惊得碗箸俱落。他一面紧急着人更衣，一面道："筠仙，你先回总理衙门，本王马上就到！"

谈判失败

恭亲王的大轿很快抬出王府，但并没有去总理衙门，而是径直向英国驻华公使馆行去。

到了公使馆门首，先有人拿着王爷拜客的帖子去里面通报，恭亲王随后也被人扶下轿来。

很快，一名翻译跟着恭亲王打发进去投帖子的差官一同走出来。翻译来到恭亲王面前先点了下头，然后便板着脸说道："我国威妥玛公使，已于早饭前，乘车离京回国了。王爷有什么事，等我家公使回来后再办吧。"

恭亲王一听这话，马上怔在了那里，脑海一片空白。翻译看一眼恭亲王，冷冷地说一句："王爷请回吧！"便转身走回公使馆。

恭亲王飞身上轿，大喊一声："快起轿，进宫去见太后！"轿子飞一般地向宫门扑去。

恭亲王一见慈禧太后，上气不接下气地说道："禀太后，臣刚刚知道消息，威妥玛不辞而别，于一早便离开京师，回国请旨去了。"

慈禧太后一听这话，犹如五雷轰顶，登时被惊得脸色煞白，手抖心跳，她愣愣地说道："这是怎么说的？他此时回国要干什么？快，派快马去给李鸿章传旨，让李鸿章无论如何，在天津把威妥玛留住！这道旨，一定要抢在威妥玛的前面，递到李鸿章的手里！告诉李鸿章，无论如何，不能放威妥玛回国。等威妥玛带着大队军舰赶过来，可就不好打发了！你还愣着干什么？快回军机处拟旨去呀！"恭亲王慌忙告退。

李鸿章对滇案是早就有所耳闻的，威妥玛大闹总理衙门等事，郭嵩焘也都函告了他，他并未放在心上。李鸿章相信恭亲王和总理衙门能把此事办理好，他的主要精力仍放在筹措银款购买洋船一事上。

这天他正坐在天津行馆签押房里，与盛宣怀商议派员赴德国武学院学习水陆军械技艺一事，忽然接到京师军机处紧急递送的圣旨一道。

旨曰："本日据恭亲王、宝鋆、沈桂芬面奏，英国马嘉理被戕一案，叠经该王公大臣与英使威妥玛辩论，该使借此一事，多方要求。其有尚可通融者，业经酌量允准；有碍难准行者，当经驳斥。该使未遂所求，遽于昨日出京等语。此案经总理衙门王公大臣与威妥玛反复辩论，力持大体，今该使遽行出京，自是意存要挟。如该使行抵天津，往见李鸿章议及此事，该督即可相机开导，就近商办。如该使到津后，径欲南行，该督亦须与之晤商，冀可早了此案，不至迁延。钦此。”

圣旨的后面附有威妥玛与恭亲王原议八条。

李鸿章接旨在手，不由仰天感叹一句：“事情怎么成了这个样子？此时万万不能开衅端哪！”他着人急传刚署津海关道的许钤身过来，吩咐道：“老夫刚刚接到圣谕，总理衙门与威妥玛谈崩了！威妥玛已经离京欲赶回国内。你马上着人打探一下，威妥玛是过了天津还是尚未到天津。如果到了天津，你就马上去见他，告诉他，老夫想与他谈一谈，请他约个时间。这件事已是刻不容缓，你马上去办，老夫候你的结果。”

许钤身刚刚到任，便碰着这么个棘手的事情，不觉头皮发麻，全身发冷，却又不敢不去办理；许钤身的心头自有一番懊恼。

英国驻天津领事馆的门前比平日多了几辆车驾。

威妥玛刚到天津，正在英国领事馆歇息。许钤身得到确报，当即持帖前往，来拜会威妥玛。

许钤身见到威妥玛后，先是面子上的一番客套，然后才徐徐说道：“本官此来，是奉我家李中堂之命，来看望贵公使。我家中堂说，他与贵公使是朋友，贵公使到了天津，他理应与贵公使见上一面，叙叙旧情，不知贵公使意下如何？”

威妥玛冷冷道：“本公使与贵国李中堂，当然是朋友，但贵国却与我国极不友好。本公使此次来到天津，并非有什么公事要办，是因为要乘船到上海去，由上海乘船回国请旨。贵中堂如果想与本公使商议马嘉理的事，请转告贵中堂，本公使认为这件事，已无商量的可能了。如果贵中堂邀本公使，只是想叙叙旧，本公使自然很乐意与他相见，本公使在领事馆恭候他的到来。”

许钤身高兴地离开领事馆，飞报李鸿章。李鸿章知道威妥玛尚未离津，自然也是喜从天降。稍事准备，便带上许钤身、薛福成等人，连夜去拜访威妥玛。威妥玛对李鸿章还是比较尊重的。在威妥玛眼里，李鸿章是当时大清国一言九鼎的相国。李鸿章不仅同英国做过许多交易，对英国比较友好，他还懂《万国公法》。

两个人见面，自然免不了先有一番互相问候，然后才切入主题。

李鸿章抚须微笑着说道："威公使来到天津，老夫很是高兴。威公使可以在天津宽住些日子，老夫可以陪您各处走一走。这两年，天津的变化不小啊，很值得一游。"

威妥玛说道："谢李中堂的美意。本公使此次是路过天津，乘船赴上海，由上海乘船回国去。待本公使从国内回来后，一定接受李中堂的邀请。"

李鸿章仍然笑着说："威公使啊，有些事，我们不妨坐下来，好好谈一谈，不要执意回国。如果您愿意，老夫可以陪您一同进京。"

威妥玛愤然道："李中堂容禀，本公使此次离开你们的京师，是不打算再回到那里了。本公使说句李中堂不爱听的话，贵国的总理衙门，包括恭亲王在内，全是些说话不算数的人。本公使已与他们无话可谈，只能回国请旨。此时已是光绪二年，可他们还是一件事也不肯认真去办，只管一日推一日地和本公使玩儿童游戏。本公使已对贵国的总理衙门，失望透了，他们根本就不能办成任何一件事情！"

李鸿章沉吟了一下，说道："威公使容禀，总理衙门有总理衙门的难处！何况，两国之间无小事，不能说办就办，总要互相商量明白，哪些可行，哪些不可行。"

威妥玛忽然道："请原谅李中堂，本公使刚到天津，还不想同您谈这件事。本公使想歇一歇，明儿再谈好吗？"

李鸿章笑道："老夫只与贵公使随便谈谈。这样也好，威公使可以先歇上几天，等歇过乏来，老夫请您到行馆去喝茶如何？"威妥玛点头应允。

第二天，李鸿章把威妥玛一行十几人，请到行馆的办事大厅。差官献茶毕，李鸿章徐徐说道："威公使，老夫不知您是否愿意，同老夫谈一谈马嘉理案的事情？"

威妥玛答道："李中堂容禀，并非本公使不想再议此事，实因贵国总理衙门，忽拒忽允，没有定算。本公使在京所议条款，本系从轻通融办法。总理衙门如此反复，本公使只有搁置不提，另请本国酌办。"

李鸿章说道："威公使容禀，两国交涉本非小事，总要有个互相商量的过程。"

威妥玛断言道："李中堂容禀，本公使出京前，业经函告贵国总理衙门王公大臣，本公使以前所提各款，不再续议，作为罢论，已声明作废。本公使回国后，我国怎样办法，自会通报于贵国。李中堂，我们还是换一个话题吧。"

李鸿章沉吟了一下，道："威公使不要如此性急，马嘉理的事情，我们今日不谈，可以改在明日再谈，如何？"

威妥玛起身答道："李中堂，您如果没有其他话题，本公使只好告辞了。"李鸿章没有办法，只好礼送威妥玛一行步出行辕。

以后的几天里，李鸿章虽三次去看望威妥玛，与他计议重回京师谈判的事，威妥玛却是执意不肯回头。威妥玛眼见是乌龟吞了秤砣，铁了心了。

李鸿章被威妥玛弄得茶饭无味，寝不安席，却又想不出更好的办法来劝阻他去上海。这一日晚饭后，李鸿章突然接到英国领事馆递进来的一封便函，展开来，却是威妥玛写给李鸿章个人的信件。

李鸿章把信件交由翻译译成华文。李鸿章再见到已译成华文的信件时，不由脸色剧变，心跳加剧，额头有汗珠冒出来，口里连连道："这可如何是好？这可如何是好？"

威妥玛这样写道："敬启者：所有本大臣前拟条款，已经照知恭亲王，全为搁置在案。今承贵中堂切嘱，再为商议，本大臣总以不便再议为答，固非轻待贵中堂之意。而贵中堂既奉谕旨，着为会商，本大臣尤无漠视大廷之心，理合言明。此次恭奉上谕，专将马嘉理一案，指为会商之件，而本大臣所望亦不过妥为结案，如此早经照会恭亲王，请旨着令云南巡抚等员进京，或在本大臣前，或在本大臣委员前听审，此恭亲王若既备文照复，便以为可……"

李鸿章心里非常清楚，威妥玛是不肯坐下来重谈此事了。他或许已经打定了开衅的念头，或是接到了国内的某些谕示。

李鸿章传人备轿，他要最后一次去见威妥玛，他不能就这样看着威妥玛从自已的眼皮底下走掉。李鸿章匆匆赶到领事馆时，威妥玛已经搭乘轮船离开了天津，正向烟台进发。

李鸿章不由长叹一声："恩师说得千真万确，正所谓谋事在人，成事在天！可叹老夫回天乏术！"回到行馆，他给朝廷拜发了《威妥玛决裂赴沪》一折。

在折中，李鸿章一共向朝廷汇报了三件事：一、威妥玛确实到了天津，我也奉旨见了他，但谈崩了；二、威妥玛说了总理衙门许多不是；三、威妥玛给我留了一封信便离开天津南下了，我没有拦住他。

馊主意

李鸿章的折子与威妥玛的信件火速递进宫去，慈禧太后看后又是一惊。这一惊可非同小可，她一面着军机处给威妥玛所经之处各地衙门下旨，着地方官员但见威妥玛船只，无论如何，要进行劝阻，并向威妥玛言明，只要该使同意，总理衙门将另派大臣与之重议，一面把恭亲王等一班王公大臣们召来，拍桌子破口大骂，足足发泄了一个时辰才止。

恭亲王吓得大气也不敢出一口，徐桐也无了往日的能耐，躲在沈桂芬的后面，一动也不敢动。

京师一连几日人心惶惶，仿佛第二天就有洋人打进来。

在天津的李鸿章，并没有放弃最后的努力，折子拜发的当天，他就派人给远在上海的赫德急函一封，恳请赫德能在此危急关头，出面调停此事。赫德自然很愿意充当这样的角色，因为他这样做，既能讨好中国，又能讨好英国。赫德接到李鸿章信的当日，便乘船迎头来见威妥玛，欲行调停之事。

其实，大清国及李鸿章等人，并不知道此时英国国内的情形。此时的英国，正值在土耳其问题上发生国际危机的时候，根本无暇东顾。威妥玛一行行至烟台的时候，便接到了英国首相德比的训令，训令要求威妥玛从速解决云南问题，勿庸回国请旨。

威妥玛接到训令着实被吓了一跳，很是进退两难，只好着令该船先行停靠在岸。这时，恰巧有口岸办事官员五品衔员外郎刘锡鸿，知道英公使威妥玛到此，便忙登船来拜。

礼毕归座，刘锡鸿陪着十二分的小心，转述了一下朝廷的旨意，恳请威妥玛能在此宽住几天，希望可以重开谈判，并特别强调，如威公使能答应下来，朝廷立即酌派大员专办此事。

威妥玛听了这话，无异于绝处逢生，当即一口应允下来。刘锡鸿听了这话，马上便将威妥玛一行人接下船来，请进驿馆住下。随后便连夜上奏朝廷，一为言明此事，请朝廷速派大员来此，一为表功。威妥玛住下不及两日，赫德也来到烟台。

赫德见过威妥玛后，马上给李鸿章去函一封，称："听威大臣口气，英国实在看此事甚为要紧，恐不肯从权轻易了结。"赫德最后又威胁道："西国情形现为土耳其事日有变动，英国朝廷愿趁此机会叫别国看明白，该国力量既能在西洋做主，又可在东方用兵，随意办事。"

赫德信至天津，朝廷的圣旨也跟着递进行馆。

旨曰："本日据山东巡抚衙门奏称，威妥玛一行行抵烟台，烟台口岸衙门刘锡鸿奉旨前去探问，言明朝廷欲派大臣与该使重议马嘉理一案。该使初尚不允，后经刘锡鸿反复劝说，始方应允，但须派全权便宜行事大臣来此，才可商议等因。着李鸿章为全权大臣，驰赴烟台与该使商办云南一案。该大臣久历外交，深谙西人性情，可便宜行事，免生他变。钦此。"

李鸿章接过圣旨许久不得其解，他身为大清堂堂首揆，没有留住威妥玛，更没有说服威妥玛"从宽计议此事"，一个小小的烟台口岸委员，不仅把威妥玛留下了，而且让威妥玛重启商谈之念！这刘锡鸿究竟是怎样的一个人？如何这般了得？

李鸿章当时便打定主意，自己到了烟台，倒要先去见一见这个刘锡鸿，如确系能员，定当狠狠地保举他一下，以资鼓励。

李鸿章接旨不久，又相继收到俄、美、法、德、奥等国驻京公使的来信。在信中，众公使众口一词，均提出愿意出面调停此事。李鸿章自是大喜，去函表示欢迎。

去烟台之前，李鸿章奏调总理衙门行走郭嵩焘，赴烟台帮同办理此事。旨准。李鸿章与郭嵩焘约期在天津会合，共赴烟台。郭嵩焘如期赶来后，李鸿章马上选派翰林院编修黄彭年，户部主事钱英增，道员许钤身、朱其诏，直隶州知州薛福成，知县徐庆铨、诸可权等人做随员，又从津海关道衙门选了两名英文翻译带在身边，调招商局丰顺轮船，福建船政局镇海、琛航二船为行具，直趋烟台。

船抵烟台口岸，自有山东巡抚丁宝桢带着一应随员在此迎接。见礼毕，李鸿章对丁宝桢道："丁抚台，您老不在省城喝茶，跑这做甚？"

丁宝桢答道："相国出行，山摇地动，下官在省城，怎么能坐稳板凳吗？"

李鸿章一拉丁宝桢的袖口道："好了，您老哥别耍贫嘴了，您快说出来，哪个是刘锡鸿？您老身边有此能员，老弟怎么竟一丝不知？"

丁宝桢用鼻子哼了一声，随后才用眼望着人后的一个猥琐的男子道："那不就是他吗？中堂若喜欢，现在就可以调在身边。"

李鸿章点了点头，小声道："饭后，您让他到驿馆来一下，老弟要问他几句话。"丁宝桢点一下头。

一行人乘上轿子，浩浩荡荡离开码头，向城里行去。

晚饭后，丁宝桢正陪着李鸿章、郭嵩焘二人在房里说话，刘锡鸿按丁宝桢预先的吩咐，持手本来给李鸿章请安。刘锡鸿进得门来，对着三人施行了大礼，然后便两手垂着，站立在一边，等候问话。

李鸿章细看刘锡鸿，五十几岁的年纪，一双小眼睛，配着个扁平鼻子，下巴上有几根鼠须，脑后垂根不甚粗壮的辫子；中等身材，五品顶戴，官服有些破旧，穿一双崭新的官靴，颇有些不伦不类。

李鸿章笑了笑，开口说道："你就是刘锡鸿吗？"

刘锡鸿忙道："正是下官。"

李鸿章道："刘锡鸿啊，老夫想问你几句话，你要据实回答。老夫在天津行前，上海道冯焌光函禀，英人在上海筑造铁路成功，火车已可通行，但我华人却将其视为怪物，有人竟然在火车开动途中，向其泼洒狗血等秽物，还有人顶着狗血盆，横卧铁轨之上，以致该车启动不足三天，便轧死百姓十数人。这件事，冯道正在上海，奉旨与英人交涉。老夫来此，与威妥玛办滇案的同时，也要与威妥玛谈这件事。刘锡鸿啊，你要从实回答老夫的问话，你是怎么看这件事的？"

刘锡鸿眨眨眼，朗声道："回中堂问话，下官以为，所谓火车云云，不过是西人行使的妖法。此法虽不足惧，但要破它，恐非一般狗血所能降服。下官适才，在肚里思量出一个好法子，比一般狗血不知强上多少倍，妖物见了下官配制的法宝，定然魂飞魄散，不能前行一步。"

李鸿章忙问道："哦？你竟然会配制法宝？你且讲来，你的法宝是如何配制的？"

刘锡鸿答："下官的舍下，养有一条白毛大狗，其性不知比西人凶悍多少倍。若将此狗一刀斩杀，取其血，配上妇人行经之血，对准妖物迎头泼去，妖物岂能不怕哉？若被妖物所害，实属法术过低之故。请中堂大人细细察之。"

李鸿章面无表情地点了一下头，又问道："刘锡鸿，你还真是个有见识的人。老夫若保举你为上海道，你将怎样做呢？"

刘锡鸿高兴地答道："中堂大人当真保举下官升授为上海道，下官就养上一百条白毛大狗，再让属官去乡间收满一大缸妇人行经之血。下官到了任上后，但凡见有西人器物，下官就给它泼上一水瓢。用不上一年，西人休想在上海活命，统统滚出上海。下官敢向中堂保证，上海从此再不会有一件交涉出现。总署和大人，也不会再因为洋夷上火了。"

李鸿章笑了笑，忽然问道："刘锡鸿，老夫现在问你，威妥玛来到烟台，你可是提着狗血把他留下的吗？"

刘锡鸿答道："下官回中堂的话，威妥玛到烟台时，并未下船。下官本想不去见他，但因圣旨在前，下官又不能不去见他。去见他时，下官不仅未拎狗血，连妇人行经之血也未备有。但威妥玛听了下官的话后，并没有让下官多说什么，他也没有同下官饶舌，便一口答应了。下官适才在想，若下官当真提了白毛狗血去泼他，说不定，他就不敢再向朝廷提东提西，大人或许就不用辛苦这一趟了。下官适才所讲，俱是肺腑之言，请中堂明察。"

李鸿章未及讲话，郭嵩焘这时冷笑道："刘大人，你适才所讲之话，本官倒有些怀疑。本官现在问你，你当真用狗血去泼威妥玛，你不怕他用火枪把你打死吗？"

刘锡鸿轻蔑地哼了一声，道："郭大人，您老是真不明白还是装不明白？下官当真用狗血去泼他，他还会去掏什么火枪吗？他早化成一摊泥了！"

李鸿章不得不摆摆手道："刘锡鸿啊，你先下去吧，老夫总算不虚此行。"刘锡鸿只得施礼退出。

郭嵩焘气愤地对丁宝桢道："丁抚台，您老手底下怎么有这么个现世活宝？本官真不敢相信，威妥玛能听他的一派胡言？”

丁宝桢笑道：“筠仙哪，你可不要小看这个刘锡鸿，他上年进京引见，听说徐桐一连请他吃了三顿饭呢。徐桐这人的眼眶子高着呢！我们这些人，包括中堂大人在内，他何曾用正眼瞅过？”

李鸿章这时道：“丁抚台啊，刘锡鸿这个人哪，您还是把他调离海口远些好。海口是洋人的必经之地，当真有一天他心血来潮，把他家的那条白毛大狗斩杀了，提着狗血去和洋人拼命，不是给您和朝廷惹麻烦吗？”

丁宝桢道：“中堂尽可放心，下官已经保举他进京引见了，这一两日他就要离任进京。说不定，徐桐能把他留在京里做他的五品员外郎。设若他当真又回了山东，下官一定把他弄到府衙里，不准他参与口岸的一点事。不过，下官听说，这刘锡鸿口里虽然恨洋人恨得很，他在口岸这几年，对过往的洋人，还是很小心的。

“看样子，他还是怕洋人手里的枪炮。对了，下官还有一事要向中堂禀报，就是中堂和郭大人到的前一天，俄国驻京公使、美国驻京公使、法国驻京公使，还有德国的公使，都到了烟台，说是来度假的。下官想，他们莫非是受了威妥玛的蛊惑，来为他助威的吧？”

李鸿章沉吟了一下，说道：“在天津时，威妥玛曾对老夫亲口说过这样一句话：‘设若有别国使臣出面为之调停，我不能准；唯照我的主意行事。’照此话分析，他不大可能邀请别国公使参评此事。”

李鸿章说到此，起身走了几步，忽然问郭嵩焘道：“筠仙，明儿是万寿节吧？”郭嵩焘点头道：“正是。”

李鸿章道：“丁抚台，借着万寿节的由头，您老茶罢去安排一下，把烟台现有的几艘大兵船，调到一起演操，老夫请威妥玛与各国公使都来阅看。操罢，就在兵船上举行酒会，老夫要借机看一下各国的动静。若各国公使并非威妥玛所请，老夫正可利用此机，孤立一下威妥玛，防他过多地要挟。你们以为如何？”

郭嵩焘道：“中堂此计甚妙，可谓一箭双雕。”

丁宝桢道：“下官在想，设若各国公使确系威妥玛所请，我们这场花费可就不值了。”

李鸿章哈哈笑道：“这场花费，老夫自有办法，不会用你山东一两银子就是了。您哪，在地方上久了，是不知外交上的险恶。有些时候啊，你花出去一两银子，能为朝廷省下百两银子。外交和打仗一样，打仗讲究的是计谋和器械，外交讲究的是计谋和国力。你国力强呢，你就占上风；你不如人呢，人家就占上风。咳！一言难尽啊！”

《烟台条约》内幕

第二天，烟台上空一片晴朗，福建船政局建造的五艘大兵船，齐聚码头，船上官兵衣帽簇新，列队站在甲板上，接受李鸿章的检阅。

李鸿章以共庆万寿节的名义，把到烟台的各国公使全部请来，一同观看水师演操。演练结束后，李鸿章把各国使节邀到一艘兵船上饮酒，仿佛朝廷让李鸿章来到烟台，并不是来与威妥玛交涉马嘉理一案，而是来看操饮酒。

酒会过程中，李鸿章一会儿同美国驻华公使西华说上几句什么，一会儿又举杯走到俄国驻华公使布策的身边，小声交谈几句。李鸿章的神秘举动，让威妥玛备感恼火。威妥玛的华文翻译梅辉立，为了能探听到一些东西，竟跟个幽灵似的，在船舱里到处乱窜。

郭嵩焘按着李鸿章事先的吩咐，一直陪着威妥玛与赫德二人，商讨正式会谈的日期及参加人员。通过酒会，李鸿章摸清了各国公使对威妥玛的不满情绪，及对威妥玛利益独占的做法表示出的愤慨。他决定利用各国使臣的这种不满，促使和谈成功，免开衅端。

与威妥玛正式会谈后，李鸿章仍是利用一切闲暇的时间，邀请各国使臣喝酒、饮茶，这引起威妥玛的极度不安。威妥玛备感孤独，口气开始渐渐缓和。

这时，赴云南办理此案的薛焕与李瀚章，也将办理结果通报了上来，声称英国驻华使馆翻译马嘉理确系死亡，但杀死马嘉理的并非当地百姓，而是野人；这些野人已被官府捉拿，正在审问；云南巡抚岑毓英与腾越地方官府，虽均与此事无关，但朝廷为消弭英国国民怨恨，巩固邦交，亦应将云南巡抚岑毓英与腾越地方官革职。

威妥玛万没想到，薛焕、李瀚章二人，到云南竟然查出这么一个结果，这不仅让他恼火，更让他气愤。谈判时，他把桌子拍得山响，坚决要求总理衙门将岑毓英、腾越地方官及捉到的所谓野人，全部逮京，他要亲自审问。

李鸿章不动声色，等他发泄够才反问道："如果威公使不相信我国的调查结果，威公使可以拿出证据来，证明马嘉理不是被野人所杀。"

威妥玛大叫道："本大臣一月内，就给你李中堂拿出证据来！堂堂的大清国，竟会有野人！鬼才相信！"

李鸿章仍然笑对威妥玛，因为李鸿章不相信威妥玛当真能拿出什么证据。威妥玛所说的证据，就是柏郎由八莫火速递过来的书面文字。

柏郎的证言被威妥玛提交到会谈桌上，李鸿章仍然说道："柏郎将军见到的只是一群人而已，他怎么敢肯定这些人就不是野人呢？"

威妥玛大叫道："不将岑毓英等地方官押进京来审问，本大臣怎能相信你们说的话呢？"

威妥玛尽管口气强硬，但并没有破裂的迹象。会谈整整持续了四个月之久，双方总算达成了协议，史称《烟台条约》。

该条约除威妥玛提出的"将云南巡抚等官员逮问进京会审"一条被删除外，添开口岸由原议的十处缩减为宜昌、芜湖、温州、北海四处，抚恤银由二十万两减至十五万两，其他条款未变。

李鸿章将条约上奏朝廷的同时，又保举郭嵩焘担任此次出使英国道歉的钦差大臣，许钤身为副大臣，并建议黎庶昌为随员。

李鸿章最后又建议：”等到道歉后，便在该国成立大清驻英公使馆，长驻该国，以便观察他们的动静。“朝廷见衅端未开，自然大喜，很快便批准了李鸿章与威妥玛议成的这个《烟台条约》，并采纳了李鸿章在英设立公使馆的建议，同时拟出了驻英公使馆成立后的公使等人选：诏授郭嵩焘为公使，许钤身为副使，黎庶昌为参赞，其余人员由郭嵩焘选调。郭嵩焘兴高采烈地带上许钤身先期回京，筹备出国的事。

在李鸿章的一再努力下，大清国终于诞生了首家驻外公使馆。

李鸿章没有回天津，而是乘船赶到上海，他还要去找洋行商谈借款购船的事，顺便还要同威妥玛办理一下淞沪铁路的人命案子。

李鸿章到了上海不几日，盛宣怀便与美、法等国洋行订立了借款合同，并将合同草稿呈给李鸿章过目。李鸿章审视一遍，认为可行，便将借款合同着快马递送总理衙门，希望早日钤印生效。离开上海，李鸿章经过深思熟虑，专给朝廷上了《请出示保护远人折》，折后并附《请饬官吏讲求条约片》。

李鸿章的这一折一片无非是希望朝廷能吸取马嘉理案的教训，饬命各地衙门张贴布告，晓谕当地百姓，尽力保护持有护照的外国游人，不要引出交涉事件，给朝廷惹麻烦。

这些奏请，虽经慈禧太后允准，并由总理衙门会同军机处以廷寄的形式下发到各省，但仍有大部分省的地方官府并不去认真办理此事。

以后的几年中，因有清廷的明谕作为护身符，在华的各国人等愈发骄妄，几乎肆无忌惮。这样一来，民众捣毁教堂、怒杀洋人的事件，仍然时有发生。清廷专为此事，每年都要花上近百万两的白银赔给洋人。

光绪二年（公元1876年）九月，出使英国使团在郭嵩焘的带领下，离京赴天津，由天津转道上海，从上海雇轮出国。出使大臣是郭嵩焘，副大臣却并非许钤身，而是刑部候补员外郎刘锡鸿。

李鸿章得知消息后，很是大吃一惊。这是怎么回事呢？原来，刘锡鸿进京引见后，慈禧太后感于刘锡鸿能把威妥玛留在烟台立有大功，觉得刘锡鸿放回地方有些大材小用，便指明他到刑部候补，想在适当的时候，让恭亲王赏他个好缺分。

刘锡鸿自是满心欢喜，加上引见时，两宫太后都给了他好脸子，慈禧太后还夸了他两句，这就更让他觉得前途无量，期望一夜间能把李鸿章弄垮，自己坐到文华殿大学士的位置上，好好摆布一下洋人。

但他在京里一住就是半年的光景，不仅候补没有变成实缺，手头带的银子也花了个精光，渐渐就要衣食无着。刘锡鸿被逼无奈，只好哭丧着脸子去向徐桐谋主意。

徐桐自然同情他的遭遇，但除了送上两句安慰话，也没好法子可想。刘锡鸿直到此时才知道做候补的苦处和做京官的不易。正在这时，《烟台条约》签成，诏命郭嵩焘为出使大臣、许钤身为副大臣，远渡外洋到英国去道歉，顺便设立公使馆。

刘锡鸿听到消息后，不觉眼前一亮，心道："郭嵩焘是二品大员，我自然比不过他，但许钤身算个什么东西？他除了跟在李鸿章的后面去讨好洋人，还会做什么？”

刘锡鸿自恃劝留威妥玛有功，决定把许钤身挤下来，自己到西国走一遭，也不枉做人一场。

他主意拿定，当晚就去拜访徐桐，央徐桐连夜给上头上个保举的折子，让他到西国亲自去看一下究竟，找出西国的死穴，回国后好对症下药摆布洋人。

徐桐却不想放他离开京师，怕他一到西国便变了心性，再不是以前的刘锡鸿。刘锡鸿一听这话，不由双膝跪倒，指天发誓道：“若下官到了西国换了个人心，就一头栽进海里去喂王八！”

徐桐眼见劝他不住，只好开动脑筋，挥毫写了个密保折子。

慈禧太后见到徐桐的折子后，当即把恭亲王传进来，说道：“不是徐桐上这个折子，我倒把刘锡鸿这个人给忘了。刘锡鸿可是个能员，这次威妥玛肯留在烟台，刘锡鸿可是立了大功。就这么着吧，让刘锡鸿做出使英国的副大臣，等公使馆设立以后呢，就充副公使。许钤身还年轻，再历练几年出去也不晚。”

恭亲王忙道：“禀太后，臣以为，让刘锡鸿做副使这件事，该征询一下郭嵩焘的态度吧？”

慈禧太后沉着脸道：“随员可以让他选调，这副使一职啊，可不能由着他的性子乱来。”恭亲王一听这话，赶忙点头称是。

恭亲王当天就把刘锡鸿出任副使这件事对郭嵩焘讲了一下。

郭嵩焘不听便罢，一听之下，原本好好的一张脸，倏地变成了灰黑色。他连夜上奏朝廷，指出刘锡鸿出任副使的三不可，曰：“该员于洋务太无考究，一也；洋务水磨功夫，宜先化除意气，刘锡鸿矜张已甚，二也；其生平好刚而不达至理，三也。”

郭嵩焘指出的这三点，正是刘锡鸿最致命的三处要害。

郭嵩焘久历官场，对刘锡鸿看得当算透彻。

慈禧太后看到郭嵩焘的折子后，竟说了这样一句话：“这又是恭亲王给郭嵩焘出的主意！刘锡鸿这个副使啊，还真当定了！”

郭嵩焘的折子自然被慈禧太后留中不发了，但折子的内容却传了出去。刘锡鸿险些被断了财路，自然恨死了郭嵩焘。

出京的前一夜，他特意跑到徐桐的府上，咬牙切齿说道：“下官此次随郭越洋，一切皆未携带，唯携备参奏折件，一俟郭嵩焘有卖国行径，定要让他好看！”

李鸿章听到消息后叹息道：“派驻使节乃国家大事，朝廷怎能如此轻率呢？放刘锡鸿这样的人出任副使，恐怕筠仙这正使也做不长久！”

不祥之感

光绪二年（公元1876年）十月二十日，李鸿章从英国订造的两只二十六吨位的兵船，缓缓开抵天津，经办人赫德也同船到达。李鸿章派随员会同总理衙门派来的差官，及福建船政局派过来的两名技师，对两船逐一验审，均合乎订造要求。李鸿章为这两艘船取了威武的名字，一为龙骧，一为虎威。

同日，大清驻美公使馆成立，诏陈兰彬为公使、容闳为副使。陈兰彬随后又奉旨到日本、秘鲁二国设立公使馆，公使一职均由陈兰彬兼署。同日，淞沪铁路火车轧人一案也有眉目，经威妥玛与总理衙门协商，大清国决定出资五十万两白银，将英国建成的这段铁路连同火车一同收购。协议达成后，铁路被拆毁，火车则被沉入海中。

消息传到天津，李鸿章被气得捶胸顿足，却又不敢道半个不字。淞沪铁路一案的最终结果，变成了外国人的笑柄，也变成了中国人的耻辱，被留在了那个年代里。

到了年底，由李鸿章、丁日昌联衔奏请的“请派闽厂学生学习”一事诏准。很快，从福州船政学堂挑选出的几十名优秀学生，由道员李凤苞带队，登船分赴英、法等国，学习西洋兵船的制造驾驶之方。这是大清开国以来派出去的第一批学习现代海战的留学生。

这一年大清的塞防，也取得了明显的成效。这主要体现在左宗棠收复新疆上。只几个月的光景，左宗棠便指挥老湘军统领刘锦棠等前敌将领，打垮占据南疆全部、北疆大部分地区的阿古柏侵略军。阿古柏自杀，其子伯克胡里率残部退入俄境。南疆全部收复，北疆只剩下了伊犁九城尚在俄国人手里。

朝廷于是下旨着崇厚赴俄都圣彼得堡，组建驻俄公使馆，以便交涉此事，同时诏授总理衙门章京邵友濂为公使馆参赞，随行入俄。

本年，淮军将领督办台湾防务的刘铭传，按着李鸿章的意图，在台湾筹建基隆煤矿。

光绪三年（公元1877年）七月，李鸿章奏请开采科尔沁铅矿。

光绪五年（公元1879年）正月，五十六岁的李鸿章因“督办海防、兴办洋务、办理外交等项成绩卓著”，被朝廷破格赏加太子太傅衔，人们对他的称呼自然由“李中堂”、“李爵相”、“李相国”，上升到“李傅相”。

这时，远在法国巴黎的驻英、法两国公使郭嵩焘，因与副公使刘锡鸿互相参奏，致使公使馆无法正常办理业务，被朝廷撤任，勒令回国归籍养疾。刘锡鸿虽也被一同召回，但回国后不久即恩赏二品顶戴实授光禄大夫，成了京堂。

同日，朝廷诏太常寺少卿曾纪泽为英、法两国公使，陈远济、黎庶昌二人分任驻英、法两国公使馆参赞。郭嵩焘到国外不足两年，只因副公使是刘锡鸿而非许钤身，其结果竟被李鸿章不幸言中，终于还是落了个撤任、勒令归籍的下场！所幸接任者也是个深通西学之士，李鸿章心稍安慰。

你道曾纪泽是何许人也？

曾纪泽字劼刚，籍隶湖南湘乡，是已故大学士曾国藩的长子。同治九年（公元1870年）由二品荫生补户部员外郎，光绪三年父忧服除，袭侯爵。曾纪泽初入私塾，以学习中国传统文化为主，兼习诗词，后又潜于西学，拜洋人为师，攻读英语，二十五岁即与英国传教士伟烈亚历、中国数学家李善兰合作，将欧几里得的《几何原本》翻译成中文，名重一时。他通过阅读西学原著，了解了许多西方各国的状况，成为当时唯一对欧洲有着深刻了解的官宦子弟。他可以直接用英语与洋人对话，还能用英文写作，在晚清时期，实属难得，堪称凤毛麟角。

曾国藩生前，李鸿章与曾纪泽就已单独交往；曾国藩去世后，二人的关系更加紧密。尤其是曾纪泽丁忧期间，李鸿章几乎每有洋务中的疑难之事，都急函请教。

曾纪泽能够接任驻英、法公使，正是李鸿章向朝廷密荐的结果。他想通过曾纪泽，多少扭转一下大清国在外交上的被动局面。

光绪六年（公元1880年）八月一日，在天津的直隶总督行馆的签押房里，李鸿章、盛宣怀、薛福成、许钤身四人正坐在一起，一边喝茶，一边商议着一件大事情。

李鸿章手抚胡须，面色凝重，不紧不慢地说道：“设立电报局这件事，老夫已然深思了几年。同治十三年，日本侵我台湾之后，老夫就与沈幼丹联衔奏请过，但因各位王公大臣极力反对，加之徐桐以死相谏，朝廷只好罢议。现如今，不仅西欧各国靠电报传送文字，连日本，也效而行之。曾劼刚使西前，曾反复陈说电报之利，电报之效，几乎一日可达万里，吕布的千里驹也无法与之相比。

“老夫在上年于大沽北塘海口炮台和天津之间试设了一段线路，号令一下，竟然顷刻便到，好不神速。眼下，我北洋水师后续订造的十只兵船已由德国、法国启运，北洋水师即可成军。老夫以为，电报局一事，不能再拖了。这件事，老夫准备让你们三个人分头去办，由杏荪主持大局。要先和英国的大东电报公司谈，还要和大北电报公司谈。方法哪，老夫已经想好了，还采用轮船招商局的老法子，官督商办，资本由商家认股，不足部分，由海防经费里补齐。你们三个先分头张罗一下，有了眉目，老夫再向上头请旨。老夫年届花甲，官已做到极品，该满足了。老夫已打定主意，等这件事办成功，老夫就告老还乡，回原籍去了。古人云：‘水满则溢，月满则亏’。人生在世，不可贪得无厌。”

盛宣怀笑道：“傅相真能讲笑话，您老此时正如红日方出，朝廷正需您老办些事情的时候，您老想图安静，朝廷也不能答应啊！”

李鸿章苦笑一声道：“老夫为大清办的事情也够多了，该歇一歇喘口气了。”李鸿章说着，从书桌上拿起一封信道：“这是郭筠仙回到湘阴后，给老夫写的信。我大清的有些事情啊，想想也让人心寒。你们可能还不知道，郭筠仙船抵长沙时，码头上冷冷清清，不要说巡抚，连首县都不肯出来迎接他。说什么他给湖南丢尽了面皮，还说他读了圣人书，偏要去勾结洋人！试问，郭筠仙做的哪件事，不是为了我大清好啊？筠仙的使西日记被总理衙门刊刻发行后，徐桐竟然尽购该书以焚之，还有那个混蛋编修何金涛，竟然昧着良心上奏朝廷，说筠仙有二心于中国，欲对英国臣事之。李鸿藻也跟着起哄，逢人便对筠仙诋毁，再三恳请上头将筠仙撤任治罪。否则，筠仙的日记能被禁刻吗？”

薛福成这时道："郭星使被撤任并没被召进京师问罪，这总算保全了他老的体面。"

李鸿章抚须说道："若将筠仙问罪，先要问罪于老夫。筠仙只是说说西国的事情，并没有做什么，老夫却一直在做西人做过的事情。其罪孰轻孰重？老夫所做的一切，遗臭万年或是扬名千古姑且不论，大清国若无老夫能有现在这种气象？老夫不相信！恐怕你们三个也不会相信！好了，不说了，该干什么都干什么去吧。老夫有时候啊，就想把憋在心里的话说出来，不说憋得慌。说呢，又不能对外人说，只能和身边的人说。咳！人老了，有些话憋不住了。"

盛宣怀等人下去后，当日便乘船奔赴上海、广州等地，张罗成立天津电报局的事。同月十二日，李鸿章因为湘军霆字营马队购马一事，上《霆军请拨官马》一折，该折的后面附《请设南北洋电报》一片。

《请设南北洋电报》讲了三点电报的好处：一、两地之间无论相距多远，瞬息之间可以互相问答；二、电报使用暗号，断无漏泄之虑；三、一旦有事，能迅速调兵遣将，不致贻误；四、电报比驿站省费。

该片递进宫去，自然又引起在京王公大臣及百官的议论，久议不决。李鸿章候旨不到，无可奈何之下，只好乘车进京，面见恭亲王。

恭亲王此时早已无了上几年的风采，遇事不敢决断，见了慈禧太后也不敢大胆进言，几乎是慈禧太后说什么，他便办什么，一点不敢出格。此次也是这样。李鸿章一到，他却一句话不说，领上李鸿章便直趋宫门。

李鸿章心里清楚，恭亲王自从同治四年被罢去议政王封号以后，他已经从鬼子六变成了傻子六，一切军国大政，他只会往慈禧太后那里一推了事，从不肯多说一句话。

李鸿章心里便存了不祥之感，脑海倏地闪现出皖省人的一句老话：牝鸡司晨，终非吉兆。见了慈禧太后，李鸿章只得又把设立电报的种种好处讲述了一遍。

慈禧太后听完，沉吟了许久，忽然便问起从西国购船的情况。李鸿章只好一一照答，但他始终也没有从慈禧太后的口里讨出一句实话来。

李鸿章无心在京里居住，连夜出城赶往保定。坐在车里，他只觉一股寒意阵阵向他袭来。他无论如何也想不明白，朝廷肯出五十万两白银买下西人制造的一段铁路、一座火车头，然后拆毁抛入江中，却不肯出十八万两白银设立一座电报局！更让他不解的是，恭亲王虽非议政王，但终归还是军机大臣与总理衙门大臣领班，他老竟在慈禧太后面前，除了会说是，全无二话！一贯敢说敢做的恭亲王变成了这个样子！军机大臣宝鋆、景廉、王文韶、李鸿藻四人怎样呢？恐怕也好不到哪里去。

李鸿章想着想着便在车里睡着了，直到车进保定，他才不很情愿地睁开眼睛，此时周身越发冷得厉害，上下牙竟不由自主地打起颤来。

签约遭骂

李鸿章在保定总督衙门一病便是十几天，盛宣怀、薛福成等人急忙从天津赶过来探视。

病势稍缓后，李鸿章把薛福成传进卧房，着薛福成拟稿，以年迈多病奏请休致。

薛福成知道李鸿章在和朝廷赌气，不由劝道："傅相容禀，依下官想来，设立电报局的事情，朝廷迟早都会允准，何必争这一朝一夕呢？何况，您老原本好好的，只是进京这一趟感了些风寒，就突然上折休致，这不分明是在和朝廷赌气吗？就算您老想急流勇退，也该等电报局这件事情过去之后再办。您老想想下官所讲之话对不对？"

李鸿章挣扎着坐起身，说道："庸盦哪，电报局这件事是不会有结果了，老夫不该提早便让杏荪去张罗，老夫太自负了。老夫在京里听恭亲王说，太后打算把左季高从兰州调进京师入值军机。老夫在路上就想，左季高当真入值军机，他难受的日子可就到了，老夫还是极早抽身为好，免得去步左季高的后尘。你尽快替老夫把稿子拟出来，说得恳切些，省得西太后疑心到别的上头。"

薛福成无奈，只好步出卧房到办事房里去拟稿子。他一边构思折稿一边想："设若朝廷当真允准傅相休致，自己这有名无实的直隶州知州也就做到尽头了。以后怎么办呢？恐怕除了跟着盛杏荪做些实业，再无第二条路好走！"

李鸿章恳请休致的折子十日后拜发。折子被火速递到慈禧太后的案头，慈禧太后看了看，当日便把恭亲王、宝鋆、李鸿藻、景廉、王文韶以及徐桐等人传进宫来。

徐桐、李鸿藻二人以为是进宫商议李鸿章休致的事，徐桐还特意对李鸿藻说道："李中堂，若太后心生慈念，赏李鸿章食全禄，您老可要说话。他李鸿章办这办那，花了朝廷多少银子啊？他又捞了多少银子啊？这些，他能瞒过谁呀？"

李鸿藻慢慢悠悠地说道："徐天官哪，这是你吏部的事，这话应当你讲才对呀！"

徐桐道："下官自然要讲，但只要您老再说上一嘴，这分量不是更重吗？"李鸿藻点点头，没有再言语。

一行人进宫后，照例先是跪请圣安、两宫太后安，然后便由慈禧太后发话："都起来吧。"

众人才爬起身来后退三步立住。徐桐特意和李鸿藻站在一处，以示提醒。徐桐现在日见恩宠，已是堂堂的从一品吏部尚书。

慈禧太后讲话之前，先是重重地叹了一口气，徐桐和李鸿藻二人急忙把耳朵竖起，屏住呼吸静听。

慈禧太后缓缓地说道："这几天哪，我反复想了想，李鸿章奏请设立电报一事啊，或许当真有许多便利之处。你们想啊，日本不过一个岛国，竟然也设了电报。这件事啊，我看就别议了，准了吧。"

徐桐一听这话，头顶登时嗡地一响，耳边只剩了慈禧太后刚刚出口的"准了吧"三个字，便不顾一切地跨前一步，双膝扑通跪倒，嘶哑着嗓子说道："太后容禀，李鸿章勾结洋人，坏我圣贤，乱我朝纲，不杀已是格外天恩，太后万望不能再准其食全禄了！他设立什么江南制造局、金陵制造局，又着人到各省去挖地采矿，把好好的国土，糟蹋得不成样子！他毁我大清地脉、风水，费我户部官银，断子孙后路，仿西人妖术。此等人本该千刀万剐，但我朝天恩浩荡，不忍加罪于他，这已经够了，太后不能再赏其食全禄了！"

慈禧太后见徐桐说得声泪俱下，不由问道："徐桐啊，你这是在说什么呀？我怎么越听越糊涂啊？李鸿章怎么了？他好好的又没有休致，赏他全禄干什么呀？"

徐桐一听这话，头顶再次嗡地一声炸响，登时汗流满面，磕头如捣蒜，口里连连说道：“臣耳沉，臣该死！臣耳沉，臣该死！请太后恕罪！”

各位王公大臣面面相觑，都在肚里替徐桐害羞。慈禧太后挥了挥手道：“这件事啊，就这么办吧，你们下去拟旨去吧。”

徐桐连滚带爬地尾随在各位王公大臣的后面退出宫去。出了宫门，李鸿藻小声说道：“徐天官哪，你今儿是怎么了？幸亏太后心情好，要不，你的麻烦可就大了！不管说什么话，你得听清上头在说什么呀？”

徐桐一边擦汗一边说道：“李中堂，您老快别再说了。下官从打踏进宫门，一门心思想的是李鸿章休致这件事，谁知道上头说的偏偏不是这个呀！”

允准设立南北洋电报局的圣旨很快下到保定。李鸿章精神焕发，接旨的当日便带上盛宣怀、薛福成、许钤身等人，乘车赶往天津。途中，李鸿章忽然想起曾纪泽，不由说道：“也不知劼刚与俄国谈得怎么样了！两国签约，却又单方毁约，这是最为《万国公法》所忌的。老夫真心希望，劼刚此次能虎口索食成功！老夫行前听传旨官说，崇厚已经旱路抵达京师。咳，这个崇厚，久历外交，他怎能不经请旨就与俄国签约呢？”

薛福成这时道：“傅相，下官听说，俄国调集大批军舰于海口，伊犁九城也增派了不少的军兵。看样子，俄国是真想开衅于我呀！”

李鸿章抚须说道：“老夫还是那句老话，谋事在人，成事在天。老夫奏请朝廷允准崇地山与俄所签之约，怕的就是俄国加兵于我。衅端不能开呀！”李鸿章说到此处，面色渐渐凝重起来。

原来，崇厚一行到俄国去交涉俄国出兵占据新疆伊犁之事，竟不经朝廷允准，便擅自与俄外交大臣吉尔斯签订了《里瓦几亚条约》。该条约明确规定：中国偿付俄国“代守”伊犁的兵费五百万卢布；俄国商人在蒙古、新疆贸易一律免税；俄国新开两条直达天津和汉口的商路，税率较海口减少三分之一；准俄国在新疆各地设立领事机构；中俄国界按俄方的要求作出修改，将伊犁西境霍尔果斯河以西地区和南境特克斯河流域全部割让给俄国。

明眼人一眼就可看出，若按着崇厚与俄国签订的这个条约办理，中国收回伊犁跟放弃伊犁几乎没有什么区别。

《里瓦几亚条约》发回国内，立即引起各地督抚及在京王公大臣的强烈不满，有人提出请诛崇厚以谢国人的请求。慈禧太后思虑再三，着军机处立即给李鸿章下旨垂询此事。

李鸿章虽也对崇厚未经朝廷允准便擅自画押钤印这件事表示不满，但他又觉得："崇厚出使，系奉旨给予全权便宜行事，不可谓无立约定议之权。若先允后翻，其曲在我。自古交邻之道，先论曲直，曲在我而侮必自招；用兵之道，亦论曲直，曲在我而师必不壮。今日中外交涉尤不可不自处于有直无曲之地，我既失伊犁而复居不直之名，为各国所讪笑，则所失更多。"

李鸿章的这个折子一上，复招来大片的骂声，有人不仅强烈要求诛杀崇厚，甚至提出，连李鸿章也该杀掉！慈禧太后迫于内外压力，不得不让总理衙门去找俄国驻华代理公使凯阳德，向俄国郑重作出声明：《里瓦几亚条约》系崇厚擅自签订，不为大清朝廷所承认。

慈禧太后随后又让军机处给大清驻俄公使馆发报，将崇厚革职逮回京师问罪，同时诏驻英、法两国公使曾纪泽兼署驻俄公使，驰赴俄都交涉改约事宜。这其实也是徐桐敢当庭喊出"李鸿章该千刀万剐"时慈禧太后亦没有发作的原因，更是李鸿章恳请休致的主要因素。

李鸿章到天津后，一面密切关注俄国的动向，一面督筹电报局一事。那几日，李鸿章明显苍老了许多。他日夜担惊受怕，怕俄国借大清国索还伊犁一事，对中国大动干戈。

第五章
慈禧说："签约都让李鸿章去！"

李鸿章修铁路

崇厚到京以后，没见到慈禧太后便被关进刑部大牢，经王公大臣们会同三法司会审议定，定斩监候。

消息传到天津，李鸿章又是一惊。因为他知道，订约不当便斩杀大臣，这是《万国公法》所不允许的事情。但他不敢再为崇厚求情，却通过英国设在上海的电报公司，给正在俄都谈判的曾纪泽发报一封，嘱曾纪泽来办这件事。

李鸿章在同日写给刘铭传的信中这样说道："凡与外国交涉，既揣强弱，尤论诎直。俄在西国为最强，其与中土，沿海、沿边交界三万余里，更非英、美、法可比。"又说："中外主国者忽而好大喜功，再三追索。枢廷不谋于众，竟以软弱无识之人充其选而假以权。忽又举朝狂吠，废弃已定之约，理可谓直乎？"

李鸿章给曾纪泽发报时，驻京的英、法、美、日、德等国公使，已经纷纷照会总理衙门，谴责大清国漠视《万国公法》的这一做法。

恭亲王把各国的照会拿进宫里禀给慈禧太后，慈禧太后却瞪起眼睛说道："我杀我自己的大臣，关他《万国公法》什么事啊？他姓万的又不是我大清的太上皇！这些洋人，真是吃饱了撑的！不理他们！"

恭亲王不敢不照慈禧太后的吩咐去做，但各国公使却愈闹愈凶，大有联手发难的意思。恭亲王整日愁得不知如何是好。正在这时，天津电报局所有线路安装完毕，电报局正式开始接发电报。

李鸿章收到的第一封电报，便是曾纪泽从俄都圣彼得堡发回的《请宽崇厚死罪折》。

李鸿章一见大喜，连夜着人将电报译成文字，火速递进京里。慈禧太后读罢曾纪泽的这个折子，沉思良久，才说了一句："准了吧。"

一天饭后，李鸿章对盛宣怀叹道："崇厚这件事，我国悔约已是不对，又要斩杀订约大臣，更与《万国公法》有悖。若各国联合发难，我大清如何招架得了呢？"

盛宣怀这时道："傅相，这崇厚却也有错处。像签约这等大事，他怎能不经请旨便画押钤印呢？"

李鸿章道："我们说他不经请旨擅自签约，但外国却不这么看。崇厚请不请旨与他们无关，他们只看画押钤印后的条约。咳，也不知劼刚这约，改得成改不成，真难为他了。"

盛宣怀忽然这样问了一句："傅相，设若朝廷派您老赴俄去改已成之约，您老这约能否改得成呢？"

李鸿章听了这话，半晌无语，只是用手反复抚胡须，最后道："杏荪哪，老夫已密保你做天津电报总局的总办，你可不能让老夫失望啊！"李鸿章到最后也没有回答盛宣怀的问话。

到了十月，陕甘总督督办新疆军务的左宗棠奉诏进京，以东阁大学士授军机大臣，管神机营。诏授老湘军统领刘锦棠为钦差大臣，留在新疆督办军务。

十一月，为到英国去接收订造的两艘铁甲兵船，同时也为向沿海各国显示大清海防实力，李鸿章奏请着北洋炮船记名提督丁汝昌，携带员弁二百余人，自行驾驶招商局轮船出洋，驰往英国。

朝廷刚刚照准该折，李鸿章又接到军机处密寄，言称福建巡抚刘铭传，奏请筹款在省内试办铁路，着李鸿章、刘坤一按照折内所陈各款，悉心筹商妥议具奏。密寄的后面，附有刘铭传的原折。

其实，刘铭传奏请在省内试办铁路，也是李鸿章早就交办的事。早在李鸿章与威妥玛交涉马嘉理一案时，正是上海淞沪铁路发生命案的时候，李鸿章曾将此事写信告诉了正在台湾督办防务的刘铭传，并盛赞铁路乃便民用途者，为天地自然之势，并邀刘铭传俟滇案办结后，一同到上海观看，以为日后仿制。

可惜好景不长，英国出款建造的这段铁路连同火车，不久便被大清全盘收购，将铁路拆毁，火车抛入江中，直把个刘铭传气得连给朝廷上了三个折子，论说此事。

同治五年（公元1866年），福建巡抚丁日昌回籍养病，李鸿章密荐刘铭传署理福建巡抚，上准。

与其说是刘铭传奏请在省内试办铁路，不如说是李鸿章假刘铭传之手在办这件事情。所以，军机处筹议此事的密寄到后不及十日，李鸿章就拜发了《妥议铁路事宜》一折，谈铁路的三大好处：一、便于运输，能及时把矿产运出去；二、速度快，节省时间；三、利国利民。折曰：

> “伏思中国生民之初，九州万国自为风气，虽数百里之内，有隔阂不相通者。圣人既作刳木为舟，剡木为楫，舟楫之利，以济不通，服牛乘马，引重致远，以利天下。自是四千余年以来，东西南朔，同轨同文，可谓盛事。迨于今日，泰西诸国研精器数、创造火轮、舟车环地球九万里，无阻不通，又于古圣所制舟车外，别出新意，以夺造化之工，而便民用。中国仿造轮船亦颇渐收其益。盖人心由拙而巧，器用由朴而精，风尚由分而合，此天地自然之大势，非智力所能强遏也。查火轮车之制，权舆于英之煤矿，道光初年始作铁轨以约车轮，其法渐推渐精，用以运销煤铁，获利甚多，遂得扩充工商诸务，雄长欧洲。既而法、美、俄、德诸大国相继经营，凡占夺邻疆，垦辟荒地，无不有铁路以导其先。迨户口多而贸易盛，又必增铁路以善其后，由是欧、美两洲六通四达，为路至数十万里，征调则旦夕可达，消息则呼吸相通……即如日本，以区区小国，在其境内营造铁路，自谓师西洋长技，辄有藐视中国之心……盖处今日各国皆有铁路之时，而中国独无，譬犹居中古以后而屏弃舟车，其动辄后于人也必矣……盖先办一路，虽于中国形势尚偏而不举，然西洋诸国五十年前亦与中国情形相

等，惟其刻意营缮，争先恐后，故有今日之气象……再中国既造铁路，必须自开煤铁，庶免厚费漏于外洋。山西一带煤铁矿产甚富，苦无殷商以巨本经理，若铁路既有开办之资，可于此中胜出十分之一，仿用机器洋法开采煤铁，即以所得专供铁路之用，是矿务因铁路而益旺，铁路因矿务而益修，二者又相济为功矣。”

折子火速递进宫去。慈禧太后展读之下，不由莞尔一笑，说道：“刘铭传他懂什么呀？我就知道这是李鸿章的主意，准了罢。”

圣旨很快下到福建巡抚衙门。刘铭传接旨之后，自是欢天喜地，转天就着藩司挂牌委了一名候补道专办此事，又函告李鸿章，请李鸿章派人出洋采购铁路材料及购买火车等事。

李鸿章忙电告驻德兼署驻奥、意、荷四国公使李凤苞办理此事。

李凤苞接电不敢怠慢，立即与德国火车制造商洽谈，很快达成协议。一个月后，福建巡抚衙门购买的火车头由德国装船启运回国，厂家提供的技师、机手等多人随行。船抵福建码头，刘铭传一面安排款项，一面就下令大兴土木，开始筑路铺轨；火车头则被停放在码头上，委专人看管。

只可惜刘铭传此举并不为当地百姓所理解，更有乡绅蛊惑说挖地铺轨，破坏了风水，泄了地气，子孙要遭大殃。于是，铁路铺成一段，夜间准保便有成群的百姓自发将其毁掉，并将道路恢复原形，拆下的铁轨则被抛入隐蔽的水中，声称去喂王八，令官府无处打捞。

很快，停靠在码头的火车头也开始倒霉：先是被人遍体浇上狗血，洒上粪便，后来便开始打杀看管此车的差人，终至于无人肯奉此差。

刘铭传费了大力气筹措来的上百万两白银，就这样白白打了水漂。

刘铭传筑建铁路以失败告终。消息传来，李鸿章感慨万端，无可奈何。他在不久后写给国学大师——时任衡州船山书院山长王闿运的信中叹道：

“处今时势，外须和戎，内须变法。若守旧不变，日以削弱，和一国又增一敌矣。自秦政变法而败亡，后世人君遂以守法为心传。自商鞅、王安石变法而诛绝，后世人臣遂以守法取容悦。今各国一变而变，而蒸蒸日上，独中土以守法为兢兢，即败亡灭绝而不悔。天耶？人耶？恶得而知其故耶？”

被参奏十大罪状

光绪六年（公元1880年）底，李鸿章奏请在天津设立天津水师学堂，诏准。

天津水师学堂仿英国海军教习章程制定条例和计划，是大清国首家培养海军人才的专门学堂。该学堂筹建伊始，李鸿章密保严复为总教习，聘用英国海军军官担任教练，经费由北洋海防经费内支销，分设驾驶、管轮两科。驾驶科专习管驾轮船，管轮科专习管理轮机。学员兼习英文、地舆、算学、代数、三角、驾驶、测量、推算、重学、化学等，功课与英国海军学校一般无二。

这一年，还有一件大事不能不提：在李鸿章力持之下，南北二洋电线贯通。为使线路设施免遭破坏，李鸿章着令军兵沿途把守，并派兵船往来巡逻；尽管这样，仍有一些人用狗血浇之，以致一连电死三人。百姓于是皆呼电线为大妖，不敢再碰。

光绪七年（公元1881年）二月，入值枢廷仅两个月的东阁大学士左宗棠被挤出军机处，调补两江总督兼署南洋大臣。同月，曾纪泽改约成功，中俄重新签订《伊犁条约》及《陆路通商章程》。中俄关系渐趋和缓。李鸿章那颗悬着的心至此完全放下。

《伊犁条约》的签订，不仅使大清国顺利地收回了伊犁九城，而且还争回了被崇厚割让出去的大部分领土，这在晚清外交史上，几乎是绝无仅有的一次成功交涉，中外莫不视为奇迹。

在李鸿章为此事举办的酒会上，英国驻华公使威妥玛闻讯，特意乘车赶到天津赴会，他道：“中国迫使俄国干了它以前从未干过的事，吐出了它已经吞下的领土。”

李鸿章端杯的手微微有些颤抖，许久竟无言以对。尽管他知道，威妥玛说此话无非是称赞曾纪泽，对他李鸿章并无讽意，但还是感到面热耳烧，心怀忐忑。

李鸿章不由生出了这样一个念头：“看样子，自己向朝廷建议批准崇厚擅签之约这件事，或许当真是做错了，莫非自己真的老了！”

酒会没过去几天，他就背着薛福成等所有幕僚，再次草疏一篇恳请休致的折稿。

李鸿章在折子中写道：“臣承乏畿疆十有一年，过多功寡，历荷圣慈格外保全，不加谴责。臣亦勉竭庸愚，但有驰驱感激之心，从无瞻顾畏难之念。直隶现甚平静，并无军事；中俄业已成约，边陲威胁已除。中外交涉事宜，头绪虽多，频年宣布皇仁，诸臻贴报。只须随事谨守约章，操纵得宜，可无龃龉之虑。臣年甫六十，体弱身衰，已不堪繁剧，尸位素餐，恳请开缺休致。伏乞皇太后、皇上圣鉴，训示。谨奏。”

他把折子一笔一画地誊写清楚，准备明儿中午时分拜发，心里却打定主意，设若朝廷不准自己的请求，便拜发二篇、三篇折子上去，直到朝廷准奏为止。

当晚，恭亲王府的传信快马，风一般地来到保定，向他递交了一封恭亲王的亲笔密函。当时正是饭后，李鸿章与一班幕僚大谈前朝掌故。

侍卫不等传唤便闯进官厅，飞步走到李鸿章面前，把恭亲王来信双手往前一递道：“傅相，这是恭亲王府着专人递过来的私函。”

李鸿章一愣，急忙接过，随口说道：“好，你下去吧。”侍卫转身走出去。李鸿章当着薛福成等幕僚的面将信启开，展阅之下，脸色不由竟沉郁下来。他把信随手递给薛福成，口里愤愤地说道：“刘锡鸿昨儿给两宫太后递了个参折，参了老夫十大罪状。说老夫奏留藩司任道熔入观为蔑视纲纪，复奏筹备饷需一疏是藐抗朝廷，腹诽谕旨。连优保委员黄惠和、密保杏荪与庸盦，也成了罪状。还说老夫奏请允准崇地山签订的《里瓦几亚条约》，是受了俄人的贿赂，拿了布策的好处！照刘锡鸿所奏，老夫之所作所为，已是神人共愤，受剐刑都是轻的，该灭掉九族才解恨！”

薛福成飞速地把信看完，又随手递给身旁的许钤身、黄惠和等人，小声说道：“傅相，这刘锡鸿游历西欧两年，出息没见长，胆子倒是练出来了。他弄垮郭大人不算，还要把您老一勺子烩掉！他不过是个二品的通政使司参议，他也太狂妄了！不过话又说回来，凭他刘锡鸿的能耐，还不至于这么忘乎所以吧？莫非是宫里有人指使，还是有人想借刘锡鸿的手，扳倒您老取而代之？”

李鸿章捻须沉思着说道：“老夫想了想，大概是京里哪位大老，看好了老夫头上的大学士名分。庸盦哪，烦你走一趟签押房，去把桌上封好的那个折子拿过来。”

薛福成赶忙答应一声起身离去。许钤身这时把信复放回到桌面，说道：“傅相大人，刘锡鸿说得头头是道，他这是疯了呀！看样子，刘锡鸿在保定和天津有眼线哪！下官要不要密查一下？”

幕僚黄惠和这时道：“傅相大人，您老以为，这刘锡鸿的后面，站着的该是朝里的哪个大员呢？是李鸿藻？是徐桐？还是工部尚书翁同龢？醇亲王是帝父，他总不会也眼热大学士这顶帽子吧？”

许钤身道：“下官推测，刘锡鸿拼出老命要做傅相的冤家，十有八九，是徐桐这个老顽固出的歪主意！”

薛福成这时手拿奏折走进门来，说道：“傅相，可是这个？”薛福成把折子递给李鸿章。

李鸿章接过看了看道：“不错，正是这个。庸盦，你们大概想不出，这折子里写的是什么吧？”

薛福成笑道：“傅相神机，鬼神难测，您老还是直说吧。”

李鸿章把奏折启封，递给薛福成道：“这是老夫亲自拟就的恳请休致折。老夫打算明儿午后拜发，想不到刘锡鸿倒闹腾起来了。他一连参了老夫大罪十款，设若查实一款，老夫这官就当到头了！看样子，老夫是真碍了一些人的眼了。有些人不是想扳倒老夫给他腾缺分吗？”

李鸿章说到此，忽然站起身，头往上一扬，眼睛跟着一瞪，右手啪地拍到桌面上，口里迸出这样一句话：“老夫偏不让！老夫久历官场，纵横南北几十年，除了我恩师曾文正，老夫没有服过任何人！”

话毕，李鸿章随手拿起折子，三把两把撕碎，往地面一抛，冷笑着说道：“老夫就在保定坐等刑部来拿人！刘锡鸿为什么对老夫恨成这样？老夫心知肚明，今儿索性把话说开，省得关进刑部大狱后，不能再与人讲话。郭筠仙被撤任回国，朝廷原议让刘锡鸿接任公使，旨询于老夫。老夫上奏朝廷力持不可，朝廷于是罢议此事，改任曾劼刚出使。这时有人又上奏保举刘锡鸿去做驻德公使，朝廷又下询旨，老夫仍称不可。朝廷只好将刘锡鸿一同召回，先赏了三品的顶戴署光禄大夫，不久又补授了光禄寺卿。朝廷念他办事还好，又在国外吃过苦，便赏了他个二品顶戴，转补他为通政使司参议，刘锡鸿于是才有了弹劾权。刘锡鸿是把自己看得太高了！”

薛福成急忙起身笑着说道：“傅相息怒。傅相是何等样人？刘锡鸿又是什么人？跟他一般见识，不是让天下的人耻笑吗？”

李鸿章重新坐下，抚须说道：“庸盦哪，你大概还不知，同治八年，吴棠也有了参案，朝廷着老夫赴川查办。老夫经过调查，替吴棠辩白了几句。就是这件事，有人便在太后那里连递了三个折子，参老夫查案不实，说老夫曲意包庇罪臣，闹得沸沸扬扬，连左季高都对老夫心生不满。老夫当真包庇没包庇吴棠呢？老夫承认包庇了，吴棠确实做事有欠考虑。但老夫以为，吴棠做的那些，都抵不过福济的十分之一。他满人可以疯狂地大捞银子竟无人敢参，汉官弄个万八两的银子就有罪了？这人做事啊，给别人留后路，其实也就是给自己留后路。”

薛福成这时悄声问道：“傅相，我们要不要派个人，进京去打探一下消息？”

李鸿章一挥手，断言道：“没有那个必要！老夫就在这里坐等他们来拿！老夫就不信，癞蛤蟆能把铁甲船拱翻了！”

第二天，李鸿章照常开门纳客。同以往一样，照常与属员议论公事，仿佛什么都没有发生。但薛福成等幕僚却一连十几天打不起精神，各在心里想着退路。

圣旨终于来到保定。李鸿章闻报之下，立即传人进来，为自己换上顶戴官服，这才挺直身躯，从从容容地来到官厅之上，面北跪倒，口称：“臣李鸿章恭候圣谕。”

传旨差官打开圣旨宣道：“本日据赏二品顶戴通政使司参议刘锡鸿奏疆臣不堪倚任，胪款参劾各折片，披览所奏，殊堪诧异。李鸿章久任封圻，深资倚畀，其平日办事，原不能一无过失，朝廷随时训诫，亦未尝稍有宽假。据刘锡鸿所陈各款，如奏留藩司任道熔入观为蔑视纲纪，复奏筹备饷需一疏为藐抗朝廷，腹诽谕旨，优保委员黄惠和等，为妄言欺谩等情。至谓其跋扈不臣，俨然帝制，并以荒诞不经之词，登诸奏牍，肆意倾陷，尤属谬妄糊涂。朝廷于驭下听言一秉至公，似此信口诬蔑，不可不予以惩处。刘锡鸿着交部严加议处，李鸿章亦不可因受妄参而意冷，只可一心办事，坚持贞固。钦此。”

李鸿章接旨在手，面北谢恩毕，眼里忽然滚出两行豆大的泪珠，神情也一扫几日来的激愤，变得伤感、委屈起来。薛福成等人急忙把他扶进签押房，轮番劝慰，他却不发一语，只是捧着圣旨呜咽不止。

薛福成叹息道：“想想傅相，也真是受了委屈。这几十年，傅相为朝廷做了多少事，竟还要遭人攻击、诬蔑，良心可不是让狗吃了吗？朝廷也真是大度，仅仅把刘锡鸿交部严议就了事了？应该把他下进大狱，让他把指使的人说出来！”

许钤身偷偷用手扯了一下薛福成，小声道：“你不要火上浇油了。我们浙江有句老话，当家三日狗都嫌。傅相把官做到现在这种位置，能不遭人眼红吗？傅相也不要太伤心啦，您老的身子骨虽然硬朗，可毕竟劳顿了许多年，总该爱惜才是！”

薛福成忙道：“是啊，刘锡鸿是贱骨头，傅相可不能中了他的奸计呀！”薛福成的一句话，说得李鸿章破涕为笑。李鸿章止住哭声，掏出布巾擦了把眼泪说道：“开平矿务局，不知办得怎么样了，上海机器织布局也不知明年能不能开工。戴恒、龚寿图、郑观应、经元善这几个人哪，也不知能不能招到股。明儿，你们随老夫各处走一走吧。开平矿务局已历三载，采煤无数，唐廷枢功不可没呀！对了，把杏荪从天津召来，让他也到滦州走一遭儿。”

薛福成与众幕僚互相看了看，忽然大笑起来。李鸿章恢复常态，抚须缓缓说道：“你们今日笑老夫，明日啊，说不准你们流的泪，比老夫还多！老夫不哭这一场，不气出病来才怪呢？话说回来，老夫当真被扔进刑部大狱，看你们以后还怎么敢和洋人勾结！”

当晚，李鸿章辗转反侧，夜不成寐。他一则感于朝廷的厚恩，一则感于两宫太后的信赖。依大清祖制，无论是哪级官员，只要有人参奏，朝廷就应派员查实。但刘锡鸿此次奏参李鸿章大罪十款，朝廷不仅未派员下来，甚至连军机处该发的“询问”都未发，便直接将刘锡鸿交部严议了，这不能不让李鸿章大发感动之情。

夜半时分，李鸿章披衣下床，悄悄来到书房，点亮灯盏，想就刘锡鸿奏参这件事，给朝廷上篇折子，以示自己懂得皇恩，知道两宫的爱护。他先吸一袋水烟，理了理头绪，这才铺上纸，提笔写了《沥陈感悚下忱折》：

“伏念臣本无学术，又乏才能，惟此报国之孤忠，所自盟于幽独者，始终未敢稍懈。徒以久在军中，积受劳伤，今已年届六旬，精力日惫，衰病交侵，责任过巨，政务过繁。往往有精神疏漏之处，偶不及检，辄丛咎谤，只缘受恩深重，时事艰难，未忍乞一日之假，偷一息之安，致误要公，贻忧君父。不图刘锡鸿挟臣上年遵旨。奏撤出使德国之嫌，横生蜚语，被以恶名，若依所言，生既无颜滥厕于朝班，死亦未能塞责于地下。自非我皇太后、皇上天地再造之恩，察臣无他，明臣无罪，虽复肝脑涂地，天下后世，谁喻臣心，此臣所由感激仁施，不禁呜咽自伤，寝食俱废者也。惟是臣之过失，本在圣明涵覆之中，曲宥微臣已为至幸，罚及言者亦所难安。以臣误叨重寄，积有愆尤，清夜自维，凡所设施，愧未克仰副训词，稍餍众望。就使指摘未及，臣亦时切兢兢，有益励恪恭，常存敬畏，集众思以攻关失，小心以奉公，不敢爱身，不欲文过，冀无负朝廷倚畀保全之至意。臣不胜犬马怖惧，谨缮折沥陈。”

折子拜发十几日后，李鸿章带上盛宣怀、薛福成等一班幕僚，乘车驾驰往滦州开平矿务局视事。

到了滦州的当日，李鸿章接到军机处密寄：慈安太后宾天了！李鸿章一面在滦州设灵哭拜，一面急上《吁恳叩谒梓宫》一折。李鸿章知道，此后的大清国，两宫皇太后听政的历史已不复存在了，大权将会由慈禧太后独掌。大清国此后如何，他心中一片迷茫，想不出确切答案。

李鸿章决意归隐

光绪七年（公元1881年）六月，李鸿章与驻英公使曾纪泽往来电商，决定派招商局轮船载中国货物到英国设立贸易公司，为中国开拓西国商务之倡。

李鸿章认为中国货物打入西欧市场有这样几个有利条件：一、中国地大物博，物产丰富，货物进入外洋，肯定能获得大利益；二、洋人货物能从我国获利，我们也要去占领他们的市场，这样才不吃亏；三、用商船养兵船。

李鸿章在所上《创设公司赴英贸易折》中这样写道："泰西以商立国，商务之盛衰即国势强弱所由判，凡有益商务者必竭全力以图之。几年来日本步趋泰西，亦四出通商以为利国之本。中国地大物博，商务为四洲之冠，洋人视为利薮[①]纷至沓来，有可以从中图利者鲜不多方要挟，实由彼来而我不往也。即有到金山、古巴、秘鲁等处者，亦仅贫民佣工，并无殷商前往，似未足以立富强盛业。现已招集殷商凑成巨款，名曰肇兴公司，拟往英国伦敦贸易，为中国开拓商务之倡。"折子接着又写道："窃维西洋富强之策，商务与船政互相表里，以兵船之力卫商船，必先以商船之税养兵船，则整顿通商尤为急务。迩者各国商船争赴中国，计每岁进出口货价约银二万万两以外，洋商所逐什一[②]之利已不下数千万两，以十年计之，则数万万两，此皆中国之利有往而无来者也。故当商务未兴之前，各国原可闭关自治，逮风气大开，既不能拒之使不来，唯有自扩利源劝令华商出洋贸易，庶土货可畅销，洋商可少至，而中国利权亦可逐渐收回。"

李鸿章此举，在所难免要掀起一场风波，但最终还是下旨允准。

到了年底，大清国首家驻外贸易公司——中国肇兴公司，在英国伦敦的闹市区挂匾营业。中国肇兴公司匾额用中英两国文字写就，中文书

①财利的聚集处。
②古代赋税制度，十分税一，称"什一"。

写者是李鸿章，英文书写者是曾纪泽。

中国的内地货物在伦敦露面，这不能不引起英国百姓的兴趣。当地百姓一时间奔走相告，竞相参观，买货者渐渐络绎，生意眼见着红火。巴西国照会总理衙门，商请增删原订条约，上授李鸿章为全权大臣，与巴西使臣商办此事。

巴西使臣于是赶到天津与李鸿章商议近一个月，约终成。两国照准。是年，记名提督丁汝昌赴英国带船并驾船升旗游历法、德沿途各国后归来，使大清国的北洋水师，在西欧各国有了一定的影响。是年，通政使司参议刘锡鸿因奏劾李鸿章“跋扈不臣，俨然帝制”，以妄言获罪，被革职回籍，永不叙用，交由地方官严加看管，败得惨不忍睹。

光绪八年（公元1882年）二月，李鸿章老母突染重疾，不治而终，享年八十有一。李鸿章一面料理后事，一面紧急上折请丁母忧；过了两天，李鸿章依制将直隶督篆及北洋大臣印绶交直隶藩司手中，便携一家大小离开保定，扶灵南归。

临行，李鸿章保举直隶州知州薛福成出任浙江宁绍台道，保举许钤身为记名道，发往福建船政局差委；另有黄惠和等一班幕僚，也都在李鸿章的密保之下，到各地任职。李鸿章决定借丁母忧这个由头，先恳请终制，待三年期满后，再请求终致，希望远离名利，安享晚年。

曾纪泽改约成功这件事对李鸿章的刺激很大，尽管朝廷并没有因此而慢待于他，但他自己已明显地感觉到，京师的文武百官，各地的督、抚、布、按，甚或自己身边的幕僚，以及离开官场的郭嵩焘等人，看他已大不如前了。左宗棠对他的不满，他还能理解。左宗棠出道早，比他担任巡抚的时间也早，但他却先于左宗棠几年拜相，且稳坐督首的位置达十二年之久。这些，都是构成左宗棠对他不满的因素。但曾国荃、翁同龢、张之洞等人也对他不满，这就颇让他费解。曾国荃的见识比自己高吗？翁同龢对西欧各国的了解比他透彻吗？

李鸿章有一肚子的苦水，不能说，他也不肯说。灵柩行至半路，李鸿章才接到圣旨。

李鸿章率一家大小跪在灵前听宣。旨曰：“内阁奉上谕：大学士直隶总督李鸿章、湖广总督李瀚章之母，秉性淑慎，教子有方。今以疾终，深堪轸恻。朝廷优礼大臣，推恩贤母，灵柩回籍时，着沿途地方官妥为照料。到籍后赐祭一坛，以昭恩眷。钦此。”

李鸿章接旨在手，谢恩刚毕，正要起身，没想到第二道圣旨又到。

旨曰：“内阁奉上谕：大学士直隶总督李鸿章现丁母忧，本应听其终制，以遂孝思。唯念李鸿章久任畿疆，筹办一切事宜，甚为繁巨。该督悉心经画，诸臻妥协，深资倚任，且驻防直隶各营，皆其旧部，历年督率训练，用成劲旅。近复添练北洋水师，规模创始，未可遽易生手。各国通商事务，该督经理有年，情形尤为熟悉。朝廷再四思维，不得不权宜办理。李鸿章着以大学士署理直隶总督，俟穿孝百日后，即行回任。际此时势多艰，该督当以国事为重，勉抑哀思，力图报称，即以慰伊母教忠之志，有厚望焉。钦此。”

李鸿章含泪接过圣旨，面北连称：“臣恭谢皇太后、皇上隆恩！”当夜，李鸿章亲书《恳请终制》一折，折子第二天交由地方衙门代为拜发。李鸿章是决意归隐了。

灵柩很快进入安徽地界，早有先期到家的李瀚章率三弟鹤章、四弟蕴章、五弟凤章、六弟昭庆等满门大小，全身素白敬候于路口。地方官府也遵照圣旨，派了专差于路照料。灵堂已布置妥帖，李家远近亲戚、好友，俱从各地陆续赶来吊祭。

安徽巡抚衙门及合肥县衙，自然不敢怠慢，都委了专差在此帮丧。李家举哀，全省震动，李母的丧事办得既热闹又隆重。灵柩进府的第十日，圣旨又到灵前。

李瀚章、李鸿章兄弟，率一门大小齐整整跪倒灵前，恭听圣谕。旨曰：“内阁奉上谕：李鸿章奏沥陈下情，仍恳开缺终制一折，情词恳切，览奏良为恻然。朝廷以孝治天下，本不忍重违所请，强人子以所难。唯念李鸿章久任畿疆，值此时势艰难，一切措置机宜，动关全局，实非寻常疆事可比。雍正、乾隆年间，大臣如孙嘉淦、朱轼嵇、曾筠、蒋炳、于敏中等，皆奉特旨在任守制。如今如曾国藩、胡林翼，亦皆奋情起用。李鸿章唯当仰体朝廷不得已之苦衷，勉抑哀思，仍遵前旨，俟穿孝百日后，即回署任，毋得再行固辞。钦此。”

传旨官把圣旨递到李鸿章之手，等李鸿章面北谢恩毕，依礼来到灵前施行了三叩九拜大礼，这才转身离去。李鸿章把圣旨照例供奉到上房堂上，一个人呆坐了半晌，却返身走进书房，铺上纸墨，挥笔再次写了

《再恳终制折》。

李鸿章这样写道：“故凡夺情起用者，非为国家属不可少之人，即属事势无可如何之会，方今赖圣主威德，四彝实服，九寨清庆，固尚晏然无事也。而臣待罪畿疆，略无寸效可比前贤。数年以来，调停于中外交讧之时，经营于兵饷两绌之际，虽君父之慈，宥过匿瑕，而不弭夫谗忌之口。虽庙堂之上，计从言听，而不敢望之僚寀之间，积诚既不足动人，省愆宜莫如用晦。兹以缞绖之身，例应终丧，可已而不已。值此时势，臣自揣才力，实不能于己于人，为其事而无其功，固无解于妨贤误国之讥评，更难免于贪位忘亲之咎责。若至指谪交加，既负朝廷知人之明，尤失臣母教忠之意，则臣之获罪更大。再四筹思臣之进退，实为狼狈。与其含诟贻羞于日后，曷若沥诚控辞于事先。惟有吁恳天恩，俯加原谅，收回成命，准开大学士署直隶总督之缺，俾得在籍终制，稍安愚拙之分，曲全母子之情。感戴皇仁，曷有既极。”

李鸿章封折之际，大哥李瀚章悄悄走了进来。李鸿章急忙起身扶大哥坐下。李瀚章眼望着李鸿章手里的折子说道：“二弟，你是在写谢恩折？你与大哥都是有了年纪的人。像这样的事，让师爷去做好了。我们把把关，润色润色也就是了。朝廷对你着实依赖，竟然接二连三地下旨。二弟呀，你百天一到，就回任所吧。大哥带着他们几个替你守孝。自古道：忠孝不能两全。朝廷让你尽忠，你自然就不能尽孝。”

李鸿章把折子慢慢打开，双手递给李瀚章道：“大哥，这是我第二次上的恳请终制折。您看一看，有没有什么不妥？”

李瀚章接过折子扫了两眼，大惊道：“二弟，你又犯了执拗的老脾气了！大清立国以来，丁忧官员能被朝廷夺情起复，是多少人梦想的事情，你怎么能这样辜负圣恩！”

李鸿章小声说道：“大哥，您莫急，您慢慢听我说。我这么做，也是有苦衷的。”

李瀚章拦住话头道：“二弟，你不要跟大哥讲什么急流勇退的话，大哥什么都懂。二弟呀，你该满足啊。你是名汉官，朝廷却破格加恩补授你为文华殿大学士。大清立国百年，汉官入主文华殿的，你是头一个呀！二弟，大哥知道刘锡鸿参劾你这件事，让你受了委屈。他虽参了你十个罪款，可朝廷并没有派大员去查实啊！这难道不足以说明朝廷对你的信任吗？二弟呀，听大哥的劝，见好就收吧。你才六十岁，正儿八经能干几年呢。乾隆五十八年状元潘世恩，三朝元老，八十岁才休致回籍。不瞒二弟，大哥虽已六十四岁，三年期满后，也才六十七岁，大哥还想出山好好干他几年呢！”

李鸿章默默地从李瀚章手里拿过折子，长叹一口气说道：“大哥，各有各的难处，您就别说了。这件事，让我再考虑考虑。”

李瀚章临走又说道：“二弟，在外面，你是相国，大哥不过是名总督，名头没你大，地位也没你高，可在家里我却是你大哥。大哥的话，你可无论如何都要听。大哥现在要去外面迎客，你在屋里歇一歇再出去吧。”李瀚章推门走了出去。

李鸿章皱着眉头想了一会儿，又拿起折子重新封好。他把折子装在衣袖里，到门外叫过一名随侍的差官，把折子递给他说道：“烦你到县衙走一趟，让他们今儿就发走。”

差官双手接过折子，答应一声走出去。李鸿章走出屋门，来到灵前，双膝跪倒，继续为母亲守灵。

守孝期间接到新任务

一个月后，圣旨再次来到李府。令李鸿章想不到的是，传旨的竟是军机大臣署户部尚书王文韶！李鸿章同着李瀚章及几个弟弟迎出府门时，尚未见礼，一脸白胡子的王文韶急忙跨前一步，小声道：“少荃，有旨到，你先接旨吧，接旨后我们再谈。”

王文韶话音刚落，后面随行的差官已高喊一声：“圣旨到，李鸿章接旨！”

李家兄弟急忙跪倒，李鸿章跪在前面，李瀚章跪在李鸿章的后面。差官把圣旨交给王文韶。

王文韶打开圣旨，咳了一声，一字一顿地读道：“内阁奉上谕：前因李鸿章久任畿疆，事烦责重，未可遽离。叠经谕令，俟穿孝百日后，即回署任。兹复据奏渎陈愚悃，吁恳收回成命，准予开缺终制一折。披览之余，深为轸恻。在李鸿章陈情固请，原为人子至情，而朝廷仅念疆事，倚任需人，实出于必不得已。然若仍令照常供职，度李鸿章之心终必不安，亦非所以示体恤。李鸿章着准开大学士署直隶总督之缺，仍俟穿孝百日后，驻扎天津，督率所部各营认真训练，并署办理通商事务大臣，直隶总督暂着张树声暂时署理。该大臣既经开缺留营，揆之金革无避之义，亦不背于礼经，此系由鉴其恳切之忱，从权酌办，俾得忠孝两全，可无遗憾，当亦天下所共谅。该大臣其仰体宵旰之劳，自念责任之重，勉图报称，宏济艰难，以副厚望。并着派军机大臣署户部尚书王文韶前往合肥剀切宣谕慰勉，俾知朕意，毋许再行固请。钦此。”

在李鸿章的再三陈情下，朝廷只得准其开缺大学士和直隶总督，但仍要他穿孝百日后，到天津练兵、办理通商事宜。

李鸿章接旨毕，先把王文韶一行引到母亲的灵位前，由王文韶亲自点了三支香，又跪下去对着灵位磕了几个头，这才把王文韶礼请进大厅落座。沏茶倒水，自有一番款待。

王文韶拉着李鸿章的手说道：“少荃，你可能想不到老哥能走这一趟安徽吧？你老弟累篇上折恳请终制，太后都急了！少荃哪，你这回不出山，怕是真不行了。”

李鸿章见王文韶出语闪烁，不由惊问道：“大司农，京里究竟出了什么事？”

王文韶说道：“京里倒没出什么事，是朝鲜国出了变乱，杀了李最应等国相宰臣三四人，还伤了两名日本人。朝鲜国王现避难于乡间，王妃也已逃出王宫不知去向。朝鲜现由退位国王，也就是现国王之父李昰应总揽朝政，自称国太公。朝鲜国王已派人三次上书总理衙门求援，请发兵平乱。太后已经三次召集王公大臣们商议此事，却直到今日也未有定论。这不是活活急死人吗？少荃，你是怎么个主意呢？朝鲜的事，我们管还是不管？该不该出兵？日本可是已经往朝鲜派兵了。”

李鸿章站起身，习惯性地踱了两步，脑海里却飞快地旋转着朝鲜的事：“大司农，京里的一班王公大臣是怎么说的？恭亲王又是怎么个主意？”

王文韶摇头说道：“少荃哪，你倒是会问！王公大臣们要是能说得明白，太后还用让老哥走这一趟吗？老哥今儿跟你说句实话，恭亲王现在也没了主意。朝鲜毕竟与以前大不一样，此次内乱，日本设在那里的公使以‘日本商人在该国经商受到损失’为由，强迫李昰应订立了《仁川条约》。根据这个条约，日本不仅让朝鲜赔付了一大笔款项，还可以派兵到朝鲜驻防，理由是保护在该国经商的商人。尽管朝鲜名义上仍是我大清的属国，但倭人这一插手，可就不好办了！老哥我倒是主张该派兵过去，把乱子平下去，把李昰应抓起来，让国王重新主政。可别的大臣不同意呀，翁同龢与李鸿藻都认为，派兵过去容易引起倭人的猜忌。京里现在每日都在争吵，吵成了一锅粥，太后左右为难。少荃，你说句实话，朝鲜与我国唇齿相依，又是属国，是不是该派兵过去？”

李鸿章捻须说道：“大司农说得不错。朝鲜此次内乱，朝廷若不派兵平定，日本定然乘虚图之，朝鲜定难阻挡。设若日本屯重兵及大量兵船于朝鲜，则我国京畿危矣，后患定然无穷。”

话毕，李鸿章又对李瀚章道：“大哥，您先陪大司农坐着说会儿话，容我到书房给太后拟个折子。”

王文韶惊喜地说道：“少荃，你答应到天津就任了？”

李鸿章镇定地回道：“古人云：‘国家有难，匹夫有责。’况我李少荃乎？”

李鸿章拜折的当日，又派人飞赴金陵，借南洋电报局，电告署北洋水师提督丁汝昌，让他速派兵船先期入朝访查确情，又急电调派提督吴长庆所部陆军，在翻译马建忠的带领下，乘船继进平定变乱。

两江总督左宗棠见到李鸿章递来的密函及电文后，不禁连称：“少荃难得！少荃难得！”他一面让电报局把李鸿章的电文拍发至天津，一面给李鸿章写信表示，此次出兵，饷粮由南北二洋合出。

李鸿章接到左宗棠来函的第二天，便随同王文韶一行先到金陵去见左宗棠，接着到上海查探日本领事馆动静，然后返津。

算起来，李鸿章仅仅为母亲穿孝八十余天。

慈禧太后见到李鸿章的折子时，吴长庆同着翻译马建忠率所部陆军，已乘船赶往朝鲜，丁汝昌遣两艘兵船随行护航。

慈禧太后把折子通读了一遍，马上便把恭亲王传了进来。她挥着李鸿章的折子，一字一顿说道：“没有李鸿章，真不知咱大清的日子怎么过！他才穿了八十几天孝，一听朝鲜有事，马上便开始决断。这不，他和王文韶还没有到天津，就已经调兵遣将，忙起来了。还是这班老臣可靠啊！”

恭亲王答称是，心里却知道，太后这是拿话在敲打他，也是在借机发泄对一班在京王公大臣的不满。李鸿章究竟上了个什么折子，竟把慈禧太后感动成这样呢？

李鸿章的折子这样写道：“微臣虽在苫块之中，眷怀君国，默念时局，忧煎踌躇，不有自安。本拟吁恳展假，妥营葬事，唯金革无避，礼有明训。当此中外多事之际，朝鲜密迩东边，关系大局，何敢顾恤其私，迁延推诿，致负圣明倚任之重……已派丁汝昌、马建忠酌带兵船前赴朝鲜访查确情，并拟调提督吴长庆妥商弹压调停之法。臣僻处乡隅，势难遥度。闻命以来，遵即赶紧部署，定于七月十二日起程，由巢湖出江，顺过金陵，与两江督臣左宗棠筹商水陆兵饷、后路接济各事宜。并至上海查探近日洋情，即乘轮船航海北上。抵津后仍照例素服办事，殚竭庸愚，力图安壤，希望稍纾慈廑于万一。俟卜葬有期，再求赏假回籍，以襄大事。”

李鸿章到天津后不久，马建忠便已由朝鲜派人递快函过来，言称已查明起事因由，确系前国王李昰应密谋此事，函后附有部分参与者的口供。

李鸿章马上请旨着吴长庆将李昰应等一班人逮获，由兵船押至中国问罪，借此稳定朝鲜的大局。旨准。

吴长庆见到李鸿章密令后，连夜动手，将李昰应等一班人捕获，又张贴告示，公开此事，敦促现国王尽早回宫主政。国王见到告示，很快便回到宫里。不几日，王妃也被吴长庆兵丁寻到。朝鲜局势很快安定。

对朝鲜以后将如何处理，很快成了大清国朝野议论的中心话题。这时，翰林院侍讲张佩纶，用他那支生花妙笔，最先给朝廷上了《请讲武以靖藩服折》，提出：“日本贫寡倾危，琉球之地，久居不归。朝鲜祸起萧墙，殃及宾馆，彼狃于琉球，故智劫盟索费，贪吝无厌。今日之事宜因二国为名，令南北洋大臣，简练水师，广造战船，台湾、山东两处宜治兵蓄舰，与南北洋掎角。沿海各督抚迅练水陆各军，以备进规日本。”折子又说：“中国措置洋务，患在谋不定而任不专。朝鲜乱作于内，敌逼于外。吴长庆一军暂留镇抚，殆权宜之策，非经久之图。”

张佩纶随后又就理商政、预兵权、救日约、购师船、奉天增兵、永兴筹备等六项提出自己的六点建议。建议曰：一、理商政当简派大员，为朝鲜通商大臣，理其外交之政，而国治之得失，国势之安倾亦得随时奏闻，豫谋措置。二、朝鲜孱弱，嗣后当由中国选派教习，代购洋枪，为之简练掎角。三、日约贪于索费，尤狡于驻兵，闻告贷北洋，安知非借中帑以款东兵，应无庸措置。日兵屯扎王城，尤多隐患，应由吴长庆密谋钳制。四、陆军护王都，不如水军护海口。应饬部臣迅拨巨款，先造快船两三艘，由北洋选派将领驻守仁川，较为活明。五、朝鲜日益多事，辽防亦宜豫筹。请饬盛京将军抽练旗丁，归宋庆统之，与所部常满万人，以备缓急。六、朝鲜之永兴湾，严寒不冰，俄人欲得其地驻船。应会同吴大澄妥筹力争要害。

张佩纶此奏一上，马上便对了慈禧太后的心思，加之张佩纶人生得俊秀，出口成章，蝇头小楷又写得端庄利落，慈禧太后更是满心欢喜，以为大清国又出了位辅国大才。她一面让军机处把张佩纶的这篇洋洋洒洒的折子，抄发给在京的王公大臣、南北洋大臣及各地督抚筹议，一面着内廷拟旨，先赏张佩纶三品顶戴，随后又实授都察院左副都御史。几日光景，张佩纶便由从五品小吏，进入正三品的大员行列，成了以李鸿藻、翁同龢为首的清流议政党的主干，令人刮目。

一连几日，张佩纶喜得忘了南北东西，几乎逢人就讲国政，上朝便递奏章，仿佛通国上下，只他一个关心国政，除了汉时诸葛孔明，再无一人能放在他的眼里。

慈禧太后不只一次在人前叹息：“总算祖宗有灵，曾国藩之后有个李鸿章，李鸿章有了年纪，又出来个张佩纶！真是天不灭我大清啊！”

葬母

张佩纶字幼樵，一字绳庵，又字賛斋，直隶丰润人，同治进士。李鸿章初任直隶总督时，张佩纶以翰林院检讨入李幕，帮李鸿章誊写奏稿、料理文案等事。进京后仍到翰林院任检讨职。累官编修、修撰，光绪元年擢从五品侍讲充日讲起居注官。

张佩纶头脑敏捷，谈吐不凡。入幕李鸿章期间，李鸿章时常在人前夸奖其“口才拔萃，文曲下凡”，使他的名声渐渐远播，很快挤入名士行列。

张佩纶好酒，每日无论冬夏，又总是鹅毛扇子不离手，颇有古时大贤风度。人们见了他，倒不敢称其本名，皆呼之曰“张大名士”。佩纶颇受用此称。

昔时，丁日昌、薛福成、黎庶昌等人，见李鸿章爱惜张佩纶，偏巧张佩纶又无家室，便想做媒，想让李鸿章招张佩纶为东床，将李之长女嫁给张佩纶为妻。

李鸿章却笑对几人道：“賛斋好名太过，吾女嫁与此人，恐为其所累，不得福享，还是等等看吧。”

但李鸿章读过张佩纶的《请讲武以靖藩服折》后，还是遵旨很认真地逐条谈了一下自己的看法。张佩纶所奏，李鸿章有的赞同，有的不赞同。对第一条，李鸿章不同意张佩纶的观点，认为派人过去替朝鲜主持大计，朝鲜未必肯听，也未必领情。对第二条，李鸿章认为可以办，而且正在办。这无疑是说，张佩纶所论，是事后诸葛亮。对第三条，李鸿章不同意在朝鲜常年驻兵。对第四条，李鸿章认为已经订造了两艘轮船，朝鲜有事，即可以使用。对第五条，在盛京大练陆兵，为支援朝鲜使用，李鸿章认为张佩纶是在胡说八道。因为朝鲜三面临水，利于水上进兵。张佩纶所议第六条亦不可行。

慈禧太后看了李鸿章的折稿后，把醇亲王奕譞召进宫来，叹道：“张佩纶所奏，貌似条条是道，如今一看李鸿章所言，才知这张佩纶治国的火候，还是较李鸿章差一些。还是按李鸿章说的办吧。凡事需慢慢来，急不得。”

奕譞扑通跪下道：“太后圣明，太后所论正是奴才这几日所想。奴才下去后就去找恭亲王办理此事。”

慈禧太后叹口气道：“我上几日说了恭亲王几句，他第二天就告假躲进府里不出来。他呀，这是和我闹气呢！你也用不着去和他商量，该办什么就办什么吧。有些人哪，就是给脸不要脸。我倒要看看，他想怎么着？我呀，就是不信，离了他，这大清的天就能塌了！你下去吧。”

奕譞一听这话，知道太后与恭亲王之间的矛盾越来越深了，自己身为帝父，大概当真就要有当议政王的那一天了。他按捺住满心的喜悦，把头对着太后磕得山响，然后这才连滚带爬地退出去。

恭亲王奕䜣是道光皇帝的第六子，是咸丰皇帝的异母同父兄弟。醇亲王奕譞是道光皇帝的第七子，与奕䜣是同母兄弟。

咸丰帝先封奕譞为醇郡王，八年后授命在内廷行走。咸丰十一年（公元1861年）参与祺祥政变，进封醇亲王。奕譞与奕䜣虽同为亲王，但因其才识不如奕䜣，所以一直尾随其后，有时连慈禧太后也说他是“马尾串豆腐，提不起来的货”。但他的权力欲却比朝中的任何一位王公大臣都大，恨不能登时取代六哥，过把议政王的瘾。

是年底，在原籍为母守灵的李瀚章函至天津，与李鸿章商议葬母一事，函称地穴等事已安排妥当，只等李鸿章最后定夺。

李鸿章不敢怠慢，于光绪九年（公元1883年）元月初，即上折恳请赏假葬母。候旨期间，李鸿章一边召署督张树声至津商议海防诸事宜，一边暗里着人打点行装，俟圣旨一到，即起程赴皖。

元月二十六日，圣旨抵达天津。旨曰：“披览所奏，情词恳切，良为恻然。本应俯如所请，宽予假期。唯北洋事务关系紧要，李鸿章措置得宜，朝廷方资倚畀，所有请假营葬之处，俟来年正二月间，再降谕旨。钦此。”

李鸿章未及圣旨宣毕，已在心里大骂道：“这是哪个王八蛋出的馊主意？老母已停灵祠堂日久，穴已料理完备。诸事可等可待，没听说葬母之事也要等待！朝廷就这样对待老臣吗？”

李鸿章气愤已极，当夜便挥毫命楮，上《渎恳赏假葬母》一折：

"入春以来，静候谕旨，本不敢以哀痛迫切之情，屡渎天听，唯时序如流，河水已解，屈指启窆之期，不过一月有余。而自津及皖，计程遥远，虽轮船便捷，亦须十余日始抵臣乡。且一切附棺之需，非事先摒挡，逐加检点，即礼仪粗具，而造次襄事，终觉不慊于心。记曰：孝子将祭，虑事不可以不豫。一祀事尚从容筹备，况于先人体魄所藏，而忍有苟简疏略之思乎？此臣月余来眷念松楸神爽飞越，昕夕引领，以冀恩诏之至……用敢再申前请，仰恳天恩，赏假数月，俾得赶紧回籍，稍遂负土之私，感荷矜全，实无既极。"

李鸿章最后建议，北洋通商大臣事宜，可由署直督张树声兼署。就当时而言，上至朝臣，下至平民，对葬父葬母之事极其看重，其规制仪礼几近墨守。李鸿章既是饱读诗书之士，又乃朝廷重臣，更不敢疏忽大意，否则便遭人耻笑；以后逢人办事，亦要矮人一等，低人半截。丁忧守制已被朝廷所否，若葬母之时再不到前，他李鸿章还想在家乡人面前抬头做人吗？这就是李鸿章一再恳请赏假的原因，实在也是迫不得已。

转年二月十六日，圣旨再次来到天津，赏李鸿章两月假期，准其离津回皖葬母，着直督张树声暂署北洋通商大臣。

李鸿章把通商及海防事务，很快向张树声做了一番交待，不几日便乘船离津，回籍料理葬母事宜。

李鸿章行程十五日才抵合肥府门。在家歇了一晚，第二天一早，便在兄弟的陪同下去墓地看穴，又请地师多人看过，这才择定日子安葬。眼望着老母入土，李鸿章始觉心安；看看日子，假期也只才过去一月，便安心住下，陪兄弟日夜谈天说地，过几天清闲日子。

法国毁约

这一日，正是李鸿章母亲下葬的头七，李府上下一早便打点上坟供奉的物品，物品整整拉了一车。李家各房的轿子也都抬出府门，排了长长一溜，引得街坊邻居都出来看排场。正在这时，十几匹快马风驰电掣般地飞奔到李府的大门首。

几名差官翻身下马，边往里闯边高声断喝："圣旨到，李鸿章接旨！”话音未落，几人已步入李府待客大厅。

大厅内，李鸿章正与李瀚章商议事情，闻听之下，兄弟几人只好就地跪倒，恭听圣谕。旨曰：“奉内阁上谕：前因李鸿章奏请回籍葬母，当经赏假两月，现在北洋事务紧要，李鸿章葬事毕，着不必拘定假满即回署任。该大臣公忠体国，定能仰副朝廷倚任之意，不至稍涉稽迟也。将此由五百里谕令知之。钦此。”

传旨差官话音刚落，第二道圣旨又进府门。旨曰：“前有旨谕令李鸿章即回北洋大臣署任。现闻法人在越势更狓猖，越南孱弱之邦，蚕食不已，难以图存，该国列在藩封，不能不为保护。且滇、粤各省壤地相接，倘藩篱一撤，后患何可胜言。叠经谕令曾国荃等妥筹备御。惟此事操纵缓急，必须相机因应，亟须有威望素着、通达事变之大臣，前往筹办，乃可振军威而顾大局。三省防军进止，亦得有所禀承。着派李鸿章迅速前往广东督办越南事宜，所有广东、广西、云南防军均归节制，应该何路兵勇前往，着该大臣妥筹具奏。金革毋避，古有明训。李鸿章公忠体国，定能仰副朝廷倚任之重，星驰前往，相度机宜，妥为筹办。着将起程日期及筹办情形，迅即奏闻，以纾廑系。将此由六百里密谕知之。钦此。”

李鸿章连接二旨，只得在母亲的头七过后，即登上南路。在路上，李鸿章一面奏请淮军老将领、前云南巡抚现在籍养病的潘鼎新帮办军务，一面飞檄调派在原籍养目疾的刘铭传紧急南下，商议布防事宜。

李鸿章船抵金陵，又接一旨。旨曰：“前因越南情形紧迫，谕令李鸿章前往广东筹办……该大臣现由金陵前赴上海，即着暂在上海驻扎，统筹全局，将兵事饷事豫为布置，审度机宜，再定进止。着将筹备情形，随时奏闻，其紧要事件，并着电信寄知总理各国事务衙门转奏，希望迅速。钦此。”

李鸿章离开金陵的当日，即给恭亲王急发密电一封，当先谈了自己的想法。

电云：“亚洲各邦自欧人东来以兵戎相见，先胜后败覆辙相寻可为殷鉴，固不得不慎之于始耳。鸿章奉命以来，每欲提一旅之师克日航海南征，第虑我军甫动，新报纷传法人必借词与中国失和，后患将不可思议。”电报又说：“各省海防兵单饷匮，水师又未练成，未可与欧洲强国轻言战事，想在高明烛照之中。所冀均衡在握，勿惑浮议激成祸端，致误全局，实为至幸。”

李鸿章怕朝廷此次被浮议所惑，同西欧列强大开衅端，不得不预先向恭亲王陈明自己的观点。

法国与越南之间，到底是怎么回事呢？这得从英国说起。英国通过缅甸，打开了进入中国云南的后门，法国也想通过占领越南，达到同英国一样的目的，也就是通过越南进入中国云南。

越南古称安南，同朝鲜一样，也是中国的属国。法国进攻越南北部（中国称此地为北圻，法国则称为东京），企图消灭驻在北越红河两岸的黑旗军，达到占领此处的目的。黑旗军原是中国广西境内的一支农民起义武装，因所部经常执黑旗作战，人皆称其为黑旗军。该军首领刘永福，本是天地会的一名首领，接统此军后，眼见天地会势衰，便率部于同治六年（公元1867年）进入越南六安州一带活动，并扩大队伍，终于有了两千余众，竖旗一面，自称“中和团黑旗军”。

同治十三年（公元1874年），法军进犯河内等地时，越南力不能支，遂向刘永福求助，希望共同抗法。刘永福率军迎敌，于是年十二月，在河内近郊击毙法军统帅安邺，逼迫法军退出北圻。刘永福因此被越南国王加封为三宣副提督，所部黑旗军也在北圻合法化，成了不归越南调遣的防军。

法国此次派来的军队，人数较前多了一倍，并委任能征惯战的海军将领李维业担任司令，定要歼灭黑旗军，占领北圻。

越南考虑到刘永福兵少，很难抗敌，遂遣员紧急向大清的总理衙门求救，希望大清国能尽快出兵，稳定越南的局势。

对法国的这种强盗行径，中国驻英、法公使曾纪泽亦及时向法国外务部提出了严正交涉。他指出：“中国对法国在越南的活动及其目的深感不安，对法国的行动不能漠视；法国想在北越进行正当贸易的愿望，可以通过谈判来解决。”

法国内阁一面指示外务部向曾纪泽表示“法国对越南并无野心，只是想消灭黑旗军，替安邺将军报仇而已”，一面却向李维业发出命令，加紧攻势。

李维业很快攻占河内，并把河内作为向北圻发起攻击的一个据点。

北圻面积包括越南北部红河三角洲在内的山西、兴化、北宁等主要城市。当时，中国常驻北圻有数营的桂军和滇军，为了加强这里的防御，李鸿章一到上海，又奏请云南巡抚唐炯、广西巡抚徐延旭，各调五营绿营进越与原桂、滇各军及刘永福一军成掎角之势。

朝廷很快接到李鸿章的奏请，恭亲王也看到他的急电。转日，军机处便发出密谕，着唐炯、徐延旭拨兵驰赴北圻一线，又着云贵总督岑毓英整军待发，以为声援。

军机处密谕在最后特别强调了这样一点："目前办法，总以固守北圻为主，倘法人侵及我军驻扎之地，则衅自彼开，自不能不与接仗。"

明眼人一眼可以看出，慈禧太后与恭亲王已经同意了李鸿章的观点。李鸿章到上海不足一月，果然便接军机处着天津电报局转发的慈禧太后密谕，谕曰："慈禧太后懿旨：李鸿章着速回北洋大臣署任，授全权大臣与法国驻华公使宝海商谈越南之事。"

李鸿章见到懿旨，眼前顿时一亮：能在谈判桌上解决越南争端，正是他所希望的事情。他当日就乘船离开上海，飞奔天津任所，希望能早日与宝海会晤。

李鸿章坚持认为，大清国目前的和局来之不易，战火决不能烧起来，尤其像法国这样的西欧强国，与之反目，有百害而无一利。

李鸿章到天津不过五日，法国驻华公使宝海，也奉本国之命来到天津。宝海与李鸿章是老朋友，在李鸿章的眼里，在各国驻华的所有公使当中，宝海堪称坚守信用的人。

中法开始就越南问题举行了正式谈判，一直谈到年底，才达成这样一个备忘录："开放越南保胜为商埠，供法国及外国商人行商卖货；法国保证不侵占越南土地和不贬削越南国王的权力；中国驻越军队从越南北部适当后撤。"

从备忘录中可以看出，中法双方均有让步。对李鸿章与宝海签成的这个中法备忘录，慈禧太后与恭亲王都很满意，慈禧太后甚至发出了"又能过一个安稳年了！"这样的感叹。李鸿章也认为万事大吉，只等法国军队撤走，中国驻越军队也适当后撤。

备忘录签字不久，李鸿章就着人赴合肥去接眷属，希望能在天津过一个团圆年。但驻英、法公使曾纪泽，却从巴黎发来密电称：法国正举行大选，如现内阁倒台，中法之间达成的备忘录能否生效则是未知数。

李鸿章一面把曾纪泽的电文紧急送往京师，一面对幕僚笑道："曾劼刚可是杞人忧天了。失信毁约为《万国公法》所最忌，法国乃泱泱西欧大国，老夫不信他会行此被别国鄙视的事情。"

慈禧太后见到曾纪泽的电文，当即把恭亲王、醇亲王及部分军机大臣召来，说道："曾纪泽说法国正在大选，还说现内阁极有可能倒台，这是什么意思啊？法国皇帝在干什么呀？"

恭亲王近前一步解释道："禀太后，法国没有皇帝，有总统。法国实行的是议会制，当政的是内阁，内阁总理便相当于我国古代的宰相。法国是由宰相执掌大权。"

慈禧太后不耐烦地摆摆手道："你说的这些我听不懂，什么这个统那个阁的，一个国家没有皇帝像什么呀？你就说说，他们一旦换了宰相，与咱们达成的这个备忘录还有效没效吧？"

恭亲王答道："禀太后，臣以为，法国与咱们达成的这个备忘录，不管他们换不换内阁，都应该有效。为什么呢？因为这是两国之间达成的某种约定，如他们的新内阁悔约，会遭其他国家耻笑，这也是《万国公法》所最不容的。请太后明鉴。"

慈禧太后"嗯"了一声，表示默许。各位王公大臣退出后，慈禧太后总算放下一颗心来，不久便传内务府的人进来，安排过年的事情。

转年二月，法国内阁大选落下帷幕，直接参与镇压巴黎公社的法国公共教育部部长茹费理当选新内阁总理。

茹费理上台的第二日，即组织新内阁成员，任命一贯蔑视中国，认为中国"微不足道"的沙梅拉库出任外务大臣（习惯称外相）。

沙梅拉库接受委任的当日，便向中国驻法公使馆递交照会，不承认宝海与李鸿章所达成的备忘录为有效条约，同时撤销了宝海驻华公使一职，另委任法国驻日本公使脱利古为新一届的驻华公使。

曾纪泽紧急把法国外务部的照会内容，电告总理衙门与李鸿章。李鸿章接到电报，立时被气得脸色铁青，浑身乱抖。他一面把电报快速递进京师，一面愤愤骂道："茹费理这个混蛋，他这是疯了！他竟敢置《万国公法》于不顾，单方面毁约！"

总理衙门见到曾纪泽发来的这个电报，也马上慌作一团。恭亲王一面把电报着人快速递进宫去，一面说道："看样子，法国是决计要与我开衅端了！"

慈禧太后连夜把在京的王公大臣们召进宫去，商议此事。协办大学士户部尚书李鸿藻，光绪帝师傅、军机大臣兼总理各国事务衙门大臣翁同龢等一班清流派，坚决主张向越南调派重兵，与法一战；恭亲王、宝鋆、景廉等人，虽也主张向越南增兵，但仍主张先以外交为主，用兵次之；还有人干脆向慈禧太后建议，放弃越南，为区区越南靡费饷银不值。这部分人的首领自然是徐桐。

各位王公大臣在宫里吵了半夜，却毫无结果。第二天，慈禧太后不得不故伎重演，让军机处拟旨，遍询督抚。

就在大清国对越南尚未作出决断的时候，茹费理已悄悄向驻扎在越南河内的李维业发出了攻击黑旗军、全部占领越南北部的指令。茹费理同时又电令脱利古，速赴中国，就越南问题与中国进行谈判，来了个外交、军事双管齐下。

已经卸任的驻华公使宝海奉命回国，抵达天津时，他怀着愧疚的心理来向李鸿章辞行。当他率随员来到行馆，向李鸿章依礼问候时，令他惊讶的是，他眼里一贯持重沉稳的北洋大臣李鸿章，此时竟两眼冒火，满脸怒气，并像拳师临阵般紧握双拳，分明是在等着同人决斗。

李鸿章冷笑道："贵国竟然置《万国公法》于不顾，一意要开衅端。请贵公使回国转告你家茹费理相国，老夫虽然六十多岁了，但还能重返疆场。如贵国一意孤行，老夫可以与他在战场上相见！送客！"

宝海自觉理亏，一声不吭退了出来。宝海走后，李鸿章渐渐冷静下来。他很清楚，大开衅端，将是茹费理求之不得的事情，但中国的实力，却又实在无法与之持久抗衡。言战容易，真打起来，却又千难万难！李鸿章此时的心里可谓矛盾至极。

第六章
被骂了整整三个月，也默默忍了三个月

法国要打中国！

一连多日，李鸿章反复思考对付法国的办法，并及时采取了一些外交措施。他给英国新任驻华公使巴夏礼去函，希望英国能出面调停此事，免开战端。但巴夏礼却回函称，此事须请示国内才能定夺。很明显，英国对中法之事持观望态度，不想过早介入。

李鸿章转而想让美国来调停此事，但美国的实力远不如英国，美国驻华公使杨约翰就算答应下来，恐怕也难达到预期的目的。

但法国此时在越南的战斗进行得并不顺利。李维业接到攻击指令的第二天，便率军向怀德府进发。黑旗军统帅刘永福已于前一天，知道了李维业的进军路线，他便在怀德府的纸桥一带，利用山高、林密、路窄的地形，设下了伏兵，决定给法军以重创。

李维业率军来到纸桥，很快进入黑旗军的埋伏圈。刘永福见时机成熟，立时把黑旗登高一举，四周的枪声便爆豆般响将起来。李维业中枪毙命，法军残部拼死逃回河内。

茹费理利用李维业之死，竭力煽动全面的侵越战争，把战争扩大化。他除了向越南增派陆军之外，又成立北越舰队。八月间，法军一面在北越加紧攻击黑旗军，一面以军舰进攻越南中部，并很快将都城顺化包围。

恰在这时，越南嗣德王阮福时突患急症故去。越南王廷顾不得发丧，也顾不得调集军队抵抗法军，却因王位之争而闹起了内讧。法军抓住这一有利时机，用重炮猛烈攻击城郭；刚刚继位的越南王六神无主，只得在城头竖起白旗一面，甘愿投降。

1883年8月25日，法国强制越南签订了《顺化条约》。根据条约，法国取得对越南的“保护权”；越南今后的一切对外交涉，均由法国掌握；法国人永久占领顺化和其他重要港口；法国商人可以在越南所有通商口岸自由通商。

当然，越南王在签字的同时，仍不忘暗中遣使来华，请求中国迅速出兵保护他们。在法军与越南签订《顺化条约》的过程中，屯驻在北越一带的中国军队，并没有牵扯到战争中去。总理衙门严令中国各军“衅不我开”，只可坚守自己的防地，竭力避免同法国作战，也不准去支援黑旗军；法军与黑旗军往来拼杀的时候，法国军舰对顺化万炮齐鸣的时候，驻扎在越南的中国军队，只作壁上观，无丝毫反响。但《顺化条约》的公布，还是令大清国的枢廷大吃一惊。

总理衙门此时偏收到法国驻华公使馆的照会，声称新公使脱利古已从日本赶到上海，想与大清国重新商谈越南之事。在天津的李鸿章也在日夜关注着越南的局势。就在法越《顺化条约》公布的第十天，他接到了军机处快马递送的军机大臣密寄。

密寄转发圣谕：“着授办理通商事务大臣李鸿章为钦差大臣，速赴上海与法国驻华公使脱利古筹商越南等事。办理通商事务大臣着署直隶总督张树声暂行署理。”

李鸿章一面拜折请旨，一面命张树声紧急到津办理交割。但是，茹费理派脱利古在上海与中国谈判，其实只是耍了一个外交手段，并无丝毫诚意。

李鸿章匆匆赶到上海，与脱利古刚一见面，脱利古便用威胁的口吻，逼迫大清国承认法越《顺化条约》的合法性；遭到李鸿章拒绝后，他便进一步恐吓道：“贵大臣久历外交，应该知道，目下情形，只论力，不论理。我国茹费理总理已明确表示过，若贵国坚持不肯承认《顺化条约》，那就意味着两国失和；即与贵国失和，亦所不惜。”

李鸿章本不想开衅端，但对脱利古的狂妄之态，却又无法忍受，尤其是行前总理衙门已明确指示，不承认《顺化条约》的合法性，这就使得李鸿章不能不对脱利古的种种无理要求给予反驳。

李鸿章透过脱利古的语气，甚至已经看出，法国对此次谈判无丝毫诚意，说不定，是在为大动作争取时间。

在与脱利古谈判的过程当中，李鸿章三次把自己的想法电告总理衙门："臣与驳辩再三，该使始允将并不显然或暗中干预越事一语删去。甲戌法越约内认越为自主之国，并无统属，最为悖谬，中国未便显认此约。该使又允将条约二字删去，谓须电请该国示遵，臣亦答以必须请国家示遵。看来此事一时似难议有就绪。"

十几日后，李鸿章又上奏朝廷，提出与脱利古中止谈判的请求。李鸿章这样写道："臣查该使性情狡戾，若臣在此专候商办，转启其居奇要挟之心，自不可稍涉迁就。现在北洋防务紧要，臣拟与该使停止商议，乘轮回津，借机观察动静。"

两天后，军机处电报到了："脱利古现在上海，作何动静？李鸿章如定期北来，须知照该使如有面议之事，俟其到津再行商办以示羁縻勿绝之意。"

很显然，慈禧太后仍对谈判抱有一线希望，怕决裂后衅端大开。李鸿章得到朝廷的允准，于是断然中止了与脱利古的交涉，乘船返津。

李鸿章此举大出脱利古的意料，他急忙把中国中止谈判的实情电告国内。李鸿章沿途察看了一下各口炮台及防军布置情况。

船抵天津的当日，李鸿章未及歇息，便接到由京师加急递送的军机大臣密寄。李鸿章读后脸色骤变，登时惊出一身冷汗来。原来，就在李鸿章赴沪与脱利古谈判的期间，茹费理内阁再次为侵越法军追加军费，并在水陆两地向越南陆续增派军队。此消息来自中国驻法公使馆。

李鸿章在心里感叹一句：看样子，法国是决意要同中国开战了！自己费了千辛万苦创造的和局，将要被随之而来的战事打乱了。但脱利古却尾随而至，坚持与李鸿章重开谈判。

李鸿章不得不再次请旨，再次与脱利古坐到桌前。一个月下来，谈判仍是毫无进展。因为脱利古此次来津，原本就没打算与中国达成任何协议，他只是秉承茹费理内阁的指令，用谈判的假象，来掩盖其调动军队发动更大规模对华战争的真情。说穿了，脱利古是在为军队的调动争取时间。

李鸿章再次与脱利古决裂。李鸿章对脱利古宣布中止谈判的当天，驻在越南北部的法国陆军，便向驻在越南山西的中国防军，发起了猛烈的攻击。

唐炯率军败退至兴化，徐延旭率部败退至北宁，刘永福黑旗军也败退至兴化一带扎营。法军仅用三昼夜便占领了越南山西。当时法军驻越总司令是米乐，舰队总指挥官是海军将领孤拔。法军占领山西的第二天，水陆两部便迅速扑向北宁。

徐延旭力不能支，向越南太原撤退。法军随至，太原亦下。徐延旭退至兴化，法军随即便到，又将兴化占据。至此，法军侵占了全部的红河三角洲地区。

消息传来，大清国朝野震动，李鸿章也惊得目瞪口呆。慈禧太后却抓住越南战败、恭亲王用人不当的契机，以迅雷不及掩耳之势，罢黜了恭亲王奕䜣的所有本兼各职。原有之军机大臣亦无一保留，休致的休致，降职的降职，全部剔出。

随后慈禧太后又下懿旨：诏授礼亲王世铎为军机处领班大臣，着户部满尚书额勒和布、汉尚书阎敬铭，刑部尚书张之万，东阁大学士左宗棠为军机大臣，工部左侍郎孙毓汶、刑部右侍郎许庚身在军机大臣上行走；诏授贝勒奕劻为总理各国事务衙门领班大臣，取代奕䜣执掌大清国的外交大权。

慈禧太后在更换枢廷的同时，在封疆方面也做了大的调整。第一件事是将唐炯、徐延旭革职逮问，以潘鼎新、张凯嵩分别署理广西、云南巡抚。第二件事是诏署张树声为两广总督，李鸿章署理直隶总督兼署办理北洋通商事务大臣，并节制北洋水师；着曾国荃署理两江总督兼领南洋通商大臣并节制南洋水师。第三件事则是对福建、台湾方面的防务所做出的加强：诏何如璋速赴福建任船政大臣，襄办福建军务；调都察院左副都御史张佩纶去福建会办海疆防务；着在原籍养目疾的前福建巡抚刘铭传，速赴台湾督办军务；诏张兆栋署理福建巡抚。第四件事则是关于越南战事上的：加前湘军水师统领、现休致在籍的彭玉麟为兵部尚书衔，驰赴越南北圻督统各军。

李鸿章碍于自己正是丁忧期间，只得连上三折恳请辞缺，上不准。李鸿章无奈，只好赴保定去接督篆。

张树声交割完毕，马上便携眷动身赴两广任所，却不幸中途旧病复发，遂上折告假。慈禧太后无奈，只好准其回籍养病，另诏张之洞暂署两广总督。

李鸿章心里异常清楚，慈禧太后将恭亲王罢黜，其实是撕掉了那层帘子，不是听政，而是直接干政了。他不知恭亲王离开枢廷，大清国的国运还能维系多久。不容李鸿章多想，法国对大清国又玩起了新一轮的外交战术，进一步试探中国对越南的态度到底如何。

李鸿章被痛批

法国占领越南红河三角洲之初，并没有继续扩大战果，而是派孤拔麾下的富尔达号舰长福禄诺，驰舰来到香港，找到香港中国粤海关税务司德璀琳，通过他向中国总税务司赫德转达总理衙门：法国希望继续与中国就越南问题，再次坐下来商讨。

贝勒奕劻接到赫德由上海发来的电报不敢怠慢，迅速递进宫去等太后示下。慈禧太后把奕譞召进宫来商议了一天，最后还是决定，全权委托李鸿章来办理此事。

李鸿章接到圣旨，和幕僚们讨论了一天，仍然猜不透法国的真实意图。他思虑了一下，决定在天津观察一两天再动身南下，没想到第二道圣旨又到，着他即刻动身南下，驰赴香港，与福禄诺面晤。

李鸿章无奈，只好把督篆与通商大臣事务暂向布政使交代一番，便选了两名英文、法文翻译，带了五十名亲兵及十几名幕僚，乘快船离津，飞赴香港去见福禄诺。

但福禄诺管驾富尔达号已经先期来到上海。李鸿章一行抵达上海的当日，便在德璀琳的安排下，与福禄诺会了面。

一见面，福禄诺先向李鸿章转达了法国内阁总理茹费理的问候，然后表示法国非常希望能和平解决中法之间有关越南的争端。福禄诺的话，其实也正是李鸿章所希望的。他与福禄诺见过面之后，便紧急给总理衙门发报，转述法国人的请求。

总理衙门很快回电表示赞同。李鸿章与福禄诺于是各自乘船来到天津，举行了新一轮的会谈。会谈前，李鸿章依例先拜折请旨，无非是寻个会谈的要领而已。

圣旨三日后来到李鸿章面前："目前最要者约有数端，越南世修职贡，为我藩属，断不能因与法人立约，致更成宪，必与之切实办明。通商一节，若在越南地面互市，尚无不可，如欲深入云南内地，处处通行，将来流弊必多，亟应预为杜绝。刘永福黑旗一军屡挫法兵，为彼所深恨，蓄志驱除自在意中，岂可遂其所欲？此次法人侵占越南，衅自彼开，我无失和之意，若再索偿兵费，不特情理所必无，亦与各国公法显背。以上各节均与大局极有关系，李鸿章膺此重任，宜如何竭力图维，预筹辩论。钦此。"

李鸿章依圣旨所讲各款，开始与福禄诺会商。恐怕连李鸿章自己都没有想到，会商进展竟大出人之意料，不仅异常顺利，且很快签订了一份条约，曰：《中法简明条约》。该条约共分三条：(1) 中国不再过问法国与越南之间的所有条约，承认法国对越南的"保护权"；(2) 中国将驻越南的所有军队限期撤回边境；(3) 法国不索赔款，中越边境开放通商，但不准进入云南内地。

李鸿章将此条约逐条誊写清楚，速递京师御览。为使慈禧太后能顺利地批准此条约，避免法国对中国内地进行攻击，李鸿章在请旨的同时，又给总理衙门附函一封。

函曰："法国现与越议改条约，决不插入伤碍中国体面字样之内。据福禄诺云，法已派驻京新使巴德诺往越，如蒙准行，伊可电达外务部，令巴使与越王另议，将甲戌及上年约内违碍中国属邦语义尽行删除，但不肯明认为中国属邦也。"又说："鸿章实智尽能索，若于此外再有争较，则事必无成，患更切近。"

李鸿章最后写道："若此时与议，馈兵费可免，边界可商；若待彼深入，或更用兵船攻夺沿海地方，恐并此亦办不到。与其兵连祸结日久不解，待饷源匮绝，兵心民心动摇，或更生他变，似不若随机应变，早图收束之有裨全局矣！"李鸿章已打定主意，无论怎样，也不能让战火烧起来。他不能让眼下的和局坏掉。

慈禧太后再次同意了李鸿章的观点，并很快下旨一一照准，并着李鸿章快速画押钤印，以防法人中途变卦。

《中法简明条约》签订之后，李鸿章上折时这样写道："是两国既皆定议，以后商界事宜尽可从容筹度，此皆由皇太后、皇上宵旰焦劳，怀柔大度，于以感召远人效忠孚信前后，在事诸王公大臣等和衷共济，匡弼赞襄，大计得以定艰危于俄顷，使数年来法越轇轕不定之议，得一结束之方。从此，保境息民，练兵简器，徐图自强，天下幸甚。微臣躬亲是役，懔懔焉若朽索之驭六马，叠经局外责望，圣谕提撕，唯以不克称塞明诏是惧。今虽妥速成议，非初料所能及，其有思虑所不到，力量所不及处，尚祈曲鉴愚诚，勿为浮议所惑，庶法越之事由此而定，中外邦交从此益固矣。"

拜折的当晚，李鸿章把轮船招商局会办候补道马建忠传至行馆，抚须说道："眉叔啊，此次与法议约，你出力最多。老夫想奏请把你留在天津襄办洋务，你意如何呀？"

马建忠忙道："职道能留在大人身边见习洋务，当是职道祖上修来的福分。不过大人，职道一直有个疑问化解不了，想向大人请教。大人，您老以为，《中法简明条约》虽签订，法国真能按约办理吗？"

李鸿章一愣，忙道："眉叔，你讲下去。"

马建忠道："大人试想，那脱利古两次与大人谈判，均因缺乏诚意而遭大人拒绝。那时，法人在越南尚未与我防军开衅。而福禄诺此次来津，是时中法衅端大开，我军又在大败之后，您老与他不仅商谈得顺利，且少节外生枝之事，这难道不让人感到奇怪吗？"

李鸿章沉吟良久，徐徐说道："法人已毁约一次，难道还想重演老戏吗？"

马建忠道："大人，茹费理工于心计，性情最狡诈，不能不防啊！法国兵舰云集越南，转瞬可抵福建。据职道所了解，孤拔是法国海军将领中骁勇善战之人，此人既到越南统领兵舰，难保不觊觎我福建、台湾两地。"

李鸿章长叹一口气道："眉叔所论极是，老夫连夜请旨，巡阅一下北洋沿海各炮台，你随老夫同行。北洋是我大清的重要海防区，畿辅重任，马虎不得呀！"

李鸿章不久便带上马建忠等一班幕僚，乘上兵轮，开始了为期一个月的沿海巡阅北洋防区事宜。

李鸿章刚离开天津不过五日，天津直隶总督行馆，便收到了福禄诺由上海发来的紧急电报。福禄诺在电报中称：已接到国内茹费理总理指示，限令中国驻越军队在本年六月十七日前撤出越南防区，如其不然，法国将要采取单方面军事行动，强行接管中国驻越防区。

行馆把福禄诺的电文立即送到津海关道衙门。

津海关道衙门一见事情紧急，马上便派快马递进京师。慈禧太后一见福禄诺的电文，忙让奕劻把《中法简明条约》文本找出来阅看。

慈禧太后把条约反复看了三遍，并未看到六月十七日撤军字样。慈禧太后心底的一股怒火不由便燃烧起来，她把条约往奕劻脚前一摔，大骂道："这个李鸿章，他真是老糊涂了！这么大的事情，他竟敢隐瞒不报！快把世铎召来，给李鸿章拟旨，问问他是怎么回事。他说不清楚事由，就把他逮进京师问罪！这还了得！"

李鸿章这日正在张佩纶、吴大澄、丁汝昌、马建忠等人的陪同下，在炮台检阅兵舰。他们几人坐在旗舰的瞭望台上，每人手里拿着个千里镜，正在看水师官兵演操。突然，一艘快船飞也似地来到旗舰跟前，原来是传旨的差官到了。

李鸿章急忙同着众人整冠掸衣，跪在甲板之上接旨。旨曰："前因福禄诺限定撤兵之日，李鸿章并未奏闻，亦未告知总理衙门。现该法使即以此为口实，欲开衅端，皆由李鸿章办理含混所致。李鸿章着速将实情奏来，再行问罪！钦此。"

李鸿章被惊得目瞪口呆，好半天不知身在何处。他非常清醒地意识到，法国此时突然限定日期让中国撤兵，是决意要对中国失和了；就算中国此时答应法国人的要求，同意六月二十七日前撤军，但兵部火票，是无论如何也不能赶在六月二十七日之前到达越南的。

李鸿章当日回到驿馆，一边拟折为自己辩解，一边默默流泪。

张佩纶这时说道："大人万莫难过，依下官推测，这一定是太后不定听了朝中哪个大老的谗言，故意为难大人。大人但请宽心，下官一到福州，便给太后上折言明此事：限定日期撤兵，并非大人有意隐瞒，实乃福禄诺一厢情愿也。"

吴大澄也道："这勗贝勒也真是糊涂。《简明条约》写得明明白白，何曾只限定在六月二十七日？这分明是茹费理那个狗杂种在捣鬼，干大人何事？勗贝勒总该跟太后说清楚才是！"

李鸿章抬起头来，掏出布巾擦了把眼泪，缓缓说道："你们以为，老夫是因为遭到斥责落泪吗？老夫戎马半生，受过的委屈有些不知比此次大多少，老夫都没有落过一滴泪，这点委屈算什么呢？老夫落泪，是因为战端将开，而我大清的国力尚不殷实，结局不知会是怎样？"

李鸿章的一席话，说得张佩纶等人都低下头去。李鸿章的折子尚未递进京师，慈禧太后此时亦已发觉是因自己一时气急而错怪了李鸿章，随手便又下一旨，着李鸿章仍旧沿海巡阅，以防法舰偷袭。

六月二十七日转眼即到，法军统帅米乐奉国内指令，率军向北越中国防地逼近，欲强行接防。驻越防军总统帅彭玉麟因未接到撤防的圣谕，自然不肯答应法军接防的要求。

米乐大怒，命令部队向中国军队开火。彭玉麟见法军先行开火，马上也下令各营还击。在北越观音桥（越南称之为北黎）一带，中法两军正式交战。

双方激战一整天，法军不仅未前行半步，反倒伤亡惨重。米乐只得率军后撤，并火速向国内报告法军与中国军队交战的实情，请求下一步的行动。

法国外务大臣沙梅拉库一接到米乐的报告，当时便暴跳如雷。他向茹费理请示后，马上便派员向中国驻法国公使馆递交了抗议书，声称因中方不遵守《中法简明条约》，法国不仅要中国立刻从北越撤军，并要求大量的赔款。

抗议书又罗列了以下各款：（1）要中国提供忠实执行简明条约的担保，或一处口岸；（2）要中国在《京报》上公布即刻从北越撤兵的谕旨。抗议书最后又威胁说："以上各点如无满意答复，法国将采取直接行动来自行获取担保品和赔款。"

最后通牒

刚刚接署驻法公使的李凤苞，一接到法国的抗议书，马上便把抗议书的全文，用电报的形式发回总理衙门。

总理衙门接到抗议书的第五天，法国驻华公使馆参赞谢满禄又照会总理衙门，以最后通牒的形式把抗议条款重新申明一遍，限其七日照办。法国要求中国的赔偿是多少呢？照会上写得明明白白，是至少两亿五千万法郎，近四千万两白银。

茹费理内阁决定趁机张开大口，狠狠地敲诈大清国一把，发笔横财，借机也树立一下内阁在百姓心目中的良好形象，巩固一下执政的地位。茹费理在向大清国提出抗议的同时，又将分布在中国上海、越南顺化一带的兵舰合成远东舰队，任命孤拔为统帅，决意通过武力胁迫中国就范。

贝勒奕劻一接到法国的照会，并没有马上进宫去见太后，而是先会着世铎，两个人到醇亲王府找奕譞商量主意。

世铎能做军机处领班，奕劻能到总理衙门去领班，全是奕譞在太后面前力保的结果。奕譞现在虽然还不是名正言顺的议政王，但恭亲王被罢黜后，他实际上已经担负起帮着太后料理国政的大任。

当时的大清国枢廷格局是：奕譞是世铎与奕劻的主心骨，太后则是奕譞的主心骨。奕劻是乾隆皇帝第十七子永璘的孙子，封贝勒，人称劻贝勒；世铎是有名的花花公子，除了军国大事，什么事都落不下他，玩鸟玩鸡玩蛐蛐，玩妓会吃好男风，真是市面上流行什么，他便鼓捣什么。慈禧太后能把军机处交给他，说穿了，是做给天下人看的，其实是为了自己能独揽一切。

两个人进了醇亲王府的书房，奕劻当先把法国人的抗议书拿出来。奕劻说："这件事我还没有跟上头言语，先向王爷讨个主意，以防上头问起来，能说出个一二来。"

醇亲王像模像样地拿起抗议书读了读，说道："这件事，全是李少荃办坏了！李少荃与法国谈了四次，签了两个条约，一个也没生效！这次啊，说啥也得跟上头把话讲清楚，不能再让李少荃去谈了。”奕譞说到此，忽然问世铎一句：“左季高怎么说？”

世铎答：“左季高说，法人赔款这一项，万万不能答应！几千万两的白银，上哪给他弄去！”

奕譞点一下头，说：“好，这项不答应。还有呢？法国让咱们担保，担保什么？什么是担保品？你们弄没弄准？”

奕劻答：“听谢满禄讲，是想拿咱们的几个口岸来做担保，还说是咱们违约，不给就打！”

奕譞大怒，站起身吼道：“去他妈的蛋！和他打！和他打！他这回不打还不行了呢！上头把张佩纶这样的活诸葛都指派到福建去了，咱没理由让他们吓住！这场风波，总归是李少荃没有办好。他要不瞒东瞒西，咱何至于这么被动！”

奕劻道：“王爷，北黎这件事，并非都错在李少荃一人身上，是他福禄诺无理取闹。简明条约我看了两遍，的确并未指明具体到哪一天撤军。福禄诺非让六月二十七日撤军，这根本办不到！”

醇亲王这时道：“上头也是这话吗？”

奕劻答道：“上头就是这么跟我说的。礼王爷当时好像也在场。”

世铎忙道：“上头是这么说的，而且说了不只一次。”

醇亲王点头道：“上头既有这话，我们也不好再说什么。但这次，李少荃是不能再出面了。有他在天津练北洋水师，无论法国怎么打，起码能保京师无虞。京师无虞，我们就可高枕无忧是不是？现在法国驻我公使又换了谁？”

奕劻答道：“法国公使现在又换了一个叫巴德诺的，现在已经到了上海。”

奕譞想了想道：“行，咱们抓紧找出个人来，就跟这个巴子谈。你们看邵友濂怎么样？他继崇厚代理驻俄公使期间，上头对他挺满意。让他跟巴子谈，估计上头能同意。还有，赫德跟法国人能不能说上话？外国人互相之间好说话，如果上头嫌邵友濂资格浅，咱们就把赫德举出来。无论怎么说，这次就是不能让李少荃再去谈了。”

奕劻问：“如果上头执意还让李少荃去和巴子谈呢？”

奕譞急道：“你这个人真是糊涂！你是总署领班，有些话，别人不好讲，你得和上头讲。李少荃与法国订了两个条约，法国撕毁了两个条约。如果还放李少荃去订约，法国还得毁约。为什么呢？本王昨儿到西山找老和尚算了一卦，李少荃最近犯的是毁约劫，他犯了劫数理应规避，这话你无论如何要同上头讲清楚。”

奕劻问道：“王爷不进宫？有些话，王爷讲比我们讲更有分量。”

奕譞道：“本王的膝盖骨长了个疖子，跪着疼得很，上头赏了我两天的假在府里养养。其实，本王巴不得天天都去宫里给上头请安呢！”

这次与法国人谈判，慈禧太后确实听了奕譞的劝告，没有让李鸿章出面。总理衙门先是照会法国驻华公使馆，希望新公使巴德诺尽快赶到京师任所，总理衙门将派员与之议定条约，照会并称：中法一面议约，中国军队即可一面撤退。

但巴德诺只在上海驻足，并不北上。法驻华公使馆照会总理衙门称：中国须先答复抗议书所要求各款，法国才能与之议约。总理衙门为了向法国表示委曲求和的诚意，经慈禧太后同意，决定派总税务司赫德前往上海去见巴德诺。

总税务司已搬到京师，赫德随之迁到京师居住，到上海的当天便往总理衙门发电报一封，称：“经理此事，颇费苦心，若他人搀评无益。”显然，赫德想把此事全部包揽在自己身上，不想再让别人插手。

总理衙门快速回电表示同意此说，着他快速办理。

赫德便开始与巴德诺谈判，结果却是：“偿款万不能免，而名目可不拘定。”

赫德谈判的结果让慈禧太后大失所望。慈禧太后于是采纳奕劻的第二条方针，着上海道邵友濂就近与巴德诺接谈；巴德诺见到照会大怒，竟以邵友濂不是朝廷大员，人微言轻，拒绝接谈。

于是，慈禧太后又接受了军机大臣左宗棠的建议，授权两江总督曾国荃与巴德诺谈判。曾国荃临危受命，只得离开金陵赶到上海。

行前，朝廷特下一旨，严令“兵费赔款，万不能允”。

曾国荃赶到上海，开始与巴德诺接谈。两个人谈来谈去，曾国荃竟于最后，擅自答应以银五十万两（合法郎三百五十万）赠给法国。巴德诺却以其数目太少，“近于儿戏”，坚决不允。慈禧太后则怒斥曾国荃：“不知大体，交部严加议处。”后来又下旨，从宽革职留任。中法谈判再次失败。

就在总理衙门反复派员与巴德诺谈判的时候，茹费理则趁机下令给孤拔，让他率远东舰队分别开进福州和基隆，以便随时发动攻击，占领中国的这些口岸，作为所谓的“担保品”。

孤拔下令兵舰分停于福州马江港口，与福建水师兵轮同泊一港，以利攻击顺手。

就在曾国荃与巴德诺会谈宣布破裂的第二日，谢满禄又一次以最后通牒的方式，把上项抗议条款交给总理衙门，并限令四十八小时答复，否则便下旗离京，宣布两国断交。

慈禧太后把在京的王公大臣们，全部召进宫里议了一天，也没有议出结果。醇亲王奕譞此时的态度是：失和便失和，走了他法国人，我们正可垫高枕头睡大觉。

慈禧太后反复思虑，终于还是采纳了奕譞的建议，决定对法国的抗议不予理睬。

总理衙门反复派员与巴德诺谈判的时候，李鸿章虽置身事外，但也没有闲着，他依据中美天津条约，去函给美国驻华公使杨约翰，又给驻美大使陈兰彬、副公使容闳去电报，要求美国出面进行斡旋，力避中法大开衅端。

杨约翰不久便打发翻译官何天爵去拜会总理衙门的奕劻。

何天爵说道：“贵国李中堂，恳请我家公使先生，能出面调停贵国与法国之间的事，我家公使以为，现时法国断无遽行开仗之理。如果打仗，不但有悖《万国公法》，且对不起美国。”

奕劻自然称谢不止。何天爵告辞后，奕劻急忙来到醇亲王府，把何天爵的话对醇亲王学说了一遍。

醇亲王不由怒道：“这个李少荃，他正犯毁约劫，朝廷就怕他此时再出来，他偏偏又出来搅局！这次恐怕又要订约不成！”

这话不久便传进天津。李鸿章一日饭后，在与马建忠弈棋的时候，忽然长叹一口气道：“这个窝囊废呀，大清国早晚断送在他的手里！”

李鸿章并没有指出他究竟是谁，但马建忠却知道，这个“他”乃醇亲王无疑。

中法关系正式破裂以后，法国驻中国的公使馆及领事馆、商务代办等机构，很快撤往上海，准备回国，中国亦随即关闭了驻法公使馆。

船政大臣何如璋秉承总理衙门的指令，不仅将日意格解职，且将船政局里供职的所有法国人全部驱逐。

闽浙总督此时是何璟。何璟原本是个颇有作为的人，中法关系紧张初始，海面戒严，他会同福建巡抚张兆栋，布置沿海以及台湾防务，很得朝廷的夸奖。但只打都察院左副都御史大名士张佩纶来到福州会办福建海疆事务后，他凡事便不敢再做决断，都依张佩纶的话行事；盖因张佩纶名头太大，又得太后赏识，他不想引火烧身之故。

张佩纶一到福州，自然包揽了福建海疆的所有事宜，连福建巡抚张兆栋、船政大臣何如璋，也不敢违拗他半点，唯恐惹得大名士心头火起，一个参折上去，不仅乌纱不保，还落得个身败名裂的下场，那才真叫冤枉。

法国开炮了！

张佩纶原本是个不甘寂寞的人，到了福州，更加目中无人。本来是十分的名士风度，他在何璟、张兆栋、何如璋等人的面前，定要装出十二分来。不管什么话头，只要他一张嘴，肯定是滔滔不绝，直到把人说晕了才休。

李鸿章巡视海防期间，他陪着看了几天；北黎事件一发生，他便急忙赶往福州去布置军务。

张佩纶到福州的当日，便带上一应随员，拎着把鹅毛扇子，前呼后拥地到各口看了看，还到兵轮上，学李鸿章的样子，见了一两个统领；孤拔率远东舰队开进福州马江以后，他也只是站在船头，用千里镜大概看了看，并未十分放在心上。

从船上下来后，他每日仍与一班属员饮酒吟诗、谈古论今，觑法舰如无物。

张佩纶到福州不多几日，便把何璟、张兆栋苦心经营的海防糟蹋得不成样子，各口海疆防务简直就是一塌糊涂。

何璟不敢言语，张兆栋默不作声，何如璋更没得话说。

本年八月五日，法国远东舰队副司令利士比，率领由三艘军舰组成的分舰队，离开福州江面，悄悄靠近台湾的基隆炮台，突然开火，将毫无防备的基隆炮台尽数轰毁，法军陆战队旋即登陆。

炮台守军不敢延误，急报刘铭传。刘铭传不敢怠慢，一边飞檄向福州总督衙门报信，一边调集军兵抵抗。

法舰一路招摇畅行无阻，突然遭遇抵抗，倒也惊慌失措；战不多时，当地百姓也加入进来配合官军作战。法军不支，只好退归海上。

八月二十三日晨，孤拔得茹费理指令，正式向闽浙总督衙门递交了战书。何璟一见战书，知道中法正式失和，便忙把战书速送海疆事务帮办大臣张佩纶处，又急传张兆栋、何如璋二人，命二人速与张佩纶会合共商大计。

二人马不停蹄赶到了张佩纶的办事房，见一名差官正手捧着战书，在门外急得走来走去。张兆栋抢过战书一看，不由大怒道："大胆的狗东西，这都什么时候了，你还不把战书递进去！你是不想活了！"

差官双膝跪倒哭着说道："张大人刚刚喝过酒，正在里面高卧歇晌。奴才就算长两个脑袋，也不敢去搅他老的好梦啊！"

张兆栋飞起一脚把差官踢翻，拉起何如璋便闯进门去。

张佩纶在暖厢里大叫道："何人如此大胆，敢扰本部院的清静？不想活了吗？"

张兆栋大叫道："张大人，您老快醒醒吧。午时三刻，法国兵船便要开炮了！"

张佩纶一听到这个"炮"字，急忙从里面跑将出来，挥着鹅毛扇说道："这是哪个王八传出的谣言？"

张兆栋急把战书往他的手里一塞道："这是法国人下的战书，何制军派我们两个速与大人会商此事。大人，您老快拿个主意吧！"

张佩纶接过战书看了看，忽然说了一句醉话："法人难道不知我张佩纶在此吗？"

何如璋这时道："张大人，您老此时是醉着还是醒着？法人的炮就要开火，您老难道不急吗？"

张兆栋拉了拉何如璋的衣襟，说道："张大人是上头的红人，又是满朝公认的能臣，眼下的局势，可全靠大人掌舵的呀！"

张佩纶的疯态登时收敛了许多，他略一沉吟，便高喊一声："来人！"一名侍卫应声走进来。

张佩纶手挥着鹅毛扇道："本部院不相信小小法国，区区毛贼，有开衅的胆子！传本部院的话，法国人来下战书，只是恐吓而已，各口均不要惊慌。传令下去，严令各军舰，战期未至，不准发予弹药，并不准无命自行起锚；炮弹下发之后，亦不准先行开炮，违者虽胜亦斩！"

侍卫将张佩纶的话复述了一遍，确认无误后，这才走出去传达。张佩纶又命人更衣。

更衣毕，他拎起鹅毛扇道："我们三人各领一船，看法国能把我等怎样？"话毕，又额手称庆道："天佑我大清，让这些法国禽兽，撞到我张篑斋手里！本部院保让他们统统去见阎王！"

午时三刻，孤拔不以张佩纶的意志为转移，下令开炮。

福建水师各船，面对猛烈的攻击，一无炮弹还击，二无接到开战的命令，顿时陷入混乱状态；七艘兵舰不仅眨眼间被击沉，舰上七百余员弁亦无一幸免，全部葬身于海底。

张佩纶一见形势不妙，赶忙由人扶到陆岸，又登到山上，趁着硝烟弥漫，逃出法舰大炮射程之外，向远处飞也似地遁去，形如脱兔一般。

张兆栋、何如璋也很快逃得无影无踪。孤拔并不罢休，接着又下令对马尾船厂进行轰击，并沿马江从上游逐一轰击两岸炮台。消息传进京师，慈禧太后飞檄天津，着李鸿章速派兵轮援闽，片刻不得延误。

李鸿章接旨后，考虑到北洋防务单薄，而中国水手均不能熟练的操作铁甲船，只得聘请德国水师总兵式百龄为统带，从各口调派四艘兵船，加南洋一艘，共五艘，又调淮军将领提督衔聂士成率一千陆军，随船前往。

将兵船派走的当日，李鸿章上折时这样写道："法船先后来台湾洋面者不下三十余号，中国师船单薄，又经马江大挫之后，不易轻试其锋，然亦不可不设法牵制。"

李鸿章拜折的同时，又飞檄各口，严令各炮台严阵以待，务派专员看管巡视水面，以防法舰突至蹈马江覆辙。

李鸿章此时只知法舰炮火猛烈，尚不知马江惨败，全系张佩纶胡闹所致。

这时，英、美、德、俄等国，怕法舰转攻大清国烟台、淞沪口岸，损害到本国的利益，一起站出来发表联合声明，表示“忧虑”。

茹费理怕各国联合起来发难，于是指令孤拔，只攻台湾不攻中国北方口岸；茹费理同时命令北越陆军加紧攻势，希望尽快从北越向中国的陆路边境进行攻击。

就在世界各国都在关注中法战争进展的时候，日本则乘虚鼓动朝鲜的开化党人举行了兵变；所幸兵变被中国驻朝军队侦知，提早动手解除了开化党人的武装，才未造成朝鲜的动乱。

为了不得不打的中法战争，慈禧太后派总理衙门及南北二洋，紧急向各国商借款项。各国银行大发横财的机会再次降临。

李鸿章却对此忧心忡忡，他竟然两次上折劝阻此事，力持不可。慈禧太后只得让军机处重新拟旨遍询督抚。

两广总督张之洞却对李鸿章大为不满，他上折声称：“中法战事，若有洋款可借，则洋军火可买，虽相持一年亦无虑。”

慈禧太后采纳了张之洞的意见，二次着令总理衙门与南北二洋，广泛与各国洽谈，商借洋款，同时让奕劻给中国驻外公使发电，让他们寻求谈判的途径。奕譞这时又建议，再次让赫德出面，与法国接洽商谈停战之事。

总理衙门于是二次请出赫德，称：“我国可以不再争越南入贡，只希望在中国滇桂边界外，划一条禁止法国进入的界线。”

赫德当即把胸脯拍得山响，当日就给中国驻英国税务司金登干发电报，嘱其速赴巴黎，直接与法总理茹费理商谈此事。

很快，中国驻德国公使许景澄，按着国内的指示，向法国驻德大使，表明了大清国想通过再次谈判解决越南争端的意愿；中国驻英公使馆也派英籍官员马格里，与法驻英国公使馆官员频繁接触，转达同样的意愿。

同时，中国驻美公使馆、驻俄公使馆，也秉承总理衙门的谕令，纷纷行动，利用各种机会与法国人接触，透露想重开谈判的意愿。

但法国因北越战事颇顺，海上亦很得手，不想停战。中国各公使的努力均告失败。

慈禧太后无奈之下，只好再次着李鸿章想办法，与尚未撤离的法国驻天津领事林椿沟通，探询中法有无谈判的可能。

李鸿章于是专委曾在法国留学多年的马建忠来办理这件事。马建忠开始与林椿秘密接触。

在接触过程中，林椿按着茹费理的指令，向马建忠提出许多不合情理的要求，根本没有谈判的诚意。李鸿章再次函商美国驻华公使杨约翰，希望美国人能站出来调停。

杨约翰请示国内后，同意了李鸿章的请求，决定斡旋中法之间的越南争端，李鸿章见函顿喜。但茹费理接到美国公使馆递交上来的照会后，却希望美英共同调停此事。

英国因有赫德与金登干的勾当，明确表示不希望美国参与此事。美国只得停止斡旋，形势逼迫大清国硬着头皮也要同法国打下去。

敲诈勒索

光绪十一年（公元1885年）二月，北越法军经过充分准备后，开始对驻越清军大举进攻。

清军从一开始便连遭败绩，法军仅用十天的时间，便占领了中越边界重镇——中国境内的镇南关。

两广总督张之洞无奈之下，只好重新起用已休致多年的原广西提督老将冯子材，并连续向北越增派部队，希望能尽早扭转局面。

此时，大清国总理衙门以“广东海防、福建海防、援台规越、滇桂用兵”等名义，向汇丰银行已陆续借款七次，总数高达库平银[①]一千二百六十万两白银，而且还在同其他国家的银行继续商借。

北越法军此时已从镇南关向中国广西内地纵深推进。三月十六日，法国北越军统帅波里也命令谅山前线军队，攻取中国驻越军队囤粮基地——广西重镇龙州。他在命令中这样写道：“部长通知我，正与中国进行谈判（指赫德、金登干二人），这次谈判似乎是严肃而有诚意的，他认为若能对龙州有所动作，派骑兵前去，将大有裨益……我希望你明

①库平银是清朝国库收支使用的标准货币单位。

天的行动能给中国军以新的教训。”

此时的茹费理可谓狂妄极了，也得意极了。但张之洞此次起用的冯子材，却偏偏是法军的克星。冯子材字南干，号萃亭，广东钦州人，行伍出身，身经百战，是个勇略兼备的人物。冯子材于同治元年（公元1862年）出任广西提督，光绪元年（公元1875年）调任贵州提督，光绪七年（公元1881年）回任广西，次年因受排挤病退。冯子材守边关多年，最善于利用地形作战，是出了名的“地形军门”。冯子材在任期间，曾多次率军入越替越平叛，在越南有很高的威望。

冯子材此次带病出山，名义上是广西关外军务帮办，实际上就是对法作战的前敌总统帅。他上任的第一天，先骑马对镇南关一带的地形进行了勘察，然后便传令下去，让各营修筑长墙，重新布置兵力，并着人在高山上竖旗一面，称：法军来时，此旗未举，不准开枪；此旗一举，不准后退。冯子材就在旗下指挥作战。战壕、长墙布置妥当，冯子材便密令麾下两营人马开赴越境前沿去引诱敌军。

三月二十三日，法军前线司令尼格里率兵分三路杀了过来，一路毫无阻挡，仿佛清军一夜间全部跑掉。

尼格里见此情形，哈哈大笑道：“大清国如此不经打，可见茹费理首相何其高明！”说完忽然拔出指挥刀，大吼一声：“大清国，征服你的法国勇士来了！”

尼格里话音刚落，高山上忽然竖起一面大旗来，旗上明晃晃地绣着一个斗大的“冯”字；随着大旗的竖起，四周陡然响起一阵枪声来。

法军猝不及防，慌忙抵抗。激战一昼夜，法军伤亡惨重，清军虽也死伤极多，但在冯子材的沉稳指挥下，却越战越勇，终使法军大败而逃。溃逃途中，法军统帅尼格里中弹身亡，法军更加溃逃如水。

冯子材乘胜追击，一举收复谅山等地。广西举人张秉铨特为这一战赋诗一首，描述当时的情形：“连宵苦战不闻金，枕藉尸填巨港平。群酋存者戴头走，前军笳吹报收城。南人鼓舞咸嗟叹，数十年来无此战。献果焚香夹道迎，痛饮黄龙何足算。”

与此同时，北越西线的滇军于三月二十四日，也在临洮府大创法军，相继收复被法军占领的防地多处。这时，在中国南海横行无忌的法国远东舰队，在攻击镇海时也遇到阻拦。

镇海是宁绍台道薛福成的管辖区。薛福成见法舰行来，当即命令炮台各将士齐把炮口对准舰队的旗舰轰击。薛福成称此为攻敌先攻帅，能有事半功倍之效。

此话被薛福成言中，孤拔当真被打伤，法舰队只好转攻澎湖；孤拔到澎湖不久便死去，孤拔成了孤鬼。副司令利士比暂时接任远东舰队司令一职。就在谅山大捷的当日，早就对战争不满的法国巴黎百姓，举行了大规模的示威游行。他们冲到波旁宫门前，连连高呼："打倒茹费理！打死茹费理！消灭茹费理！"

当天晚上，茹费理在议会的一片反对和谴责声中，被迫下台了。但就在这时，受总理衙门全权委托的金登干，在巴黎与法国外务部政务司司长毕乐的谈判，差不多已达成完全协议了，就剩了画押钤印。

赫德为了不使前功尽弃，怕总理衙门因为谅山大捷而重新与法国订约，于是快速打电报给金登干，令其迅速与法定议。

赫德在电报中说："总理衙门唯恐谅山胜利会使宫廷听从那些不负责任的主战言论，急于迅速解决。一个星期的耽延，也许会使我们三个月以来的不断努力和耐心所取得的成就完全搁浅。你可斟酌以上所说的相机行事。"

赫德电文中所说的总理衙门，其实就是奕劻，而指使人则是奕譞。"那些不负责任的主战言论"云云，主要指的是张之洞、翁同龢、李鸿藻等人。赫德希望金登干马上与法国定议。

李鸿章也在谅山大捷消息传到的第二天，收到法国驻天津领事林椿从上海发来的电报，电报称接到国内的指令，希望能与中国重开谈判。

李鸿章知道此时与法议和成功的可能性较大，于是致电总理衙门："谅山已复，若此时平心与和，和款可无大损，否则兵又连矣。"

李鸿章满怀希望地等待着恩准的圣旨。依他当时的想法，就算与法重开谈判，有资格坐在谈判桌前的，也应该是他李鸿章而不会是别人。

且说金登干接到赫德的电报心领神会，接电的当日即照会毕乐，两个人于是匆促签订了《中法停战协定》。

消息传来，尽管李鸿章是赞同与法重开谈判的，但总理衙门授权金登干来办这件事，还是让他大吃一惊。他无论如何都想不明白，中国的事情，为什么不让中国人来办，倒相信一个外国人。谅山大捷之前，法国不肯与中国坐下来谈判，是因为法军气焰正嚣，总理衙门请求其他国家斡旋自在情理之中；而谅山大捷之后，法军受到重创，已主动传话给中国欲重开谈判，总理衙门为什么还要委托外人来办呢？

一波未平，一波又起。金登干与毕乐签字的当晚，日本参议兼宫内卿伊藤博文作为特派全权代表，率领代表团到达北京，要求与总理衙门谈判“甲申”事件后关于朝鲜的问题。很显然，日本想借中法交战之机，狠狠在朝鲜问题上敲诈勒索中国一把。

奕劻把日本请求谈判的照会呈给慈禧太后，慈禧太后当即说道：“日本这件事，还是让他们到天津找李鸿章去谈吧。你说上次也真是的，平乱就平乱，怎么倒把日本人给打死了？”

奕劻答道：“太后所言极是，这也正是伊藤博文此次来谈判的目的。他在照会里提了三点：一要咱们从朝鲜撤军，永不准再向朝鲜派兵。二是将驻朝统兵大员问罪。三是偿恤难民。奴才听说，伊藤博文路过上海时，特意逗留了几日，与法国公使巴德诺，谈了许多不为人知的话。许多王公大臣都怀疑，日本选这个时候来与我订约，是与法国串通好了的，这一点不能不防。”

慈禧太后想了想道：“李鸿章奏请开海防捐的事，你们议得怎么样了？究竟行得行不得呀？你们不能拖呀？”

奕劻忙道：“回太后话，王公大臣们正在抓紧议这件事，眼下还没头绪。”

慈禧太后不耐烦地挥了挥手道：“你先下去吧，让世铎进来。”奕劻答了个“是”字，连滚带爬地退了出去。

李鸿章接旨的当晚，对马建忠、盛宣怀二人说道：“老夫一直在想，如果法国与日本抱成一个团，我大清的局面会是怎么样呢？恐怕要变得不可收拾！”

马建忠道：“大人，您老以为，法国经谅山一役受挫，日本还肯与他联合吗？”

李鸿章抚须说道：“法国陆路受挫，但他水师并未受损。倭人惯于在海上兴风作浪，他见我大兴海防岂肯甘心？勋贝勒再三函告于老夫，此次与伊藤博文议约，万莫太为难于日本。老夫昨儿接到我驻日公使徐承祖的电报，说为朝鲜平叛一事，该国王调集广岛、熊本两地之兵预备战事，何况伊藤博文随带水陆将弁多人，沿途难免会侦探虚实，观我炮台位置。还有朝鲜，闻听日本遣使与我交涉，竟然举国震恐，仿佛大祸临头一般。这个岛国，他究竟想要干什么呀？”

盛宣怀这时忽然小声问道：“大人，下官听人说，醇亲王管你老借银子用。醇亲王他现在还短银子用吗？”

李鸿章苦笑一声道：“你们可能还不知道，不仅醇亲王经常短银子使，连励贝勒，也常向老夫张口啊！还有礼王，刚做军机领班，就把管家打发过来了，在保定没有见着老夫，他就追到天津；设若老夫不在天津，他势必还要一路追下去。礼王府可用了个百里挑一的好管家呀。有时老夫自己都纳闷，老夫又不是户部尚书，他们干嘛都来要银子啊？后来老夫总算想明白了，老夫手里有个北洋啊。北洋一年光购铁甲船一项，用的银子也不只百万两啊。说北洋没银子，谁肯信哪？正月里，老夫进京去给醇亲王拜年，恰巧户部尚书翁同龢也在。这个翁同龢呀，你们猜不着他给老夫出了个什么对子，叫做‘宰相合肥天下瘦’。听听，在他口里，老夫成了什么了？天下都瘦了！老夫有那么贪婪吗？”

盛宣怀说：“这翁同龢的嘴也太损了！”

李鸿章笑道：“杏荪，你这次可是说错了，其实翁叔平的嘴损固然损，但还没有损到极处。老夫回敬他的对子，他恐怕就吃不消了。老夫回他的对子叫做‘司农常熟世间荒’。天下瘦倒没什么，这世间荒可就不好办了！你翁叔平不是状元吗？老夫偏就没把他这状元当成一回事！只要老夫在北洋一天，他翁叔平就休想见一分的好处！”

马建忠这时问道：“傅相，这翁大人，对您老怎么这么大的火气呢？您老一直避居天津，要么就回保定，和他也没有什么冲突啊？”

李鸿章收起笑容道：“这不是明摆着的事吗，翁叔平是皇上的师傅，好不容易熬了个军机大臣，没曾想，又被罢掉了。而老夫是外官，头上却一直顶着大学士的帽子。老夫去年丁忧刚刚期满，上头就又把文华殿大学士还给了老夫。若不是这样，老夫或许此时正在合肥同老友下棋呢！”

三天后，伊藤博文一行抵达天津，就朝鲜问题与李鸿章进行了磋商。双方会议了十天，李鸿章请旨三次，几乎每条每款都有具体的办理原则，终达成如下三条：(1) 议定中国撤驻扎朝鲜之兵，日本国撤在朝鲜侍卫使馆之兵弁，自画押钤印之日起，以四个月为期，限内各行尽数撤回，以免两国有滋端之虞。中国兵由马山浦撤去，日本国兵由仁川港撤去。(2) 两国均允劝朝鲜国王教练兵士，足以自护治安，又由朝鲜国王选雇外国武弁一人或数人，委以教演之事。嗣后，中日两国均勿派员在朝鲜教练。(3) 将来朝鲜国若有变乱重大事件，中日两国或一国要派兵应先互行文知照，及其事定，仍即撤回，不再留防。

从条约中可以看出，朝鲜作为大清国的属国已名存实亡。

此次中、日议约，全系奕譞、奕劻以及慈禧太后幕后操纵，李鸿章此时虽仍是文华殿大学士、直隶总督兼北洋通商大臣，与过去相比，其实已无多大的权限。

奕譞、奕劻、奕䜣三人的区别就在于：奕䜣相信汉官，重用汉臣，而奕譞、奕劻二人，恰恰眼里没有汉官，把汉大臣统统当成傀儡。

李鸿章与伊藤博文订约的同时，东阁大学士军机大臣左宗棠，也结束了京官的生活，命以钦差大臣驰赴福州督办军务。左宗棠两入枢廷，两次均被挤走，可见汉官在满人眼里是何等轻贱。

左宗棠离京的当日，朝廷又颁诏四海，加封贝勒奕劻为庆亲王。奕劻此后权势日隆。同月，经李鸿章倡议，慈禧太后着户部照准，大清国各省畅开海防捐输。

左宗棠被李鸿章气死？

光绪十一年（公元1885年）五月，法国新内阁命令一直驻在上海的驻华公使巴德诺，携带中国全权代表金登干与毕乐签订的条约草案，赴京师总理衙门，与中国履行画押钤印程序，并重新举行驻华公使馆开馆仪式。

总理衙门按着太后的吩咐，授李鸿章为全权大臣，让他在天津与巴德诺谈判。圣旨的后面附有金登干与毕乐达成的《中法停战条约》法文读本，及订立的《中法会订越南条约》部分条款。

圣旨特别强调了这样一句话："着李鸿章督同中外翻译官，详确考究，讲解文义，力避出现误会。"

其实，巴德诺受命议约，也是"督同翻译官，详确考究，讲解文义"而已。李鸿章与巴德诺这两位全权大臣，对金登干与毕乐达成的条约，都无权改动一字。

接到圣旨的当晚，李鸿章也不知是笑还是哭着对盛宣怀等一班幕僚说道："老夫活了六十岁，出任北洋通商大臣也有十五年了。老夫与秘鲁议过约，与日本议过约，与英国议过约，签了多少回字，老夫自己都记不清了；费了多少口舌，也是难以测算。老夫只知道，哪次议约，都是千难万难才达成共识。这次倒好，既不用费口舌，也不用去辩论，只要督同翻译官，详确考究，讲解明白文义就妥。看样子，我大清以后但办交涉，只派个小孩子出来就可以了！只需要写得了字，拿得动印。"

在座的一班幕僚听了这话，不知他是在生总理衙门的气，还是在眼红金登干。

巴德诺带一应随员很快来到了天津。李鸿章于是选了几名精细的翻译和巴德诺坐在一起，开始了被后人称之为"校对"的核对条约事宜。

为了堵清流主战派的嘴，使两国能够顺利成约，慈禧太后又特将刑部尚书锡珍、鸿胪寺卿邓承修调派到天津，配合李鸿章工作。慈禧太后深知，邓承修是清流派的主力，只有让他置身事中，他才能无话可说。

总理衙门怕李鸿章身边的翻译文字能力不够，又特将衙门里的法文翻译指派了过来，严加把关，以免出错。

《中法停战条约》因在巴黎签订，法文本又称《巴黎议定书》。该停战条约共分三款：(1) 两国遵守曾经由李鸿章与福禄诺议订的《中法简明条约》；(2) 双方停战，法军解除对台湾的封锁；(3) 双方派人在天津或北京订立条约细目及撤兵日期。另附《停战条件释义》五条。

《中法会订越南条约十款》又称《越南条约》或《中法新约》、《李巴条约》。

该条约的主要内容分为五个方面：(1) 中国承认法国与越南订立的条约；(2) 在中越边界上指定两处为通商处所，一在保胜以上，一在谅山以北，允许法国商人在此居住，并设领事；(3) 中国云南、广西同越南边界的进出口货物应纳各税照现在通商税则较减；(4) 日后中国修筑铁路，自向法国业内之人商办；(5) 法军舰退出台湾、澎湖。

后人一直以为此条约十款系李鸿章与巴德诺所订，实际也是赫德、金登干二人早就代表中国与法国商订好了的，这从李鸿章在事毕上奏的折子中可以看出。

李鸿章的折子这样写道："巴德诺至津，彼此拜晤。初未谈及公事，三月十六日接奉醇亲王、礼亲王、庆亲王公函，以赫德面交法都所拟洋约十条，皆本上年津约之意……三月二十九日，先将第一、三、四、七、八、九共六条彼此均允照办。四月初三、初六等日，复将第五、六条核订，先后抄交。臣等与巴德诺督同中法翻译官详确考究，讲解文义间有不符，复函请王公大臣与赫德、丁韪良（赫德之中文翻译）等妥细核正，寄由臣等与巴德诺面定，仍请总署衙门随时奏进，请旨遵行。四月十九日，第二、第十两条亦经法电遵改，巴德诺译送臣等，又缄请庆亲王令赫德、丁韪良另译进呈。二十三日奉电旨，此次议约往返电商，各条均尚得体。本日披览改定第二、第十两条，亦最妥协。着李鸿章等再将各条详加核对，如意义相符并无参错，即着定期画押等因。钦此。臣等复与巴德诺面商，复加核定，随即电奏在案，该使屡催克期画押，订于四月二十七日齐集公所，将中、法文四份会同核对无伪均各画押钤印竣事，彼此备存正副本二份。"

订约的各种程序履行完毕，巴德诺当日便赶赴京师，张罗驻华公使馆重新挂旗等事。李鸿章则抓紧把手头的各种事务处理了一下，又歇了两天，这才上奏朝廷，自称年迈体衰，眼花多病，久坐头晕，恳请朝廷体恤老臣的苦衷，恩准休致，回籍调理，安度残年。

李鸿章清醒地认识到，随着恭亲王被罢黜，醇亲王、礼亲王、庆亲王相继浮出水面，自己的官宦生涯也该结束了。一连几天，他同幕僚讲的最多的一句话便是："飞鸟尽，良弓藏；狡兔死，走狗烹。"

现在，经方在国外已学有所成，不仅通英、法、日三国语言，且已被实授了驻日公使馆参赞；经述已被赏了二品的荫生充户部员外郎；经迈虽只有九岁，经远也才六岁，却都被恩赏了举人，准其一体会试，长大成人后，总算也能有口饭吃。

还有一项也是李鸿章决意南归的原因，就是赵莲。赵莲随他到保定后，一直不适应北方的气候，经常闹病。他已经失去了原配周思议，失去了侍妾冬梅，不能再失去赵莲了。

但圣旨却迟迟没有到津，骂声倒是铺天盖地地从四面八方传过来。

李鸿章起始还惊诧，后来才弄明白，原来是他与巴德诺刚刚办理完的越南条约十款惹的祸，而左宗棠病薨福州前口授给朝廷的遗折，则是骂声的发端。

左宗棠遗折曰："臣以一介书生，蒙文宗显皇帝特达之知，屡奉三朝，累承重寄，内参枢密，外总师干，虽马革裹尸，亦复何恨！而越事和战，中国强弱一大关键也。臣督师南下，迄未大伸挞伐，张我国威，怀恨生平，不能瞑目！"

左宗棠的遗折一经公布，立时四海哗然，很多人据此推断，左宗棠是被李鸿章生生气死无疑！李鸿章与法国订约越南十款，讨好了法人，使法国虽败犹胜，而中国则虽胜却败，又气死国家栋梁，这还了得？

天津直隶总督行馆辕门外，先是被人贴了一张大草纸，上书"爱国栋梁死，卖国蠡贼生"十个大字，保定总督衙门的辕门上则被人写上"卖国贼当替栋梁死"八个大方块黑字，然后便是各地督抚纷纷上奏朝廷，恳请与法国重订条约，如期不然，则中国再整旗鼓，两国再战。冯子材则请张之洞上折"请诛订约之人，以谢忠良"。

翁同龢、李鸿藻等一班清流派大臣，也不甘落后，再三请将李鸿章革职逮京师问罪；只是讨伐声里少了张佩纶的声音，因为他在左宗棠抵闽不久便连同何璟、张兆栋、何如璋一起被革职问罪。何璟以临事昏庸罪被勒令休致，他则同张兆栋、何如璋一起，被流放到黑龙江宁古塔去充军。

徐桐是什么态度呢？他把胡子吹起老高，一连骂了李鸿章三天！恭亲王打发府里的快马间道给李鸿章送信。恭亲王在信里向李鸿章透露：太后感于上下的压力，很可能要把他当成替罪羊，嘱他近几日务必小心从事。

李鸿章把恭亲王的信一连读了两遍，然后烧掉。李鸿章知道，恭亲王被罢黜后，并不甘心于自己的失败，正在寻机再起。

李鸿章接读恭亲王信的第二天，便将天津的一些事情，向盛宣怀与马建忠做了一番交代，并特别写了几个人名，着二人以后留心考察一下，说不定这几人能在洋务上有一番造就。二人领命，一一熟记在心。

李鸿章则带上一班随从，选在一日傍晚时分上路，赶往保定。李鸿章一直都希望，自己能在官至极品的时候，便风风光光地退归故里，留一段官场佳话让后人做榜样。现在看来，他的这个想法怕是实现不了了；而像他的同年郭嵩焘那样的结局，先被革职，后又被勒令休致，则是他无论如何都不想要的。

一路上，李鸿章反复在心里问自己一句话："难道一个人的下场，真的不能由自己决定吗？"他的耳边再次响起恩师曾国藩曾经对他说过的一句老话："谋事在人，成事在天"。

车驾抵达总督衙门，李鸿章刚一下车便被告知，夫人因受惊吓，已发病多日。李鸿章一听这话，慌忙向上房走去。两名丫环正偎在床头服侍赵莲服药。

赵莲一见李鸿章进来，当先让丫环把药碗撤走，又把另一名丫环打发出去，这才一把抓过夫君的手，边哭边道："你个李少荃，你当什么不好，干什么非要当卖国贼呢？你自己卖国不打紧，你也不想想，让贱妾和经迈他们几个，以后怎么出去见人啊？"

李鸿章坐在床头，用手轻轻地抚摸着爱妻的头发，轻声说道："莲儿呀，你先莫恼。我李少荃卖没卖国，他张之洞说了不算，翁同龢、李鸿藻说了也不算！"

赵莲边流泪边道："你卖国还不许人家说吗？"李鸿章把赵莲的手

一甩道："当然不许说！老夫位列三公，封爵拜相，东征西讨，立下赫赫战功！不错，老夫是主张借谅山大捷与法议和，从此两国休战，但老夫说的是我中国人与法议和，而不是英国人！英国人也好，美国人也好，都只能斡旋，但却不能做我们的主。一些人只知我李少荃在天津与巴德诺议约，却不知我二人所立之约，全系赫德、金登干受总署委托，早经与毕乐议定之约！我二人所行之事，只是核对条款、画押钤印而已！卖国也要讲资格！老夫是名汉官，做卖国贼还不够资格！"

李鸿章越说越生气，索性站起身，背手走出卧房，不再理睬赵莲。

守在门外的两名丫环一见老爷出来，急忙到床头服侍。赵莲伏在枕上愣了半晌，忽然说道："你们两个快去请老爷过来说话。老爷在外面受了那么大的委屈，我却还当着他的面，杂七杂八地乱说一气，这不是胡闹吗？"

骂声整整持续了三个月之久，李鸿章在保定默默忍受了三个月。

在这三个月里，他虽每日仍到签押房去办理公务，但心里却无时无刻不在等着革职拿问的圣谕到来。他明白，这次的替罪羊，他大概是当定了，否则朝廷便无法跟百官解释清楚，也无法平息这场声讨风波。

李鸿章在等圣旨的这几个月里，原本才花白的胡须，现已彻底白了，花白的头发亦已白了大半。

第七章
当好替罪羊是门学问

筹钱送礼

三个月后，讨伐声、怒骂声渐渐息止，圣旨也就在这个时候来到了保定；但却不是将他革职拿问的圣旨，也不是允准他休致的圣谕，而是宣告大清国成立海军衙门的圣旨。

圣旨曰：“授醇亲王奕譞为总理大臣，庆亲王奕劻、文华殿大学士直隶总督兼北洋通商大臣李鸿章为会办，正红旗汉军都统善庆和兵部右侍郎曾纪泽为帮办。”

海军衙门全称为总理海军事务衙门。该衙门一切仿照军机处办理，与总理各国事务衙门平行，亦由亲王领班。总理海军事务衙门里的会办与帮办，统称海军大臣。

手捧圣谕，李鸿章真正是哭笑不得。他一面上谢恩折，一面拜发恳请辞缺休致折。朝廷照旧是不准。无奈之下，李鸿章只好再上一折，恳请留任直隶总督办理海军事务，可否不到京供职。

李鸿章不想进京供职，也不能进京供职，他怕蹈左宗棠的覆辙，在几位蔑视汉臣的王爷和太后中间受夹板气。他已打定主意，如果太后准他留任直隶办理海军事务的请求，他就再干几年，把北洋水师未购齐的铁甲船尽快购齐，在有生之年，把北洋水师乃至自己正在办理和已办成的洋务中未尽事宜尽快完善，然后就休致回籍去安度余生。设若太后执意要他进京供职，他就只能效仿倭仁的做法，长期告病假了，直到太后允准他休致为止。

圣旨很快送进总督衙门，慈禧太后全部答应了他的请求，并嘱其好好练兵，莫负圣望。李鸿章于是便不敢再有他想，全心全意地投入正办和未办的事务中去。

光绪十二年（公元1886年），李鸿章在奏设天津武备学堂的同时，又奏请官绅杨宗濂、买办吴懋鼎、淮军将领周盛波在天津合资设立自来火公司。光绪十三年（公元1887年），北洋水师除五艘舰只系福建船政局制造外，其余各舰均由国外陆续购进，包括铁甲船两艘、大小巡洋舰七艘，总计有舰只二十五艘。

海军衙门现在尚有七百万两海防捐可以使用，李鸿章准备用这笔银子再购进两艘铁甲船、三艘巡洋舰。李鸿章明年便整满六十五岁，后年便是六十六岁。他决定在自己六十六岁之前，把北洋水师舰只添购成三十之数。到那时，他就奏请设立海军，使北洋水师真正跻身世界海军之列，让日本以及所有西欧列强刮目。

这年三月，李鸿章奉诏进京到海军衙门议事，顺便进宫向太后请训。他进京的落脚地照例是贤良寺。进京的当日，他依例先到文华殿去虚应了两件公事，然后才赶到海军衙门去议事。所谓议事，其实也不是什么大事，不过是核对一下海防捐，报销几笔购船账目，再就是议一议下半年购船的数量，大概需银几何等等。

醇亲王没在衙门，但他却让曾纪泽捎话给李鸿章，等李鸿章到后，便让曾纪泽陪着去王府，并声称礼亲王和庆亲王都在那里候着。他要给李鸿章洗尘。李鸿章听了曾纪泽的话，不由苦笑数声，只得同着曾纪泽一起赶往醇亲王府。

当时正是北方风雪弥漫的时候，可谓滴水成冰，呵气成霜；一排一排的树挂，形成无数个大白伞，把京城装点得格外萧条、冷漠。

但醇亲王府的会客大厅里，却是暖意融融。三个王爷围在一处，都穿着鹿皮小马夹，脸上泛着油光，叉着两腿，正哈哈笑着说着什么。李鸿章同着曾纪泽进来，早有人飞跑过来侍候掸雪、宽衣，然后便手托着二位大人的皮毛大衣在前面哈腰引路，走向大厅。

李鸿章对着王爷们施礼，醇亲王和庆亲王赶紧起身来扶，只有礼亲王大咧咧地坐着，口里笑道："少荃哪，这也不是在衙门，免了吧。"

曾纪泽也对着众人一一礼过，然后便坐下，又有家人跑进来摆茶、摆果子。曾纪泽自打国外回来身体一直不好，总是闹毛病，所以他到王府也只是坐了坐，见没什么大事可议，便提前告辞出来。三位王爷也知道这位袭侯的身子骨不强壮，便也不强留，放他回府去歇着。

醇亲王这时说道："少荃哪，天冷，咱们几个今儿吃羊肉锅子吧。我让他们用虎腰子打底儿，壮肾。"

李鸿章笑着欠欠身道："王爷美意，下官感激不尽。下官每次来京，不是醇亲王爷请吃，就是礼王爷和庆亲王爷做东。也不知几位王爷，什么时候能得空闲，到保定或天津走一遭儿，让下官也尽尽心。"

庆亲王这时道："少荃哪，你这次进京，我要先向你道个喜。"

李鸿章一愣，问："王爷这话可让下官糊涂了。下官这几年光挨骂了，哪还有什么喜呀？"

醇亲王道："少荃，你别插嘴，让庆亲王说。"

庆亲王道："少荃哪，你知道，驻日公使徐承祖五月任满，上头准备放李兴锐接任，同时把二等参赞官黎庶昌提拔成一等。咱们经方是二等参赞，照理也应该晋一级，但这些话你不能说，只能我说。所以哪，我就给上头递了个折子，保了一保。我同你说完这些，你可能不大在意，但这里面却有个讲究。什么讲究呢？就是李兴锐现在病得要死要活，肯定不能去日本。他不去日本，这公使一缺就得放给黎庶昌。咱经方呢，自然就得接黎庶昌的缺分。所以哪，咱经方明着是晋一级，其实是晋了两级。你说这是喜不是喜啊？"

李鸿章苦笑道："听王爷这一讲，这还真是喜事，吃完火锅儿，真得到庆亲王府去走一遭儿，看看府里还缺什么。下官回保定后，好让人置办一下送过来。"

醇亲王哈哈笑道："少荃哪，你别明知故问了。他府里能缺什么？他庆亲王府同我们一样儿，什么都不缺，就是缺银子！你呀，以后在报销海防单子上，想着给我们留出一些也就是了。哈哈哈！"

李鸿章忙欠身问道："下官上次让人来核销单子，不是已经给三位王爷每人留了二十万吗？难道三位王爷没有收到？"

世铎这时道："那二十万自然收到了，醇亲王说的是以后。你手里的北洋水师，是海军衙门里的用银大户。你不能光图自个儿手头宽裕，时不时地也想着我们些。你李中堂不能眼看着我们三个喝西北风啊！"

李鸿章忙赔着笑脸道："礼王爷，您老这可真是冤枉下官了。下官心里可以不想着别人，可却不敢忘了您三位王爷。北洋水师靠谁活着哪？还不是靠三位王爷！不过话说回来，北洋水师也有北洋水师的难处。三位王爷知道，北洋水师虽有舰只二十五艘，但炮弹并不足备，何况只有两艘铁甲船、三艘巡洋船，这些舰只都靠充足的弹药才能发生效力。现在各船多的是演习弹，少的是实战弹。衙门里的七百万两海防捐，还要用于添购铁甲、巡洋两种大船，而各省的济饷，有一大半都被截留，到不了北洋水师的名下。"

世铎笑道："你这个李少荃，本王一跟你谈论正事，你就东拉西扯个没完。反正本王把话说到这儿，你以后看着办吧。没有银子使，我就打发管家到保定去问你借。"

醇亲王哈哈笑道："礼王是把少荃看上了。好了，谈了半天了，也都该饿了。走，到里面吃锅子去！饭后再搓他几圈儿。"

李鸿章回到贤良寺的时候，天已是很晚。他让人简单热了碗粥喝下，便把同来的盛宣怀叫进房里，吩咐道："你手里不是还有张三十万两的银票吗？你明儿兑成三张，每张十万两，分别送到礼亲王、醇亲王、庆亲王府去。今儿宫里来没来人？"

盛宣怀答："宫里一共来了两拨儿，一拨儿是御膳房的张公公打发过来给您老请安的，职道照例递了他个五百两的红包；一拨儿是太后身边的李公公打发过来给您老道乏的，职道按您老的吩咐，给他封了张一万两的银票。"

李鸿章长叹一口气道："北洋的确是块肥肉，谁都想咬上一口。他们现在是靠买船过日子，这么咬下去呀，早晚有一天，得靠卖船过日子！老夫活到这把年纪，还从没有见过这么贪婪的王爷！真是让人大开眼界呀！"

李鸿章话到此，忽然挥了挥手，盛宣怀急忙退出去。李鸿章坐着发了一回呆，忽然自言自语道："咳，大清国的气数，是真将尽了！"

美女间谍

第二天一早，李鸿章照例由醇亲王带领，进宫去面见太后。在朝房里，李鸿章见几名部院大臣凑在一处窃窃私语，礼亲王和庆亲王也夹在里头讲话。李鸿章同他们一一打了招呼，没有在意。

进宫以后，照例是年轻的光绪帝坐在前头，慈禧太后坐在后面问话。慈禧太后说道："李鸿章啊，你起来回话吧。"

李鸿章答称一声："谢太后恩典。"便爬起身来。慈禧太后接着说道："李鸿章啊，你今年多大了？好像六十五了吧？"

李鸿章答道："谢太后记着，臣今年虚岁正好六十五。"

慈禧太后沉吟一下，忽然长叹一口气道："一晃儿，我们这些人都老了！李鸿章啊，你这几年保定、天津、烟台来回地张罗事儿，也真难为你了！北洋水师的兵船，购得差不多了吧？究竟能不能打呀？"

李鸿章答道："回太后话，北洋水师现已从国外陆续购进兵船二十艘，其中有两艘铁甲船，有三艘大号巡洋舰，小些的巡洋舰四艘，连同船政局自己建造的，北洋水师现在共计大小舰只二十五艘。各船管带都是从国外学习回来的员弁，驾船、航海倒也应手。现在水师各船每日都在水面操练。臣窃以为，按我水师现在的规模，如演练得法，实战虽无十分的胜算，但自保当是不成问题。"

慈禧太后想了想又问道："李鸿章啊，你还打算怎么办哪？"

李鸿章答道："回太后话，臣已与醇亲王、庆亲王、礼亲王粗略计议了一下，趁现在海军衙门还有几百万两的银子，臣打算今年，再从国外订造三艘铁甲船、两艘巡洋舰，使水师舰只成三十之数，确保我大清水师攻守自如。"

慈禧太后沉吟了许久，忽然又是一声长叹，随即说道："咳，这事儿啊，是怎么做都没完没了啊，没个完的时候。这人哪，该歇口气儿的时候啊，也得歇口气儿。你呀，自打到直隶就一直在忙。忙电线，忙电报，忙铁路，忙找矿，后来又忙海防，铁打的人也都折腾软了！六十五了，该歇口气儿了！这购船的事呀，要我看哪，等等再说吧。就算晚个一两年，也没什么打紧。二十五只船，不算少啦。只要洋人不再欺负咱，咱也没有必要把银子都花在水面上。你跪安吧。”

李鸿章急忙跪安，退出。但他一直在心里犯嘀咕：早就议定好了的今年购船一事，太后为什么突然提出缓办了呢？

当日回到海军衙门，醇亲王和庆亲王把他拉进密室里。醇亲王说道：“少荃，太后今儿说的话，你都听明白了吧？”

李鸿章边想边道：“其他的话，下官倒是听明白了，只是太后突然提出，今年不准再购洋船的话，下官却听得不太明白。这件事，我们年前不就说得妥妥的吗？太后当时并没有说什么。这是怎么回事呢？”

醇亲王笑道：“怎么样？糊涂了吧？别急，听我慢慢跟你说。宫里现在不正给皇上张罗大婚吗？皇上大婚之后，太后就要归政。太后归政之后呢？不想再住在宫里头，想找个清净的地方静养。”

李鸿章一惊，忙问一句：“太后想住清漪园？”

庆亲王点一下头道：“李少荃就是李少荃，果然一猜就中。这次啊，太后把礼亲王和我们两个找去议了三天，想把园子修一修。这园子自打被毁了以后啊，上头一直都想修，可一直都没修起来。这个园子，都快成太后的一块心病了！”

醇亲王接口道：“不管怎么说，这也是祖宗留给咱们的基业。就这么放着，心痛啊！”

李鸿章点头道：“是啊，那么大一块园子，说毁就给毁了！当初建的时候，用了多少银子啊！咳！”

李鸿章叹气之后便不再言语，因为他的心里已经知道，太后开始惦记海军衙门里的那几百万两海防捐了。看样子，添购铁甲和巡洋两个舰种的计划，是实现不了了。

庆亲王见李鸿章愣愣地发呆，忙道：“少荃，你怎么不讲话呀？你说这园子，是该修还是不该修啊？”

李鸿章想了想，忽然反问一句：“两位王爷，上头下旨了吗？”

醇亲王道：“少荃哪，太后的意思呢，是想先跟你通个气儿，然后再下旨。修园子的这笔银子呢，我和礼亲王、庆亲王，还有几个军机大臣，已经碰过头，决定先把衙门里的七百万两海防捐暂垫给内务府，余下的缺口哪，让各省分摊一些，一些大臣呢，也可以孝敬一些。这样一来，估计就差不多了。”

李鸿章点点头，小声问道：“这次修园子，打算用多少银子啊？”

醇亲王道：“我和太后初步估算了一下，大概要一千万两左右吧。我想哪，北洋水师已经构造了这么多船，就算不添购新船，也足够用了。趁你这次进京，咱们这事就这么定吧。”

庆亲王这时问道：“少荃，你以为怎么样啊？”

李鸿章心里一惊，面上却笑道：“修园子是好事儿啊，太后归政后能有个地儿静养，皇上和几位王爷也省心啊！可是……咳，两位王爷就抓紧办吧，这说着说着就解冻了，还是早动手吧。”

李鸿章在衙门用过午饭，便乘车赶回了贤良寺。回来前，他本打算顺路去看望一下恭亲王，可后来又一想，还是不去的好。太后对恭亲王的猜忌一直没有消除，他这个时候去恭亲王府，有人难免要到太后那里去说三道四，有些不值。

他进贤良寺时，盛宣怀出去办事还没有回来。他让人服侍着歪在床上略歇了歇，便从案头拿过罗贯中著的《三国志通俗演义》，想把昨晚看过的一段再温习一遍。

他此次进京议事，最大的收获倒不是议事，也不是什么修园子，更不是什么皇帝大婚，倒是他手头的这部《三国志通俗演义》。

他以前每次读到“此间乐，不思蜀”这句时，都要替蜀后主刘禅难过上好几天，气愤上好几天。但这次读到这句时，他不仅没有难过，反倒从字里行间，读出了后主刘禅的大道来。因为刘禅能很快适应自己的身份，主上乐，做臣子的焉敢不乐？李鸿章为自己的这个发现感到高兴，他甚至也替刘禅感到高兴。他受这句话的启发，决计对太后修园子的事，不说一句反对的话。

李鸿章的心里再清楚不过，太后此次修园子和上次修园子有本质的不同。上次没有修成园子，是因为有个深通国事的恭亲王挡在前面。而这次太后一定能修成园子，是因为有三个不懂国事专会逢迎的王爷替她主事。这三个人说是领班大臣也可，说是太后本人的奴才也可，反正怎么说都不过分。还有一点也是太后此次能修成园子的条件，那就是作为帝父的醇亲王，他巴不得太后归政后住得离皇宫远一些，只有这样，他议起政来才能得心应手。

说不定，太后决定修园子，正是醇亲王出的主意。想到此，李鸿章忽然又生出一个问号：就算太后归政后当真住进园子，他醇亲王就能当上议政王吗？他当议政王，太后能放心吗？

李鸿章摇了摇头，自言自语了一句："这个混蛋，把事情想得太简单了！"他放下书，起身走了几步。

这时，一名差官慌慌张张闯了进来，边施礼边道："禀中堂大人，宫里来了一顶花轿，指明让您老去接旨！"李鸿章一愣，急忙着人更衣，快步走出去。一顶花轿停在门首，两名太监左右站着。

李鸿章不知轿里坐的是谁，只能跪倒，口称："臣李鸿章接旨！"

一名太监便道："太后口谕，李鸿章坐镇北洋多年，劳苦功高，着赏侍妾一名，为其暖足。"

李鸿章刚想推托，传旨的太监却不容他讲话，接着便道："李鸿章不准借故推托，毋庸进宫谢恩。钦此！"

李鸿章正要谢恩，却见另一名太监一掀轿帘道："红姑娘，到家了，您出来吧。"一位亭亭玉立的年轻女子，缓缓从轿里迈步下来，对着李鸿章深施一礼道："奴婢小红奉太后懿旨，特来伺候中堂大人！"

李鸿章不得不谢恩道："臣李鸿章谢太后隆恩！"

李鸿章站起身来，先让人把小红姑娘扶到里面，这才叫人捧了银子出来送给两名太监。一名太监把银子揣进怀里，却忽然把嘴凑到李鸿章的耳边，压低声音说："老中堂，您老可精神着点儿，小红姑娘可是太后身边最可心的人儿。没事儿的时候，您老常哄着她点儿，别气着她。她要是真在太后的跟前说上几句什么，您老可就吃不了兜着走了！记着奴才的话，没坏处！"

太监带着花轿离去多时，李鸿章还站在门外愣愣地发呆。

一名差官这时走近说道："相爷，您老回屋歇着吧，小心遭了凉气。还有小红姨娘，是不是让人先打扫出一间房来？"

李鸿章猛然惊醒，他边推门边道："马上让人给红姑娘打扫出一间房来，先让她歇着。还有，让人去城里赶快找人买两个丫头过来，长得要干净。还有，杏荪回来让他马上来见我。"差官急忙飞跑着去办事。

李鸿章推门进来，见小红姑娘正坐在会客厅的一把木椅子上发呆，见李鸿章进来，她慌忙起身施礼，口称："奴婢给中堂大人请安。"

李鸿章示意她平身，这才坐下，把胡须捻了半晌，方说道：“小红姑娘，你今年多大了？进宫几年了？”

小红姑娘答道：“回中堂，奴婢今年再有一个月就满十八了。奴婢十二岁被送进宫来，在宫里已住了六年。”

李鸿章点一下头，又问道：“小红啊，你在太后身边几年了？”

小红答道：“奴婢伺候太后已经两年了。”

李鸿章沉吟道：“小红啊，太后让你来老夫这里，你愿意吗？你要讲实话，不要委屈自己，老夫可以替你进宫去向太后求情。”

小红答道：“回中堂，中堂的威名，奴婢进宫前就已知道。如今太后让奴婢来终身伺候中堂，正是奴婢的福分。奴婢出宫时就已打定主意，不管中堂给奴婢什么名分，奴婢都愿意伺候中堂一辈子，只要中堂能赏奴婢一口饭吃就行。”

李鸿章忽然笑了一下，说道：“你这个姑娘，怪不得太后喜欢你，你倒是很会说话。好吧，你只要不觉得委屈，就留在老夫身边好了。你家里还有什么人哪？”

小红答道：“回中堂，奴婢的家里有一个母亲，还有两个哥哥。父亲剿捻时战死了，母亲和哥哥现在就靠朝廷的恤银过日子。”

“哦？”李鸿章一愣，随口问道，“小红姑娘，你是哪里人氏？你父亲叫什么名字啊？”

小红答道：“回中堂，奴婢是奉天盛京府人，复姓宇文，父亲单讳一个建字。”

李鸿章一听这话，猛地起身追问一句：“你的父亲可是铭字营游击宇文建？”

小红答道：“回中堂，奴婢打小听母亲说过，父亲去世时确是游击衔。怎么，中堂难道认识奴婢的父亲？”

李鸿章一屁股坐下，长叹一口气道：“小红啊，老夫与你的父亲，岂止是认识！咳！现在想来老夫还揪心，宇文建他死得亏呀？小红啊，老夫还是不明白，你是汉人，怎么也被选进宫了呢？”

小红答道：“回中堂，奴婢的确是汉人，但七岁上便被母亲送给了当地的一家满人当使换丫头。奴婢十二岁那年，宫里正好选宫女，那家满人不想把自家的闺女舍出来，就认奴婢为女儿，把奴婢送进宫了。”

李鸿章惊道："小红啊，你讲的这些，太后知道吗？"

小红摇摇头道："回中堂，奴婢的身世，不仅太后不知道，宫里的所有人都不知道。奴婢知道轻重，如果太后知道了奴婢的身世，不仅那家满人要被满门抄斩，连奴婢的一家，也难逃活命。"

李鸿章点一下头，说道："小红啊，你适才同老夫讲过的话，以后就不要再同人讲了。回到保定后，也不要对任何人讲，包括夫人在内。你听清楚了吗？"

小红感激地点头答道："中堂的话，奴婢都记在心里了。"

李鸿章正要讲话，一名差官走进来道："禀中堂大人，盛大人回来了。"李鸿章点一下头道："给小红姑娘的房间收拾出来了吗？"

差官答道："回中堂话，已经收拾出来了，但去城里买丫头的人还没有回来。"

李鸿章道："你先带小红姑娘回房歇息，顺便让盛大人过来一下，老夫要向他交代一件事情。"

差官急忙对着小红施了一礼，道："小红姨娘，请跟卑职过去看看吧。"小红忙对着李鸿章施了一礼，口称："奴婢先行告退。"李鸿章点一下头。小红随着差官稳稳当当地走出去。望着小红的背影，李鸿章小声说了一句："不避男人，脚又没裹，谁能分得清汉人满人呢？"

秘密谈话

盛宣怀大步流星走进来，先是对着李鸿章行大礼，然后把一天办理的差事禀复一遍，接着才是一连声的“贺喜”：“相爷，这喜酒是摆在京城，还是摆在保定？您老定一个盘子，职道好去安排。这是上头赐的喜，总要热闹上几天才算过得去。”

李鸿章抚须沉吟良久，缓缓说道：“杏荪啊，太后赐给老夫的是喜还是祸，姑且不论，你呀，得替老夫连夜赶回保定去，告诉夫人，太后赏赐家里添了口人。同时哪，让夫人在上房给选出一间大些的屋子来，让下人收拾齐整，屋里的摆设照姨娘的规矩办。老夫明儿早饭后，就带红姑娘回去。对了，还有一件事，你要对夫人讲清楚，老夫在京城又买了两个丫头伺候红儿，现在还没有见到人，估计明儿一准能领过来。还有，你不要把太后赐喜的事，对外张扬出去，凡事还是谨慎些好。到了保定之后呢，你就在衙门里张罗几桌席，我们身边这几个人，意思一下也就行了。”

盛宣怀乐颠颠地离去，很快便带了几名随身的武弁，乘着夜色赶回保定。小红当夜便照太后吩咐，为李鸿章烫足捶背，宽章暖足，极尽妇人之道。

第二天早饭过后，李鸿章又单派人为小红雇了辆马拉轿车，由买来的两名丫头伺候着坐进里面，一行人悄悄离开京师，驰往保定。

到保定总督衙门，夫人赵莲果然已将小红的房间收拾停当，竟与自己的卧房一般无二，又专拨了两名大些的丫头，在屋里屋外伺候，极为周到。小红大受感动，连连称谢不止，此后便把赵莲视作亲人，把太后行前交办的事情丢过，一心一意地同着赵莲服侍李鸿章。

你道小红行前，太后向她交代了什么事情要她来办？原来，皇上即将大婚，大婚之后便要亲政。依大清祖制，皇上一旦亲政，听政的太后就要归政，不得再干预政事。太后已把朝中各事安排妥帖，唯独放心不下的便是李鸿章。因为此时的李鸿章，已非彼时的李鸿章。此时的李鸿章，是文华殿大学士直隶总督兼北洋通商大臣，手里不仅握有兵权，而且是水陆两种兵权，对京畿构成极大的威胁。

当时大清国的各军系，湘军留有四万，两万随刘锦棠在新疆屯垦，另两万中有一万，驻扎在金陵左近守卫南洋，另一万已跟随李鸿章多年，成了淮军。左宗棠手里的楚军已大半被裁遣，何况左宗棠薨后，群龙无首，自然成不了气候。还有就是屯扎在各省的绿营，虽为国家经制之师，但因装备差，已无多少战斗力可言。

旗营也是大清国的主要兵系，分布在各省屯扎，不过也是装备不济，加上日久无战事，又不肯勤加操练，已是暮气沉沉，何况兵额已锐减到六万。眼下，大清国装备最好，人数虽不多但却是最有战斗力的，便是李鸿章手里已转成经制之师的淮军和北洋水师。

淮军陆路现有兵额四万，全部被李鸿章以保卫畿辅的名义布置在京师周围。而北洋水师经累年扩充，人数已逾四千，加上营务、粮台等后勤人员，几近万人。

大清立国百年，兵制讲究的是旗营为主、绿营为辅，汉人不准拥有私家军队。尤其是康熙平定三藩叛乱之后，汉人掌军更是朝廷大忌。

但随着太平天国的兴起，这条祖制渐渐便不再有效了，汉人掌军不仅被朝廷默许，而且成了主要兵力。随着年岁的增大和阅历的加深，慈禧太后越来越对执掌兵权的汉大臣感到不安。她曾设想过许多裁遣的办法，但都被洋人的一次次闹事给打断了。尽管权倾朝野的李鸿章累请休致，虽然这个人已对大清的百年基业构成了某种威胁，但她经过反复思考，却不敢答应于他。她怕这个人一旦归隐，大清国会转瞬便被各国摧毁掉。她已经认识到，有李鸿章在，大清国的确多了层威胁，但她又不得不承认，有李鸿章在，她及她的王朝又多了层保护！

李鸿章出任总理海军衙门大臣，但不肯到京师当值，而慈禧太后却想知道这个人在保定、天津，每天都在想什么、做什么；尤其是将来归政以后，她更想掌握住李鸿章的所行所想。慈禧太后甚至已经作出了结论，只要把李鸿章抓牢，老祖宗创下的百年基业，就不会轻易地垮掉。

她决定选一个人到李鸿章的身边去，不但要掌握李鸿章的行动，甚至连李鸿章说了什么梦话，她也想知道。小红于是便来到李鸿章的榻前，充当慈禧太后的耳目。

但聪明的小红并不想全心全意地去完成自己的使命，她清醒地知道，她在太后的眼里再怎么可心，终究逃不脱奴才的身份，而李鸿章，却把做人的资格还给了她。

小红不想出人头地，她只想老老实实地做一回人。

太后稳定住了李鸿章，便开始大张旗鼓地修园子，虽然醇亲王与庆亲王早已把海军衙门里的七百万两海防捐划到了内务府的账上，但太后还要认认真真地做一回官样文章。

她把礼亲王召进来，让军机处给各省督抚下发询旨，同时让军机处组织在京的一班王公大臣们议一议，这园子该不该修，祖宗的基业还要不要。

督抚的反响自然要等上一些日子才能抵京，最先有反响的当然是在京的一班王公大臣们。

第一个站出来的本该是清流派首领李鸿藻，但李鸿藻此次偏偏耍了个滑头，向上头告了几天假。显然，李鸿藻是想看看情况再表明态度。

第一个上折的于是就变成了清流议政的二号人物署户部尚书阎敬铭。阎敬铭是户部左侍郎，户部尚书翁同龢转补刑部尚书后，他接替翁同龢暂署户部尚书。

阎敬铭上的折子从理财的角度说事，称户部干涸，外债未清，不可行此既不能招财又不能强国有百害而无一利之事。

折子上去后，慈禧太后并没有理睬，但阎敬铭却不依不饶，竟然一连三天在早朝上力逼太后表态。

太后被逼无奈，只好表态：着将妄奏的阎敬铭革职并勒令其归籍，永不叙用。军机大臣孙毓汶与许庚身，原本商议好一起上个折子劝阻此事，一看阎敬铭被罢黜出京，方知风向不对，大概太后是铁了心来修园子了，便不再提上折的事。

两广总督张之洞，原本都把反对修园子的折子拟好了，偏巧接到打京师翰林院传来的密报，说阎敬铭因为上折妄议被罢黜归籍了。

张之洞急忙把折子烧毁，干脆来个不议。其他督抚原本都在等着李鸿章表态，哪知李鸿章始终未发一议，督抚们于是就没敢妄议。

眼见修园子一事无人再反对，协办大学士礼部尚书徐桐忽然来了精神，竟然连着三天上折赞成修园子一事，还说不仅清漪园要修，还要修成超过以往的规模。

翁同龢本不赞成此时修园子，但他为了能使太后归政后远离皇宫，不再干政，也违心地表示赞成修园子，还称颂太后的决断是英明之举。

太后一听大喜，转天即着军机处拟旨，晋徐桐为体仁阁大学士管理吏部，着翁同龢由刑部尚书再次出任户部尚书。京师于是便平静下来，内务府也在不久便大兴土木，开始重修清漪园。

光绪十四年（公元1888年）底，北洋水师依照外国的模式，正式更名为北洋海军。北洋海军的舰队规模，仍是北洋水师的舰队规模；海军提督，仍是北洋水师提督丁汝昌。

经过一年多的建造，清漪园的修缮已近尾声，同时更名为颐和园。

光绪十五年（公元1889年）二月初三，十八岁的光绪帝颁诏天下，宣布正式亲政；慈禧太后也在这一天发布懿旨，声称归政，不再训政，决定移住颐和园，颐养天年。同一天，李鸿章的侍妾小红姑娘奉懿旨进京去看视太后。

三天后，小红从京里回来。当晚她服侍李鸿章躺下后，道："老爷，奴婢见了太后，太后先问您老的身子骨怎么样，奴婢答还好。太后忽然又说到皇上亲政这上头。太后对奴婢说，皇上还年轻，才十八岁，管不了这么一大摊子事。真把什么都交给他，非出乱子不可。"

李鸿章笑了笑道："那太后为什么要宣布不再训政了呢？十三年，皇上亲政，太后就因为不放心，才改归政为训政。"

小红小声道："太后此次归政，宣布不再训政，也是有苦衷的。据太后讲，一班王公大臣连连上折，劝她到园子里去颐养天年，说她劳累了半辈子，该歇歇了。还说皇上都十八了，又有一班王公大臣扶持，估计出不了什么乱子。太后知道，这都是醇亲王和翁同龢他们在背后捣的鬼。太后对奴婢说，醇亲王是帝父，巴不得早日能当议政王；翁同龢是帝师，皇上什么事儿都要他拿主意，他当然也希望皇上能真正亲政，他好一手遮天。太后此次召奴婢进宫，就是想问问您的主意。太后说，你问问李鸿章，他认为我是放手好呢，还是不放手好。这是太后的原话。老爷，您老是个什么主意呢？太后亲口对奴婢讲，您老是文华殿大学士，又是督抚的头儿。您老的话才一言九鼎，别人说了不算。"

李鸿章笑问一句："太后就说了这么多吗？"小红点点头。

李鸿章随即披衣下床。小红忙起身问道："老爷，这么晚了，您老还要干什么呀？"

李鸿章答道："红儿啊，你给老夫掌灯。老夫要连夜上折给皇上，恳请太后继续训政。太后说得对，皇上还年轻，容易出乱子。"

获赐紫缰

李鸿章恳请太后继续训政的折子一到京师，立即在满朝文武当中激起千层大浪。醇亲王用手拍着桌面，在府里大骂道："这个李少荃，他这不是混蛋吗？太后刚刚移住进园子，皇上亲政也不过十天，他就跳出来搅局！你说他咋就不嘎巴瘟死呢！"

翁同龢闻听此事，胡子登时气起老高。他连夜去王府拜见醇亲王，连声道："李少荃当诛！李少荃当诛！此人不诛，我大清永无宁日！"

光绪皇帝未及把折子读完，便扬手摔出老远，口里发狠道："李鸿章这个老混蛋，朕早晚给你个厉害尝尝！"光绪帝骂了半晌，却又不敢不弯腰把折子拾起来，起驾进园子去呈给太后。

太后把折子读了读，便让人把一班王公大臣召进园子里议事。王公大臣们到后，太后让光绪帝坐在旁边，她才手挥着李鸿章的折子说道："这个李鸿章，他怎么就这么不懂我的心呢？我这刚清静两天，他的折子立马就递上来了！他怎么这样啊？"

慈禧太后一脸苦相，又是叹气，又是摇头，还把眉头皱起挺高。醇亲王一见，急忙跨前一步，奏道："禀太后，奴才以为，这李鸿章是老糊涂了，朝廷该体恤他，让他休致才对。"

翁同龢也跨前奏道："禀太后，臣以为，李鸿章昏庸老迈，在直隶已属尸位素餐，应勒令他开缺回籍，以严国法。"

徐桐更是一脸诚恳地请求："臣恳请太后下旨，将卖国蠡贼李鸿章，锁拿进刑部大牢按律问罪！臣恳请太后下旨，为刘锡鸿昭雪，召刘锡鸿进京供职！李鸿章卖国，刘锡鸿爱国呀！"徐桐话毕，对着太后就是一阵磕头。

慈禧太后却把折子啪地往桌面上一摔道："我话还没有讲完，你们这是干什么呀？盼着我早点死是不是？你们好为所欲为，一手遮天！把有功的大臣都撵回家去！”

醇亲王一听这话，吓得慌忙就地跪倒，一边磕头一边道：“太后息怒！奴才该死！奴才该死！”

翁同龢也急忙跪在醇亲王的后面，口里嘟嘟咕咕地恳请恕罪。徐桐跪在地上，早吓得浑身抖做一团。

太后冷着脸子说道：“你们都起来吧。你们这是干什么呀？不让人说话是不是？翅膀都硬了是不是？我告诉你们，我还没老糊涂，你们不用在我面前装得跟受多大委屈似的。我呀，什么都懂！行了，我也不多说什么了。李鸿章是文华殿大学士，是百官的头儿，他既然说话了，我也不能一点面子不给他。何况，他这也是为咱大清好。再者说了，皇上才十八岁，还是个孩子，什么事儿都交给他呀，我还真有点儿不放心。真惹出个什么乱子来，说什么可就都晚了。看样子啊，皇上以后就得常进园子走走了。我哪，也就再辛苦几年，帮他把把舵，省得出了事情往我身上推。这事儿就这么定了，都回去该干什么干什么去吧。”

从此以后，慈禧太后又开始了训政，继续执掌大清国的内政外交大权。是年三月，慈禧太后颁发懿旨，着赏文华殿大学士直隶总督例兼北洋通商大臣李鸿章用紫缰。大清国朝臣再次哗然一片。

清代祖制，非皇室不准赏用紫缰，满汉大臣功勋再大，若非赏恩休致，亦不准用紫缰。执紫缰乘马，逢王爷无须下马。百官若逢执紫缰者，上至一品大员，下至未入流，不仅要为之让路，还须跪地行大礼请安，待执紫缰者过后才能起身。

李鸿章不是皇族一脉，虽在朝廷看来立有盖世奇功，但并没有赏恩休致。未休致亦非皇族而赏用紫缰，大清立国百年，有此恩典者仅几人而已！

直隶各地大小官员，齐到保定为中堂大人贺喜，赵莲与小红也在府里为他庆贺。李鸿章当着赵莲与小红的面，抚须说道：“你们忘了老夫今年多大岁数了，老夫今年整满六十六。六六相逢，六六大顺哪！老夫的一篇折子，换来一根绳子，值啊！”小红见李鸿章说这话时，眼里却流出两行混浊的泪水。见此情景，小红鼻子竟然也跟着一酸。

一天晚饭后，李鸿章对盛宣怀发感慨道：“老夫预计，在六十六岁的时候，把北洋海军兵船，添购到三十之数。如今，老夫已经六十六整岁了，虚岁六十七了，可我北洋海军的兵船数，仍是二十五艘！朝廷未让老夫把兵船凑够三十之数，却赏给老夫一根拴马用的紫缰绳！悲耶？喜耶？”李鸿章的眼里，再次流出了泪水。

一晃，光绪二十年（公元1894年）到了，李鸿章已整满七十一岁，虚岁便是七十二了，而此时的慈禧皇太后也正逢六旬万寿。大典的日子越来越近。

大典选在正月初二这一天举行。大典之前，朝廷特意向各省督抚下旨，不准离任进京，但各省孝敬一项却不能免掉，因为这毕竟是皇家敛财的一次机会。是机会就不能错过，错过了可惜。

李鸿章自然也尽其所能，为太后置办了一份寿礼。因不准督抚进京，他便准备让小红押着礼品替他走一趟京师。不管怎么说，小红也是太后身边称心如意之人。可到临上路的时候，他却忽然发现，自己这事做得有些欠妥。小红是宫里的人不假，可她现在毕竟是自己的侍妾；让一名侍妾去祝寿，不是分明在说，太后本人也不是正宫吗？他吓出了一身冷汗，忙让小红下车进屋去歇着，又临时委派了一名候补道，这才把心完完全全地放进肚子里面去。

大典的这天，李鸿章同以往一样，带上境内的大小官员，面北跪倒，遥祝太后六旬万寿。仪式尚未结束，却忽然接到圣旨。

旨曰：“文华殿大学士直隶总督例兼北洋通商大臣赏用紫缰李鸿章，公忠体国，晋赞纶扉，辅佐中兴，嗣在北洋二十四年，功勋卓著，着加恩赏戴三眼花翎。钦此。”

李鸿章接旨在手，却是再难把持，眼里扑簌簌落下泪来。他面北谢恩的时候，口里连连说道：“老臣有何德何能，要赏戴三眼花翎啊！”

李鸿章如此激动不已是有原因的。花翎非寻常之头饰，大清入关初期，唯有功勋及蒙特恩者，方得赏戴。咸丰后，凡五品以上，虽无勋赏亦得由捐纳而戴一眼花翎；大臣有特恩的始赏戴双眼花翎；宗室如亲王、贝勒等，始得赏戴三眼花翎。

试想，一名汉官能破格赏戴三眼花翎，是多么荣耀的事情，又会让多少人眼红！要知道，醇亲王、庆亲王、礼亲王三人，现在还仅是双眼花翎！李鸿章之功名到此可谓极至矣！

就在大清国为太后六旬万寿举国欢庆的时候，属国朝鲜却爆发了声势浩大的东学党起义。而暗中支持者，正是岛国日本。

日本料定朝鲜必向大清国求援，大清势必答应出兵朝鲜，因此定下出兵朝鲜、挑起中日军事冲突的方针。

果不其然，大清国三品记名海关道驻朝总理交涉通商事宜大臣袁世凯，见朝鲜形势危急，急电告总理衙门，请派兵入朝稳定形势，朝鲜国王也发报向中国求援。

袁世凯在同日给李鸿章的电报中这样写道："顷日译员郑永邦以其使令来询'匪情'并谓'匪久扰'大损商务，诸多可虑，韩人必不能了，愈久愈难办，贵政府何不速代韩'戡'……我政府必无他意。"

袁世凯在电报中陈述了日本国的态度，希望中国出兵，谓"必无他意"。李鸿章把袁世凯的电报急递总理衙门。光绪帝连续接到总理衙门转递的朝鲜电报，急召户部尚书翁同龢进宫议事。

翁同龢进宫后，当即向光绪帝建议，着李鸿章速向朝鲜派兵。

光绪帝对翁师傅从来都是言听计从，当下便传世铎进来，让军机处拟旨，着李鸿章快速向朝鲜派兵，不准延误。

李鸿章接到圣旨的当日，即飞檄淮军叶志超所部两千人，乘兵轮由朝鲜牙山登陆赴朝。

李鸿章随后飞檄刘铭传一部九百五十余人，雇用英国高升号轮船，亦由牙山入朝。

总理衙门接到淮军叶志超部登轮赴朝的消息后，即按着中日《天津条约》的条款，将中国出兵的信息通报给日本驻华公使馆。日本随即以"保护日本驻朝使馆和侨民"的名义发兵朝鲜，几日光景，兵力竟达一万人左右，是中国出兵的几倍。

光绪帝得知日本亦出兵朝鲜的消息后，不敢再召翁师傅入宫，而是摆驾进园子来向太后禀告。太后略一沉吟，当即吩咐道："你还愣着干什么呀？快让军机处去给李鸿章送信，让李鸿章进京来想办法！"

李鸿章带上小红姑娘飞速进京。进京的当日，他便同着庆亲王以总理衙门的名义，照会日本驻华公使馆，要求日本"如已派兵保护官商，断不可多，且非韩请派，断不可入内地，致华日兵相遇生衅"。

日本公使馆很快复函总理衙门，称：“就派遣军队来说，除依据《天津条约》行文知照外，我国政府唯有按照自己的意图行事，因此关于兵员多少及其进退行止，丝毫没有受中国政府牵制的理由。”日本人的态度，出人意料地强硬。

李鸿章见日本不予理睬中国的警告，只好约见俄国驻华公使喀西尼，希望借助第三国的力量来调停此事，迫使日本同意从朝鲜撤军。

喀西尼听了李鸿章的陈述，当即表示：“俄韩近邻，断不容日妄行干预。”李鸿章大松一口气，当即赶回总理衙门，把俄公使喀西尼的话陈述一遍。

庆亲王听了这话自然大喜，马上便把李鸿章活动的结果，奏报给光绪帝和园子里的太后。

光绪帝听了庆亲王的话，沉默不语；慈禧太后听了庆亲王的话，缓缓道：“李鸿章就是李鸿章，无论多么难缠的事情，只要交给他去办，他总能给你料理明白。那些想扳倒他的人，我们就不要理会了！”

当晚，在贤良寺的卧房里，小红一边为李鸿章捶背，一边问道：“老爷，看您几天来匆匆忙忙的样子，从这家使馆出来，又进那家使馆，好像很怕倭寇啊！咱大清既有淮军又有旗营，还有海军，怕他们干什么呀？不就是打吗？”

李鸿章长叹一口气道：“小红啊，你不懂啊。大清的事情，老夫比你清楚。这几年，自打那个伊藤博文当了日本的首相后，该国便大肆增强武备。经方驻日多年，深知其根底。据经方讲，日本兵已经全部换用了西洋制造的最新式枪炮，精锐无比，可以一次同时打出几颗炮弹。”

李鸿章喝了口茶：“我大清从光绪十四年停议添购兵船，以后就再没有从西洋大量购过新式枪炮，用的都是我大清各省枪炮局自家制造的老货。现在淮军手里的枪炮，已落后日本多年，如何迎敌呀？老夫从十四年停购兵船后，就几乎年年上折，恳请购进一批西洋最新式枪炮，都被皇上驳回了。兵船、枪械不购也就罢了，兵船上用的炮弹总该备足了吧？也不准添购。现在我北洋海军，每艘船只备有七发炮弹可供实用，其他的全是教练弹。海上交战能否趋避，应以船行之迟速为准。”

顿了顿，李鸿章又接着说道：“老夫详考日本海军，该国目前拥有可用于交战的新旧快船二十一艘，而我北洋海军可用者，只镇远、定远铁甲船两艘。济远、经国、未远三船，虽能巡洋，但行驶不速。致远、靖远二船，仅能一点钟行十五六海里。现在，西洋各大国讲求船政以铁甲为主，必以极快船只为辅。如今日本海军船只，最快者能行二十三海里，慢船也能行二十海里左右，均为光绪十四年我停购以后，该国从西洋各国订造。船上炮弹情形更不用说了，肯定充足。”

李鸿章长叹一口气：“小红啊，老夫当初奏请加强海防，设立水师，其实防的就是这个岛国呀，但防来防去，还是落后于他。正所谓谋事在人，成事在天啊！”

李鸿章闭上眼睛，沉默了许久：“皇上亲政以后，每事必问翁同龢。翁同龢说怎么着，皇上就怎么着，真是一丝一毫都不差。太后虽然还在训政，但毕竟住在园子，不能事事都过问。现在皇上除了罢黜大臣还不能做主外，其他的事，太后是睁一只眼闭一只眼了。老夫听人说，翁同龢几次向皇上建议把老夫撵回家去，说老夫老迈昏庸，尸位素餐，又常常和外国勾搭，卖国求荣，让老夫给好人腾地方。这好人是谁呢？就是他翁同龢。翁同龢是咸丰状元，又是一代帝师，真是天底下一等一的好人哪！老夫久历官场，活到这把年纪，各种人见得多了，却还没有见过像翁同龢这样能揽权的！他想扳倒老夫，门都没有！”

小红轻声道：“老爷，您说了这么大半天的话，歇歇吧。”

李鸿章长叹一口气道：“咳，人老了，就爱唠叨。可有些话呀，又不能随便与人讲，只能在没人的时候，同你偷偷讲一讲。好吧，我们歇吧。”李鸿章当晚睡了一个安稳觉。

中日激战

喀西尼很快电告俄国外务大臣吉尔斯："为了报答我们的效劳，中国正式承认，俄国具有与中日两国共同解决朝鲜内部组织问题的权利。李鸿章请求我国协助，俾使日本同意与俄中两国共同解决朝鲜的改革问题……我建议我国驻日公使希特罗渥应竭力劝告日本接受此项建议。"

吉尔斯经过请示沙皇，马上给俄国驻日公使希特罗渥发电报，让希特罗渥向日本外相陆奥宗光提出劝告，希望日本与中国从朝鲜撤军。

陆奥宗光接到希特罗渥的照会，当即表示："除非清政府保证同意共同担任'改革'朝鲜内政，或同意不干涉日本以独力实行'改革'，日本军队决不自朝鲜撤退。"

陆奥宗光怕因此引起俄国人的不快，很快又表示："日本对朝鲜决无他意，并对中国'断不作攻击的挑战'。"

喀西尼接电后大失所望，只好遣参赞官转告总理衙门及李鸿章：俄国虽知此次日本无理，但俄国"只能以友谊力劝日撤兵……未便用兵力强勒日人，至朝鲜内政应革与否，俄亦不愿预闻"。

李鸿章一见日本是这种态度，马上便预料到日本此次是预谋要与中国为难，于是紧急向宫里递折，再次恳请速筹饷银向西洋购械，以防倭人袭扰。

光绪帝览折时，总理衙门已接到袁世凯从朝鲜发回的密报，称中日业已交战，日本增兵飞速，官兵明显不支，已败退；日本现有兵船二十几艘云集洋面，气势汹汹。

李鸿章未及把袁世凯的电报读完已吓得大惊失色，醇亲王与庆亲王也是连连跺足，不知如何是好。醇亲王与庆亲王两个人商量了一下，决定会同翁同龢进宫请旨。

也就在三人跨进宫门的时候，北洋海军广工号军舰、济远号军舰在护送高升号轮船行至牙山的江面时，与日本兵舰相遇。日舰突然开火，打中济远，济远被迫后退。广工见日舰先行开火，只好发炮自卫，旋遭三艘日舰围攻，致使身受重伤。日舰旋强迫高升号随行，船上中国士兵坚决不从。日舰鱼雷、大炮遂齐发，将船击毁。日舰离去后，法国一艘兵船恰巧行此，急忙救护，又向附近之德国伊力达斯号兵船、英国播布斯兵船发出求救信号，二船亦相继赶到。三船合救出中国士兵二百五十二人，有七百人落水遇难。

而站在光绪帝面前的醇亲王、庆亲王、翁同龢等人，却还在向皇上提着建议，商量着想让李鸿章出面，去找英国调停此事。光绪帝急召李鸿章进宫，询问此事是否可行。

李鸿章这样说道："英国水师雄冠天下。臣可与英国人相商，希望他们能派出十艘兵船径赴日本的横滨，与我国驻英公使许景澄，一同去日本外务部，斥责其以重兵压韩无礼，扰乱东方商务，与英大有关系，勒令他们退兵，再议善后。臣窃以为，日本惧于英国的武力，不敢不撤兵。请皇上明察。"

醇亲王也道："皇上，臣以为李中堂言之有理。皇上不妨下旨，让李中堂去英国公使馆与他们相商一下。设若事情成功，可不就是万事大吉吗？"醇亲王其实早已方寸大乱。

庆亲王道："对呀，对呀，皇上，现在除了外交，没有别的法子好想啊！"庆亲王也是六神无主。

光绪帝却问道："李鸿章啊，现在北洋海军怎么样啊？"

李鸿章答道："臣于进宫前已电告丁汝昌，严把各海口，避免与日舰交火。"

光绪帝说道："李鸿章啊，你现在就去和英国人谈吧。"

李鸿章慌忙出宫，径奔英国驻华公使馆。但英国公使馆已接到国内训令，不调停中日之间的此次争端，更不可能采取威胁的手段强迫日本撤兵。

李鸿章一听这话，顿感天旋地转，好不容易才被人扶出公使馆。回总理衙门的路上，李鸿章心灰意冷，一次又一次地在心里说道："中日一定在海上构衅，我北洋海军必败无疑！每舰只有少许炮弹，多为教练弹，如何打呀！"

李鸿章刚一踏进总理衙门，便接到光绪帝紧急发布的圣旨："着李鸿章速回天津布置与日作战事宜，不得耽搁！"

李鸿章头脑一下子清醒，知道中日构衅已成定局了，急忙上车赶回贤良寺，让小红匆匆收拾了一下东西，又马不停蹄地连夜返回保定。

第二天，李鸿章正要乘车赴津，却接到圣旨，旨曰：“现在倭船屡窥海口，海军防剿统将，亟须得人。丁汝昌畏葸无能，巧滑避敌，难胜统带之任，严谕李鸿章于海军将领中遴选可胜统带之员，于日内复奏，不得再以临阵易将，接替无人等词，曲为回护，致误大局。钦此！”

送走传旨差官，李鸿章大骂道：“这又是翁同龢这个老混蛋给皇上出的主意！这都什么时候啦，还要撤换统兵大员！走，到天津再说！”

就在李鸿章与总理衙门奔走各国使馆，希图靠外交手段解决中日争端的时候，日本陆军已在朝鲜将叶志超淮勇全线击败，占领了朝鲜大部；日本海军也全部出动，云集朝鲜洋面，等待攻击命令。

李鸿章赶到天津，急调淮军、豫军合七十营，移至鸭绿江边九连城一带驻防，由奉天防务会办宋庆统带。又在沿海各口增派陆军，并严饬海军提督丁汝昌，沿海巡视，以防日舰偷袭，同时又将聂士成部淮军派赴朝鲜，会同叶志超防堵日军入境。

李鸿章希望日军只占朝鲜，不对中国实行攻击。他心里异常清楚，面对装备优良的日军，至今仍在使用已被别国淘汰枪械的中国各部队，虽人众，却简直不堪一击，海军也如此。

李鸿章在上奏朝廷陈述海军统领此时不宜撤换的同时，又给太后递送密陈一篇，恳请太后能重新起用恭亲王，称：当此倭人构衅，国难当头之际，恭亲王久历外交，有谋有断，急宜复出主持大计。

慈禧太后把李鸿章的密陈留中不发，她还要等一等，看一看。翁同龢则在此时力主对日一战，称：“非战不能保国，非战不能驱倭。”日本可不管中国是战是和，此时已决定对中国宣战。

中国官兵在平壤全线败溃的第三天，北洋海军十艘舰船，在护送运兵船到达鸭绿江口大东沟时，日本派出十二艘战船来袭，并当先发炮。

北洋十艘舰船只得整队迎战，双方盘绕、激战约五小时。交战过程中，日旗舰“松岛”号被北洋海军“镇远”号铁甲舰所发巨炮两次命中，引起火药爆炸。“松岛”号伤毙一百余人，日舰“赤诚”号船头及前部下甲板被击毁，舰长以下死伤甚众，日舰“西京”号也中弹累累，运转不灵。

中国方面损失军舰四艘，其中“致远”号因炮弹用尽，管带邓世昌无奈之下，决定用船体去撞日舰时，被日舰所发鱼雷命中，全船官兵无一幸存。

战后，日舰队先撤，北洋舰队奉丁汝昌之命，急驶旅顺港躲避。丁汝昌奉的则是李鸿章的电令。李鸿章想通过避战的方式保存实力。

对于此次交战，总税务司赫德根据英国方面的情报，这样描述道："北洋舰队克虏伯炮有药无弹，阿姆斯脱郎炮有弹无药，汉纳根想要凑集够打几个钟头的炮弹以备一次海战，迄今无法到手。"

查当时的海关档案Z字第630号得知，赫德所说的情况，与当时的情况基本符合。第二天，日舰全部扑向旅顺，北洋海军六艘舰船虽每门炮仅配有少数炮弹，而且大半是药量不足的演习弹，也只得应战。

中日海军战于旅顺洋面，结果却是北洋海军六艘战船全被击沉，日军大获全胜。

日军乘势由陆路侵入中国境内，竟连陷九连城、凤凰城、金州、岫严、海城、营口、大连湾、旅顺口。日军进军之速，火力之强，不仅让光绪帝目瞪口呆，连一贯主战的翁同龢也上奏称道："平壤既弃，义州已危，鸭绿一水，不过里许，江西天险，若长驱平进，北距兴京六百余里，永陵在焉，虽南面有山，恐兵少难扼。"

翁同龢再不敢言战，夜里开始做噩梦。光绪帝眼见局面越来越坏，不由怒从心头起，恶向胆边生，新仇旧恨一齐涌将上来。他不顾一班王公大臣全部在场，喝令军机处拟旨，将李鸿章顶戴花翎、紫缰、黄马褂悉数收回，本兼各职全部革掉，速押京师问罪。世铎答应一声正要去办，外面忽然响起"太后驾到"的喊声。

慈禧太后被人搀扶着慢慢走了进来。光绪帝慌忙跪倒请安，一班王公大臣也纷纷跪下。

太后往龙椅上一坐，冷着脸子说道："怎么着皇上？拿李鸿章开刀了是不是？你想没想好，把他押进京师，是关进刑部大牢呢，还是斩立决呀？"

光绪帝跪着说道："禀太后，此次倭人猖狂，全系李鸿章调度无方所致。儿皇将他革职问罪，全是他咎由自取。李鸿章按律当斩。请太后明察。"

太后却扬起脸子对着世铎说道："着军机处拟旨，着授恭亲王军机处、总理衙门领班，会同礼亲王、醇亲王办理外交事宜。着恭亲王接旨后，速与各国驻京公使商议，如何使日本息兵。再给天津传旨，革除李鸿章骑都尉世职，拔去花翎，摘去顶戴，收回紫缰，褫黄马褂，先行革职留任。去吧。"

世铎答应一声，连滚带爬地退出去。六十三岁的恭亲王再度被请出山来执掌军机处与总理衙门领班。他接旨的当日，即派总理衙门大臣孙毓汶、徐用仪去总税务司请赫德出面，让赫德说服英国出面调解。

赫德在当日的日记中这样写道："孙毓汶、徐用仪和我自下午四点钟谈到六点钟。他们两人几乎痛哭流涕，愿意接受任何好的建议，答应今后办这样办那样。"

恭亲王又随后摆驾来到美国驻华公使馆，恳求驻华公使田贝能出面调停；田贝偏巧拜客未归，但使馆参赞和翻译答应转告。

第二天，恭亲王、醇亲王、庆亲王齐聚总理衙门，会同几名军机大臣以及总理衙门大臣，紧急会商此事。美国驻华公使田贝不料在这时不请自到了。恭亲王急忙亲自把田贝迎进来，也不等田贝喘上一口气，便把大清国请求美国出面调解的话讲了一遍。

田贝笑着道："本公使就是为这事来的。不过有一点本公使须提前声明，我国可以出面调解贵国与日本国之间的争端，但贵国须向我国交一份书面保证，承认朝鲜国是绝对独立的国家，对朝鲜的所有事情，贵国都无权干预。贵国能答应吗？"

恭亲王忙道："田公使但请放心，本国与日本已经打成了这样，本国还哪顾得了什么朝鲜。贵国说朝鲜是独立的国家，就是独立的国家。只要贵国此次肯出面调停，让日本国先把战事停下来，其他的什么事情，我们都可以谈。"

一班王公大臣急忙附和道："是啊，是啊，王爷说的真正是在情在理。只要日本国肯把战事停下来，有什么事情不可以议呢？"

田贝这时已看准清政府可任意摆布，认为联合日本进行无穷勒索的良机已到，于是便拍电回国，详细描述恭亲王等一班王公大臣，对美国摇尾乞怜的态度，建议总统抓住这次"调停"的机会，发上一笔横财。

当时恭亲王等一班王公大臣但求速和，只要有求和的门路，决不放弃，已经达到有病乱投医的程度。

恭亲王继求美国调停之后，又马上恳请英、德、法、美、俄五国，联合出面调停此事。同时，总理衙门又秉承太后、皇上的旨意，训令中国所有驻外公使，向各国直接提出请求，幻想“连衡说和”，并派出津海关税务司德璀琳起程赴日，到日本神户去见日本首相伊藤博文，商议停战之事。

德璀琳抵达神户，当日就致函日本外相陆奥宗光，表明此行的来意，希望能见到首相。陆奥宗光马上把德璀琳的来意禀明伊藤博文。

不料想，伊藤博文拒绝了德璀琳的请求，指责德璀琳不合交战国使者资格。德璀琳只好把日本的态度电告总理衙门，随后很失落地返回。

北洋海军全军覆没

总理衙门一见日本如此态度，以为亡国有期，顿时慌作一团。光绪帝得到消息，也是把龙足跺得山响，拖着哭腔说道：“这皇上是当不成了！这皇上是当不成了！”

这时，田贝已与日本达成了某种共识，充当起了中日两国间传话的角色。他来到总理衙门，向恭亲王传话说：“伊藤博文表示，中国若真心希望和平，必须任命具有正当资格的全权委员。日本政府当于两国会议时，宣布停战条件。否则，日本就把战事持续下去，直到把中国打烂。伊藤博文还表示，和议地点必须在日本。和议举行前，中国须先将全权委员姓名、品级通知日本，而日本无须事先将本国全权委员姓名、品级通知中国。中国若不答应这些条件，日本便拒绝和议。”

恭亲王马上带上一班王公大臣进园子来见太后，转述伊藤博文的话，请示该怎么办才好。太后为了能让日本停战，决定接受日本提出的所有条件。总理衙门于是决定派遣户部左侍郎张荫桓、湖南巡抚邵友濂为全权大臣，赴日求和。

行前，总理衙门依照伊藤博文的要求，将张、邵二大臣的姓名、品级，通报给美国公使田贝，由田贝转告给日方。

田贝却提出，此次议和，为确保成功，他决定派美国前国务卿科士达以私人身份，充任中国全权大臣的顾问，不知中国是否同意。

总理衙门不敢反驳，当即同意。

光绪二十一年正月初七（公元1895年2月1日），中日两国代表在日本广岛会面。当张荫桓、邵友濂二人拿出总理衙门签署的各种委托证明请日方验看时，陆奥宗光按照伊藤博文事先的吩咐，当即指责张、邵二人的全权大臣资格不足，并马上取出预先写好的照会，向中方代表宣读，拒绝谈判。

第二天，日方派人又通知中国代表，借口广岛是军事基地，请中国代表马上离开，表现得极其无理。张荫桓、邵友濂一面将日方态度电告国内，一面很不情愿地离开广岛回国。太后和恭亲王等人几个月的努力宣告失败。

李鸿章接到革职留任的圣旨后，整整一天没吃没喝。

他把自己关在行馆的书房里，一直呆呆地坐着。属员有公事要回，他不见；幕僚想同他说句话，他亦让门外的侍卫挡驾；连盛宣怀和小红想见他，想安慰他几句，他也不见。小红急得在卧房里直哭，盛宣怀急得在书房外面走来走去。

夜已经很深了，行馆的书房里漆黑一片。小红吓坏了，她把两名贴身的小丫环打发回房去睡觉，便一个人来到书房的门外。

守门的侍卫以为她要进去，忙走过来阻拦，她却扑通跪倒，边哭边说道："老爷呀，奴婢在这里给您老跪下了。太后让奴婢陪伴您老，奴婢就在这里跪着陪您。老爷可以没有奴婢，但奴婢却不能没有老爷。"

侍卫小声劝道："小红姑娘，您这是何必呢？您还是回房歇着去吧。中堂大人这里有奴才替您守着，您又有什么不放心的呢？"小红直挺挺地跪着，仿佛没有听见侍卫在说什么。

两刻钟以后，书房的门终于打开了，李鸿章拄着拐杖慢慢地走出来。小红已是跪得两腿发麻，想站都站不起来了。

李鸿章弯腰把小红扶起来。小红两眼哭得红肿，把头靠在李鸿章的肩上，两个人互相搀扶着，慢慢向卧房走去。

进了卧房，小红扶李鸿章坐到椅子上，便忙让人打水过来，又让丫环通知厨下摆饭。李鸿章用手挥了挥，仍是一声不吭地坐着。

小红的泪水再次流了出来。她一边为李鸿章濯足，一边哽咽着说道："老爷，您是成心要吓死奴婢吗？您一大天不吭一声，究竟是心疼大学士，还是不舍得拔去的那几根孔雀翎子？您老莫非是心疼，拼死拼活为儿孙挣来的那个骑都尉世职？您老倒是说句话呀？"

李鸿章抬手抚摸着小红那油光光的头发，轻轻叹了一口气，缓缓说道："红儿，你是真想听老夫说话吗？"

小红忙点头道："老爷，奴婢现在就您一个亲人了。奴婢是怕您老有话不说出来，憋坏了身子骨呢！"

李鸿章的眼里忽然流出泪水，他嘶哑着嗓子说道："红儿啊，老夫都这把年纪了，什么紫缰、三眼花翎、骑都尉世职、一等侯爵，顶什么用啊？老夫是心疼我大清啊！老夫在外国人面前说了多少好话，老夫又对一班王公大臣说了多少好话，才刚有了这么个好局面。

"铁路也有了，矿产也有了，海军也有了，武备学堂，也能培养自己的驾船员弁了，就剩一些外债没有还清了。老夫设立的海军为了什么？就是在防这个岛国日本哪。海军衙门费了千辛万苦，才攒了七百多万两的海防捐，为了这些银子，挨了多少人的骂呀。这七百万两，是我大清海军的命根子啊！老夫想把北洋海军兵船，添购成三十之数，老夫想把北洋陆军手里的枪械，全部更换掉，可有人却不答应啊！红儿啊，老夫有些话，整整憋了几年了，再不说，就憋死了！"

小红抬头望着李鸿章道："老爷，您老想说什么就说什么吧，奴婢听着呢！"

李鸿章缓缓说道："红儿啊，你把门关好，让丫头们都去睡吧。你把老夫扶到床上坐着，老夫慢慢同你讲。"

小红小声问道："老爷，您老不吃口什么吗？"

李鸿章挥挥手道："不把话说出来，老夫吃得下东西吗？"小红于是传人进来，把水盆端走，又吩咐端水的丫头，不叫不要进来。

小红这才把李鸿章扶到床上坐下，自己则坐在旁边，用手给李鸿章捶腿。

李鸿章接着说道："有人因为不放心老夫，于是停议添购兵船，停议更换枪械。老夫想为海军购进一些炮弹，也被驳回，只准购演习弹。海军成了什么？海军成了只能吓唬人，而却不能打人的摆设！于是才有了今天的局面哪！”

小红悄悄说道：“老爷，太后的这些心思，您老咋都知道呢？”

李鸿章苦笑一声道：“老夫不是圣人，可老夫毕竟是读圣人书长大的呀！老夫久历官场，阅人无数，什么人的心思，能瞒过老夫的眼睛啊？老夫只是不说罢了。北洋海军越大，北洋陆军手里的装备越精，朝廷越是睡不好觉啊！可一些人怎么就不想想，我李鸿章这么做，为的是什么呀？还不是为了我大清，不受外国人的气吗？

“如今好了，大家都睡安稳觉吧！老夫求了许多国家的公使，让他们出面调停此事，可他们全不出来。为什么？因为大东沟一战，各国绝没有想到，我大清的兵舰之上，会只有那么几发炮弹！朝廷为了防范汉人，会混账到这种程度！有些人以为，这么做，是在要弄老夫，让老夫手里的北洋海军，变成有名无实的海军。其实恰恰错了！他们没有要弄老夫，他们要弄了他们自己！北洋海军就算全军覆没，除了拿走老夫项上的这颗人头，又能怎么样呢？老夫的恩师曾文正公被活活累死！外交能员曾劼刚，被活活气死！薛福成也死了，轮也该轮到老夫了。”

小红这时小声问道：“老爷，大东沟海战，我北洋海军，不是才被击毁四艘船吗？旅顺失去的，也才仅仅是六艘船啊！”

李鸿章叹口气道：“北洋海军现有军舰七艘，雷艇十三只，还有六只小炮船，可是每船除了大量的演习弹，没有几颗能用于实战的炮弹哪！老夫已电令丁汝昌，把所有船只移驻威海卫港内，严禁驶出洋面。这点儿家底儿，不能再糟蹋了！”

小红说道：“老爷，如果倭舰追进来呢？”

李鸿章道：“老夫已着令威海卫南帮北帮炮台，严密监视洋面，若发现日舰，一定全力攻击，拼死也要保住港内军舰。红儿啊，老夫今晚对你说了许多话，有些话是第一次说，也可能是最后一次说。但老夫只能对你一个人说，不能对别人说，也不敢说。明天怎么样，老夫不知道，但老夫已替你安排好了后路。”

小红忙用手掩住李鸿章的口道：“老爷，您不能乱想啊。您现在不过是革职留任，还没问罪呀！”

李鸿章推开小红的手，苦笑一声道：“红儿啊，你不要捣乱，听老夫把话给你讲完。老夫已经这么大年岁了，问不问罪又能怎么样呢？当好替罪羊是门学问，老夫知道怎么做！可你还是个孩子，老夫真有不在的那一天，你怎么办呢？老夫已在江西为你购置了一处宅院，还置买了几亩薄田，虽不能保你大富大贵，但总能让你衣食无忧了。老夫籍隶安徽，那里你不能去；你籍隶奉天，那里你也不能去。老夫想来想去，只能让你去江西了。”

小红未及李鸿章说完已跪倒在他的脚前，连连磕头道：“老爷呀，奴婢只是您身边一名丫头，您干吗要把奴婢抬举成个人啊！您老对奴婢这样，奴婢需要几辈子，才能报答完您的恩情啊！”

李鸿章沙哑着嗓子道：“红儿啊，对你的事啊，老夫已对夫人有过交代，你记在心里就行了。老夫老了，但还没有老糊涂。”

李鸿章第二天便发起高烧，慌得盛宣怀一边延医看视，一边打发人去给保定送信，又紧急把李鸿章的病情通报给总理衙门。

总理衙门当时正忙着四处拜求各国公使，出面调停中日间的战事，没有理睬盛宣怀的奏报。

李鸿章的病情稍有见轻，他便挣扎着爬起来。他放不下中日间的战事，更放不下他辛辛苦苦建立起来的北洋海军。

但北洋海军所存舰只终于还是没有保住。就在日本外相陆奥宗光拒绝与中国全权大臣张荫桓、邵友濂议和的当天，日军在成山头登陆，陷荣成县，抄袭威海卫后路，相继攻破威海卫南帮炮台和北帮炮台，水陆围攻北洋舰队。北洋海军全军覆没，提督丁汝昌服毒自杀。

日军将威海卫占据后，快速舰发刘公岛，旋亦将刘公岛占据。

李鸿章怯战，导致北洋海军东躲西藏趋避，致使处处被动挨打。如果北洋海军从交战之初就主动迎敌，尽管各舰实弹不足，但凭着北洋海军的庞大声势，日军肯定会有所畏惧，更不会如此嚣张。李鸿章久经沙场，熟读兵书，事到临头，偏偏忘了“兵者，诡道也”这句兵家名言。

田贝再次来到总理衙门转达日本国的想法：清政府若想议和，除确认朝鲜独立和赔款之外，还需同意割让土地，否则即使再派议和使节，日本政府也决不停战，直至把大清国打烂为止。

大清国在京的王公大臣得知日本的要求后，再次吵作一团。

恭亲王及孙毓汶、徐用仪等以为“不割地恐难终局”，但翁同龢、李鸿藻等则主张“宁以款偿，不可割地”。

光绪皇帝早已没有了主张，除了会大骂几句，口里已然冒不出其他的话来。几位王爷加上几位军机大臣，整整吵了三天也没见结果，最终还是跑进园子里来见太后。

太后当即道：“着军机处拟旨，赏还李鸿章紫缰、骑都尉世职。圣旨今儿就递出去，不准耽搁。还有，李鸿章不是病了吗？打发个太医过去，再赏他两棵人参。七十几岁的人了，经得住你们这么折腾吗？”

第八章
一千三百多人联名要求李鸿章下台

赴日签约

李鸿章的病其实早已好了，尤其是当得知北洋海军全军覆没后，他仿佛像放下了一个大包袱，不仅正常开署办公事，而且开始有说有笑了。这让赶到天津的赵莲和早就在李鸿章身边的小红反倒有些害怕了，因为凭李鸿章的性格，他是不应该这样的。

盛宣怀和一班幕僚也是整日提心吊胆，唯恐李鸿章是大限将临时的回光返照。

圣旨火速递进行馆。李鸿章接旨后的当日，就吩咐赵莲与小红打点行装，准备回保定。李鸿章道："明儿，我们就动身回保定。到天津几个月了，倒挺想经迈他们几个。"

赵莲道："我的爷，您的身子骨刚见强，还是把太医配的药喝完再走吧。"

李鸿章道："还是快收拾吧，晚了，说不定啊，这保定就只能你一个人回了。"

赵莲笑道："我的爷，您老莫非真老糊涂了不成？朝廷把紫缰和骑都尉世职都还回来了，您应该高兴才是。"

李鸿章抚须笑道："你这个莲儿啊，你以为老夫病这一场，当真就糊涂了？老夫料得不错的话，这一两天，就又要有圣旨下来。说不定，老夫这次，要到东洋岛国去走一遭。我大清啊，卖国讲究资格，其实替朝廷在条约上画押钤印，也讲究资格呀！”

赵莲一听这话，大惊道：“我的爷呀，您不是在乱猜吧？您都七十多了，朝廷再怎么着，也不能让您一个老头子去议和呀？”

李鸿章未及讲话，第二道圣旨跟手便递了进来。旨曰：“前派张荫桓、邵友濂为全权大臣，前往日本会议条约，讵日本意存延宕，借敕书有请旨之语，谓非十足身份，不与开议，送回长崎。迨令田贝再电询问，乃又答云，无论何时可以再行开商和议，总须中国改派从前能办大事、位望甚尊、声名素著之员，给予十足责任，仍可开办等语。现在倭焰鸱张，畿疆危逼，只此权宜一策，但可解纷纾急，亟谋两害从轻。李鸿章勋绩久著，熟悉中外交涉，为外洋各国所共倾服。今日本来文隐有所指，朝廷深维至计，此时全权之任，亦更无出该大臣之右者。李鸿章前已赏还紫缰、骑都尉世职，着再赏还翎顶，开复革留处分，并赏还黄马褂，作为头等全权大臣，与日本商定和约。直隶总督北洋大臣着王文韶署理。李鸿章着星速来京请训，切毋刻迟。一切筹办事宜，均于召对时，详细面陈。该大臣当念时势阽危，既受逾格之恩，宜尽匪躬之义，谅不至别存顾虑，稍涉迟回也。起程日期，并着即行电闻，以纾廑注。钦此。”

打发走传旨差官，赵莲气得对小红连连道：“朝廷怎么能这样？打发谁不好，偏偏要打发一个七十多岁的人去议和！这不是难为人吗？”

小红悄悄说道：“夫人，还是快给老爷打点一下吧。老爷的脾气您也不是不知道，他老太要强啦！”

李鸿章则对着幕僚苦笑道：“你们知道，这个伊藤博文，为什么点名让朝廷遣派从前能办大事，还要是位望甚尊、声名素著之员去议和吗？他这分明是让老夫去，他好借机羞辱一下老夫，报复一下该岛国最初与我议约时的不满。老夫偏偏不怕他，老夫倒要见识一下他的手段！我大清战败了不错，但那不是老夫的错。外国人看老夫位望甚尊、声名素著，其实老夫直到现在，连个军机大臣都不是。而日本却是内阁当政，首相当权。他这次以为是同老夫打，其实他错了，他实际是在同皇上打。老夫头上顶着三眼花翎、文华殿大学士，手里握着让人眼红的紫缰，又是直隶总督北洋大臣，其实老夫连给兵船多买几发炮弹的权力都没有……传令下去，速速备车，把夫人和小红姑娘先送回保定，老夫要连夜进京！”

赵莲却抵死也要让小红跟着进京。赵莲流泪说道：“贱妾年纪大了，保定还有几个孩子需要照料，贱妾是无法跟在您身边照料您了。但小红形同贱妾的妹妹，有她在您的身边伺候，贱妾也多少放心些。您就答应贱妾这一次，让小红随您一同出洋吧。”

李鸿章知道夫人担心他在外面有个闪失，不好驳她，只能一口答应下来，让她安心回保定。

李鸿章的车驾很快驶出津门，直趋京师；前面自然有差官，骑了快马先走一步，沿途通报。车抵贤良寺，早有恭亲王府的差人和军机处、总理衙门的差官，提前候在那里。

李鸿章同小红简单洗漱了一下，也不及吃早饭，便留小红一人在寺里歇着，自己则乘车赶到恭亲王府商量面圣、请训的事情。

李鸿章请训之后并没有马上起程赴日，而是禀承太后和光绪帝的旨意，抱着希望列强出面主持公道的幻想，走访了各国公使馆。他先见的自然是美国公使田贝。田贝直截了当地表示：“美国政府决不对战争进行干涉。”

田贝接着劝李鸿章丢掉希望列强出面主持公道的幻想：“背向欧洲列强，面向日本，彻底抛弃想获得干涉的念头，尽早赴日。此次赴日议和，日本已明确了态度：大清国除了割地以外，还要准备赔偿巨款。”李鸿章接着又拜访了英国公使欧格讷。

欧格讷的话无异是对清政府发出了警告，他说：“在目前日本可能接受的基础上，立即进行和平谈判，是极为合宜而重要的。”

李鸿章和俄国公使喀西尼也作了很长时间的交谈，但同样没有达到预期的效果。喀西尼的说法是：“假使日本的要求相当温和，我们仍同英美等国一样，采取不干涉的政策；假使其要求触犯了我们的重要利益，则我们就不能置之不理。”喀西尼真正变成了“和稀泥”。

其实，就在李鸿章奉太后与光绪帝的旨意四处奔走的时候，日本在外交上也在大肆活动，并在军事上开始进一步对清政府施压，以促进大清国投降的决心。

侵入辽东日军很快开始对牛庄、营口、田庄台等重镇发起猛攻，几日内便全部占领了辽东半岛。日本的军事压力很快达到了预期的效果，慈禧太后与光绪帝不再犹豫，着令李鸿章停止与各国公使接触，快速登舟赴日议和，希望早日停战。

光绪二十一年二月十七日（公元1895年3月13日），光绪帝正式发出了全权证书，宣布李鸿章为头等全权大臣，予以署名画押之全权。翌日，李鸿章等人乘坐德轮“礼裕”、“公义”号，悬挂“中国头等议和大臣”旗帜，同着美国驻华公使田贝介绍的顾问科士达，起程直奔日本马关。随从出访的有他的儿子——原驻日公使、中日失和后归国的李经方，驻日公使馆的翻译人员，道员罗丰禄、马建忠、伍建芳，候补知县办理文牍的幕僚吴永，小红姑娘及随身的两名丫环，总理衙门另外又从各衙门选派了二十名通略洋务的官员等，整整坐了一船。因李鸿章年事已高，为防意外，慈禧太后又特遣两名太医随船同往。

让美国人充当顾问赴日议和，李鸿章是有异议的。但慈禧太后、光绪皇帝以及总理衙门，却坚持这么做，田贝也对此发出恐吓：“不让科士达随同前往，中国与日本不会达成任何协议！”美国等于在公开操纵中日此次的议和。

李鸿章在心里长叹一口气，口中却不再着一词。光绪帝和慈禧太后给这次议和定了个什么标准呢？

李鸿章临上船时依例要递奏折一篇，他在折子中写道：“奏为遵旨驰赴日本议约预筹大略情形，恭折仰祈圣鉴事。窃臣钦奉谕旨，作为头等全权大臣与日本商定和约，当即趱程晋京，仰蒙召见三次，诲示周详，莫名钦感。连日据美使田贝函称：日本来电中国，另派大臣议和，除先允偿兵费，并朝鲜由其自主外，若无商让地土及办理条约画押之全权，即无庸前往等语。迭与王公大臣等会议，均以敌欲甚奢，注意尤在割地，现在时机紧迫，非此不能开议。当经总理衙门函复：田贝以日本电内欲商各节，均有此全权责任。顷，军机大臣恭亲王等，传奉皇上面谕，予臣以商让土地之权……”这也就是说，在李鸿章尚未与日方和议前，清廷就已经提前定下了割地赔款的谈判方针。

李鸿章一行人登舟之后，又接到两份军机大臣密寄，其中一份是庆亲王递给皇上的奏折抄件。

军机大臣密寄云："此次特派李鸿章与日本议约，原系万不得已之举。关系之大，转圜之难，朝廷亦所洞鉴。该大臣膺兹巨任，唯当权衡于利害之轻重，情势之缓急，统筹全局，即与议定条约，以纾宵旰之忧，而慰中外之望，实有厚期焉，将此密谕知之。钦此。"

庆亲王的奏折抄件是："奏为敌情叵测，时局阽危，皇上特遣重臣再申和议，而日本屡次延宕，大学士李鸿章尚未成行，诚恐倭人伺河冻一开，分兵冲突畿辅，则可忧者大矣。臣等伏思倭奴乘胜骄恣，其奢望不可臆计，现在勉就和局，所最注意者，唯在让地一节。若驳斥不允，则都城之危，即在指颐。以今日情势而论，宗社为重，边陲为轻，利害相悬，无烦数计。臣等前日恳请召见，本拟详细面陈。旋奉传谕，命臣等恭请谕旨，遵办。皇上深唯至计，洞烛时宜，令臣等谕知李鸿章，予以商让土地之权，令其斟酌重轻，与倭磋商定议。昨据田贝送到日本复电，定于长门会议。李鸿章自应迅速起程，免致另生枝节。所有臣等遵旨办理缓由，谨切实沥陈，伏乞皇上、皇太后慈鉴。谨奏。"

圣旨中的长门，就是日本的马关。从折子中可以看出，庆亲王奕劻已是急得不行，恨不能给李鸿章安上两只翅膀，让他当天就飞到日本。

其实，就在李鸿章动身的同时，日本也有一个人，怀揣着一把买来的手枪，由日本横滨赶到了马关。

此人名叫小山丰太郎，时年二十六岁，日本郡马县北大岛人。太郎从小患有自闭症（又称孤独症），整日生活在自己的幻觉里。因经常发作，十岁尚未入学。他的父亲老郎本是一名筑路工人，他的母亲常年给人洗衣。日子过得颇为艰苦。太郎不能入学，老郎每日上工就带着他。

老郎一日坏肚子，下工往家走的时候，肚子忽然又响起来。正巧路边有片小树林，老郎顾不得多想，丢下镐头就跑进去。

太郎望着镐头呆立了片刻，忽然就抓起镐头也走进树林。

老郎正蹲在一棵树下用力，太郎走过来，举起镐头对准老郎的脑袋就是一抡，正抡到老郎的太阳穴上。老郎哼也没哼，当即死亡。太郎被当地政府强行送进医院接受治疗，病势好转，又被送进学校。因身体强健，又对战争充满狂热，被推荐到军校。到军校的当年，太郎加入了日本右翼团体神刀馆，并改名小山六之助。此时的小山六之助，已由过去的自闭症转化成偏执狂。

得知中日欲在马关议和，小山六之助大惊失色，当即在神刀馆挥舞着双手大喊大叫道："日本放弃占领北京，是日本的耻辱，同中国讲和，现在为时尚早！我要阻止他们！"

小山六之助说到做到，很快购买到一把五连发手枪，然后便匆匆赶到马岛，住到一家客店里，静静地等着李鸿章的到来。

光绪二十一年二月二十四日（公元1895年3月20日）晨，李鸿章到达马关，住进由日本外务部指定的驿馆——引接寺。

当天午后，日本方面来人，请李鸿章一行到春帆楼，与日本方面的全权议约大臣见面、互换文书。李鸿章随即带上李经方、马建忠、吴永及翻译、随身侍卫等人，乘大轿和人力车赶往春帆楼。科士达亦急忙带上自己的员弁乘上人力车随同前往，不肯落后一步。

到了指定的房间一看，李鸿章反倒笑了，因为日方全权代表，果然是首相伊藤博文、外相陆奥宗光。

双方坐下，李经方将一应文书出示给伊藤博文。

伊藤博文故意很认真地看了又看，终于说道："本大臣没有料到，位高权重的李中堂，真的能来。很好，我们可以商谈条件了。"

李鸿章冷冷地看着得意忘形的伊藤博文，一边用手梳理胡须，一边慢慢地说道："且慢，老夫还没有讲话。"

伊藤博文一愣，马上反问一句："您李中堂来到这里，为的不是议和吗？"

李鸿章答道："不错，老夫来到贵国，是为了议和。但按着《万国公法》的条款，交战两国议和之前，须停止战事，然后再商议条款。"

伊藤博文笑了笑，答道："李中堂不愧是外交老臣，还知道有个《万国公法》。好，本大臣同意您的建议。但本大臣有一个条件，若您肯答应，本大臣可以宣告对贵国停止攻击。"伊藤博文说着，把一份用日中两国文字写就的书面文字递给李鸿章，道："请贵中堂按着我国所提的条款，在上面画押钤印。"

李鸿章没有言语，接过书面文字一看，却是日本提出的停战条件：（1）日军占领大沽、天津、山海关；（2）上列各地的清军向日军缴械；(3) 天津至山海关铁路归日本军务官管辖；(4) 休战期间由清政府担负日军一切军事费用。

李鸿章笑了笑，把这份书面文字反手推给伊藤博文，抚须说道：“老夫看了贵大臣起草的这个条款，很对不起，老夫不能答应这些条款，也无权答应。”

伊藤博文慢悠悠道：“李中堂不用现在就答应这些条款，本大臣可以给您四天的考虑时间。四天后，我们还在这里见面。”

李鸿章只是抚须微笑，不置一词。日方随即宣布当日的会谈结束。

小山六之助此时正躲藏在引接寺附近的一家杂货铺里，等待着下手的好时机。杂货铺的主人叫江村仁太郎，这个杂货铺的具体位置是外滨町二十号。

李鸿章遭枪击

回到引接寺后，趁科士达不在跟前的机会，李鸿章小声对李经方、马建忠、吴永说道：“倭人想占领大沽、天津、山海关，并要我官军缴械，是想把京师团团包围，他这不是异想天开吗？倭人再凶狠，充其量不过是只狼，我大清虽不富强，可毕竟是只虎。他想把大清一口吞进肚子里，他也总该看看自己的肚子有多大，能不能吃得下。你一会儿带人起草个文书，拒绝他们提的这些无理条款。还有，起草文书的时候，不要让科士达知道。美国现在是日本的帮凶。”

李经方默默点了一下头，又道：“父亲，如果倭人坚持不肯停战，怎么办呢？”

李鸿章道：“倭人若坚持如此，老夫也无可奈何，只能先议和，后停战了。”

马建忠这时道：“老中堂，职道看日本人的态度，是要狮子大张口啊！有一样达不到要求，怕都不行啊！”

李鸿章忽然长叹一口气：“万一谈判不成，只有迁都陕西，和日本长期作战，日本必不能征服中国，中国可以抵抗到无尽期。日本最后必败求和。”

“太后和皇上能同意吗？”伍建芳小声问道。见科士达走进来，李鸿章慢慢端起茶杯。

二月二十八日，李鸿章按日方的要求，再次来到春帆楼。伊藤博文见到李鸿章递交的拒绝文书后，马上凶相毕露，说道：“贵中堂既然不肯答应我国提出的这些条件，那我国就不能停止进攻。”

李鸿章抚须说道：“这是贵国的事情，老夫做不了主。如果贵国执意不肯按《万国公法》办理，老夫也没有话说。”

伊藤博文站起身道：“好吧，既然贵中堂这么说，本大臣也没有办法，我们午后就举行正式议和会商吧。但会议期间，我国并不停止对贵国各地的继续攻击。”李鸿章听后没有答话，只是吩咐随行回驿馆歇息。日本代表刚刚退出去，科士达便对李鸿章大吼道：“你们为什么要这样？贵国既然拒绝日本的和谈条件，为什么还要来议和？”李鸿章冷静地答道：“这是中日两国间的事。”

因日方要求毫不松动，会谈无法进行下去，只得约定次日再谈。

李经方扶着李鸿章步出春帆楼以后，马上便有侍卫抢先一步来到绿呢大轿旁。李鸿章举步来到轿前，却并没有立即上轿，而是回头望了一眼春帆楼，长叹了一口气。

李经方见李鸿章心事重重，不由劝道：“父亲，先上轿吧。”这时，由春帆楼到引接寺的这条路上，正是人多的时候。

李鸿章的八抬大轿前有两名侍卫引轿，左右亦有侍卫随行保护，李鸿章的轿后则是李经方，李经方的后面是科士达，科士达之后便是马建忠、吴永等一应随行人员。除李鸿章外，其他人乘坐的全是人力车。

当李鸿章的轿子走到江村仁太郎杂货铺门前时，小山六之助见机会难得，当即从门里蹿出，旋风一般跑到轿前。轿夫不明所以，慌忙落轿，侍卫也甚是惊慌。李鸿章不知发生了什么事，急忙掀开前面的轿帘向外观瞧。小山六之助一见轿里的老人衣冠华贵，当即认定是李鸿章无疑。轿前的侍卫正诧异之间，小山六之助忽然从怀里掏出一只手枪，口里大吼了一句，对着李鸿章就是一枪。

李鸿章的左眼下部中弹，登时血流如注，官服都被打湿，很快晕倒在地。现场顿时乱作一团，行人纷纷躲避。小山六之助本想再补上一枪，哪知轿帘已经放下，何况轿前的侍卫已向他扑过来，后面的李经方、科士达等人也都跑过来。小山六之助略一犹豫，抽身便混进行人里逃走。

见李鸿章遇刺，随员们慌了手脚，急急忙忙把他抬回引接寺，随行的医生马上进行急救。

李经方、马建忠、吴永等中国员弁守在床边，科士达等所有外国人，俱被侍卫挡在门外。虽然急如笼中困兽，却也无可奈何。幸好子弹没有击中要害，李鸿章苏醒后，发现科士达等外国人没在床边，便小声吩咐李经方、马建忠等人，立即草拟函文，命人悄悄分头递交各国驻日公使馆，发布自己被刺一事。同时嘱咐随员，将换下来的血衣保存下来，不要洗掉血迹，言称："此血可以报国矣。"同时发誓"终身不履日地"。各国驻日公使馆很快便知道了这一消息，世界登时哗然。

行刺事件发生后，马关警方很快抓到了小山六之助。但小山六之助坚称"自己无罪有功"。

伊藤博文闻讯后，亲自提审小山六之助。

伊藤博文气急败坏地大骂道："你这个混蛋，你坏了我大日本帝国的好事！你知道吗？这一事件的发生，比战场上一两个师团的溃败还要严重！"伊藤博文话毕，对着小山六之助就是两耳光。伊藤博文为什么发这么大的火呢？原来，日本政府本来拟就的谈判方略是借战争逼迫清政府签订不平等条约，然后见好就收。李鸿章到马关后，伊藤博文最担心的就是有什么把柄落在列强手中，让一直虎视眈眈的西洋各国从中干涉，坐收渔翁之利。小山六之助的行为，恰恰无异于授人以柄。

李鸿章被抬进引接寺不久，日本方面便把李鸿章送到医院抢救。日本天皇得到消息后，马上派代表到医院慰问，又连派三名御医到医院为李鸿章疗伤。

当晚，伊藤博文在到医院看望李鸿章的时候道："为表示对你的尊重，经请示天皇，日本决定，日中议和期间，日方可以在有限时间内，暂时停止对中国的攻击。"

伊藤博文的话李鸿章听得清清楚楚，但他却把两眼闭上，没有理睬伊藤博文。

伊藤博文离开医院后，各国驻日公使也秉承其国内的旨意，相继到医院看望李鸿章。各国医生会诊之时，日本医生建议开刀，但德国和法国医生坚决反对。理由是既然这颗子弹对李鸿章眼睛的正常工作无害，不如暂时留在体内。他们担心，如果贸然开刀，将会危及李鸿章的性命，李鸿章毕竟是耄耋老人。

但李鸿章此次伤得并不重，匪徒所用枪支系短铳，里面发射的是砂弹而非子弹。院方验伤后称，只要把眼下皮肉切开，将砂弹取出，再将养月余即可痊愈。

李鸿章不想拖延时间，他希望尽快与日本议和。经过反复考虑，他让经方向医院提出，不准医生给他动手术，只让医生将伤口缝合起来。医院经向首相请示后，只得尊重李鸿章的意见，同意按李鸿章的要求去做。李鸿章得到院方答应的当日，又派经方通知日本外务省，三日后即正式谈判。伊藤博文亦不敢不对李鸿章肃然起敬了。

双方于是在李鸿章被刺三日后便开始举行正式议和谈判。坐在谈判桌前的李鸿章，头上包着厚厚的白纱布，只露出一只右眼。医院按着当局的指令，派了两名医生跟在他的左右换药。

中国承认朝鲜独立，是大清国总理衙门向田贝允诺过的事，双方谈的重点是割地与赔款的问题。经过讨价还价，赔款数额为二万万两；经李鸿章请旨后，光绪帝照准。但日方提出割让台湾、割让辽东半岛及其附属岛屿、澎湖列岛等，李鸿章却坚决不肯答应，声称需要请旨。

谈判再次陷入僵局。

临别，伊藤博文凶狠地对李鸿章说道："我们只能给你五天的请旨时间。如果五天后，贵中堂拒绝签字，我国便恢复战争状态。"李鸿章面无表情地站起身，在李经方的搀扶下慢慢走了出去。

当日回到医院后，李鸿章背着科士达等外国人，老泪纵横地对李经方、罗丰禄、马建忠、伍建芳等人说："想不到，日本的胃口这么大！不仅要台湾，还要割让辽东半岛及其附属岛屿、澎湖列岛，而且缺一不可！他这是想让我大清亡国呀！"

罗丰禄小声道："日本此次同意和议，就是既要我们赔款，还要我们的土地。"

李经方说道："父亲，不答应他们的条件，恐怕和议不成啊！"李鸿章长叹一口气，陷入深思之中。

李经方的担心不无道理。几乎与此同时，美国驻华公使田贝又站了出来，开始配合日本，约见总理衙门大臣孙毓汶、徐用仪、恭亲王、庆亲王等，恐吓道："日本国已向本公使表示，若贵国不肯答应日方提出的割地条款，他们就要向中国增兵，一定要打进北京来。"

就在田贝讲话的当晚，日舰突然驶向台湾，并很快对台湾进行了攻击，台湾遂被占领。光绪帝闻报之下，一边大骂李鸿章误国，一边让军机处紧急给李鸿章发电报，着李鸿章快速答应日方提出的割地条款，不准延误！一旦和议破裂，损失将会更大，失地将会更多！他这皇帝也就当到头了！电报发走，光绪又骂了许久的娘，活脱脱一个市井无赖。

李鸿章接电后，仍不甘心割让如此多的土地。他思考了一天，当晚约见了俄国驻日公使、德国驻日公使及法国驻日公使。得知三国公使来看望李鸿章，科士达急忙来见李鸿章，但却被侍卫和李经方挡在门外。

李经方说道："很对不起科士达先生，父亲有话交代下来，他要与几位公使谈点私事，不方便外人在场。"科士达蛮横地说道："鄙人是中堂的谈判顾问，鄙人有权过问有关谈判的所有事情！"李经方冷着脸子答道："很对不起科士达先生，父亲与几位公使谈的话，与谈判无关。"科士达一时急得又是跺脚，又用手砸自己的胸脯。李经方、马建忠等人，却抵死不准他进去。

在房间内，李鸿章向三国公使透露了日本强索台湾及辽东半岛的内情，并特别强调说，日本只给五天期限，五天后若不画押钤印，就要继续对中国作战。

李鸿章犹豫着说："我大清不想给日本这么多，但为了休战，只能如此。"

李鸿章当时的想法是这样的：辽东半岛不仅是俄国通商的主要地区，也是法、德两国通商的区域，李鸿章想利用列强均想在中国得到利益这一贪婪的心理，通过列强之间的争夺，达到保住辽东半岛的目的。

至于这么做后能否当真保住辽东半岛，李鸿章心里也无十分的把握，但李鸿章已经无路可走。小红私下对李鸿章说道："老爷，皇上和太后都答应了割地的条款，您老为什么就是不肯答应呢？如果议和当真破裂，您老不成了抗旨不遵了吗？何况，您这么远来到这里，不就是为议和来的吗？”

李鸿章沉思着说道：“伊藤博文变着法子让老夫来日本，是想羞辱老夫，让老夫承认，老夫不如他。我大清打不过他小日本，但并不证明，我李鸿章打不过他伊藤博文。他伊藤博文算个什么东西！不过区区一个小岛国的首相，加起来没有新疆半个省大。老夫承认头上的相国有名无实，还不如军机大臣，但这不是老夫的错！老夫既然来了这里，不到最后一刻，老夫就不会向他伊藤博文低头！”

小红嘴上不说什么，但心里却很是替李鸿章担心，她真怕心狠手辣的慈禧太后盛怒之下，会对李鸿章下狠手。日本强索辽东半岛及台湾的消息一经传出，果然在俄、法、德三国间引起强烈反响，因为日本的这一举动，确实伤害到了他们三国在辽东半岛的利益。

首先有反响的是俄国。俄国经过论证认识到，中国割让辽东半岛，将直接威胁到俄国已有的利益。俄国财政大臣维特分析道：“日本侵占辽东半岛，其锋芒主要是冲着俄国。”

维特最后建议：“我们应坚决声明，不能允许日本占领南满，假使不履行我们的要求，我们将采取适当的措施……如果有战争的必要，我们就坚决行动。现在决定开战，对于我们有利得多，否则俄国在将来就会遭受更大的牺牲。”

维特的建议得到俄国沙皇的赞同。日本限定的五天期限很快到了。这一天的上午，李鸿章与伊藤博文尚没有坐到一起，驻日的俄、法、德三国的公使，便秉承各自国内的指示，联合照会日本外务省，要求日本放弃占领辽东半岛。照会同时申明：如果日本表示拒绝，即由三国海军切断辽东日军和本国之间的联系，使其陷于孤立。

大清国总理衙门也在同一天，接到俄国驻华公使的照会，劝阻中国不要按着日本的期限即行画押，俄国已联合法、德两国决定干涉此事。

俄、法、德三国驻日公使也在照会日本外务省之后，向李鸿章通报了此事。当晚，俄国公使又通知日本外务省次官林董，称：“接到国内的指令，现停泊在各港的俄国军舰昼夜升火，禁止船员登陆；俄国东部西伯利亚总督急召预备兵入伍，集合五万人，随时准备出动。”

面对俄、法、德这突如其来的联合干涉，日本政府感到十分惊慌。

伊藤博文紧急约见三国公使，希望能通过谈判解决此事。但三国的公使一致表示，除非日本决定放弃辽东半岛，否则无话可谈。

伊藤博文无奈之下，只好让陆奥宗光分别照会俄、法、德三国公使馆，声明："日本帝国政府根据俄、法、德三国政府之友谊忠告，决定放弃对中国辽东半岛之永久占有。"随后，日本又正式向三国要求，由清政府偿付白银五千万两作为还辽酬报。

德国公使经请示国内后表示同意，俄国公使则把这一情况通报给了李鸿章。李鸿章一口否决。俄国公使于是以"公允"的口吻提出了三千万两的折中数字。李鸿章把情况电告总理衙门，总理衙门转日即电发"允准"的旨意。

千夫所指

光绪二十一年三月二十三日（公元1895年4月17日），李鸿章与日本代表伊藤博文再次坐到一起，履行议约的最后一道程度：画押钤印。

此条约因在日本马关的春帆楼签订，人们习惯称之为《马关条约》或《春帆楼条约》。

条约规定：清政府承认朝鲜"独立自主"；割辽东半岛、台湾、澎湖列岛及附属岛屿给日本；赔偿日本军费白银两亿两；增开重庆、沙市、苏州、杭州为通商口岸；开辟内河新航线；允许日本在中国的通商口岸开设工厂，产品运销中国内地免收内地税；交换俘虏，中国即行释放日本军事间谍或被嫌逮之日本臣民，并不得逮捕为日军服务的人员。关于割让辽东半岛一条，中日又特别搞了个补充说明，说明强调：中国可用库平银三千万两赎回该岛，正式条约以后签署。

李鸿章总算用三千万两白银保住了辽东半岛。

事后，连伊藤博文也不得不承认，逐回张荫桓、邵友濂而同意李鸿章来议和，是个败招儿，否则，日本绝不可能失去辽东半岛。

伊藤博文一次对陆奥宗光这样说道："无可否定，中国的李鸿章，的确是个外交老手。这个人很了不起！我们低估他了。"

陆奥宗光后来道："李鸿章自到马关以来，从来没有像今天会晤这样费尽唇舌进行辩论的。他也许已经知道我方决议的主要部分不可变动，所以在本日的会谈中，只是在枝节问题上斤斤计较而已。例如最初要求从赔偿款二万万两削减五千万两；看见达不到目的，又要求减少二千万两，甚至最后向伊藤博文全权哀求，以此少许之减额，赠作回国的旅费。此种举动，如从他的地位来说，不无失态，但可能是出于'争得一分有一分之益'的意思。"

李鸿章画押签字的当日，头上的纱布尚未解除，脸上亦带着那颗耻辱的砂弹，即登舟起程回国。他不想在这个国家多停留一刻。

《马关条约》被光绪帝批准后，立即在各阶层引起强烈反响。同年5月2日，广东南海举子康有为，联合在京会试的各省举人一千三百多人，联名上书光绪帝，请求拒绝此条约，要求下旨将李鸿章速逮京师斩首。很快，各省督抚也纷纷上折，提出"请诛议和之人以谢国"。

李鸿章尚在回国途中，却已经成了千夫所指的罪人。船抵天津，署直隶总督王文韶特从保定赶来接他。

李鸿章一见王文韶，眼里却忽然流出泪水，他哽咽着说道："老夫此次赴日本议和订约，致一生事业，扫地无余。"

王文韶劝道："老中堂万莫如此，先到行馆歇着吧。"

李鸿章擦了把泪水道："行馆的后面还有十几间闲房子，烦老哥着人打扫一下，然后把糟糠及孩子们接过来，老夫要在这里住些日子。"

王文韶道："老中堂，您老还要进京复命啊！"

李鸿章苦笑一声："复命一事，只能让犬子经方代劳了。马关约成，虽割地赔银，但总算息了战火。淮军已不成军，海军已不复存在。老夫从此后了无牵挂，是真正到了归籍休致的时候了！"

小红这时小声说道："老爷，咱还是进房歇着吧。您老的身子骨还没全好呢！"

李鸿章默默点了一下头，拄着拐杖在小红和经方的搀扶下，一步步走向行馆。从日本回来后，他自感身心憔悴，万念俱灰。被千夫所指，原本就是意料之中的事，他不想与人争辩，更不想向朝廷表功，他只想在天津静养几天，然后便长告病假，携带一家大小南归故里。

他甚至已经肯定地得出结论，他此次休致，不用过分恳请，朝廷也会答应；他甚至不用上折，朝廷也会勒令他休致。为什么呢？因为朝廷总要找个替罪羊来平息此次订约所引发的众怒。

这个替罪羊既不会是恭亲王，也不会是庆亲王，更不会是皇上，只能是他李鸿章。

但李鸿章此次的猜测却是大错特错了。光绪皇帝既未允准他在天津养疾，慈禧太后亦未许他休致，而是连下二旨，着他速进京师与日本驻华公使林董商订回赎辽东半岛之约。

李鸿章至此才明白，朝廷如此冷酷无情，缘于自己与日本订约的使命尚未完成。

他委盛宣怀去一趟京师，先为自己买下一处宅子，又把王文韶请过来，把身边得力的几名能员推荐给他，嘱他寻机考核，委以重任。

王文韶却道："老中堂，有一个人，下官却拿不准该怎么待他？"

李鸿章笑道："老夫料得不错的话，这个人当是浙江温处道现在小站训练新军的袁慰亭。这个人从朝鲜回来，便一头扎进荣禄的怀里，又到处为翁同龢歌功颂德。他是浙江道员，荣禄和翁同龢，却偏举荐他在天津练军，说他懂兵事。老夫从日本回来已一月有余，直隶境内的大小官员，都来看视老夫，说一两句安慰的话，独他不来见我，大概怕受连累，影响自己的前程吧。咳，此李鸿章，毕竟不是彼李鸿章。淮军光了，海军没了，腰弯了，又学会卖国啦！"

李鸿章终于也没有说出王文韶应该怎样对待袁慰亭。袁慰亭即是前驻朝鲜通商大臣袁世凯，慰亭是他的字。

袁世凯是河南项城人，别号容庵。光绪八年（公元1882年），袁世凯随淮军提督吴长庆入朝鲜，负责前敌营务处，后经李鸿章保举为三品道员。中日因朝鲜起战端，袁世凯由朝回国，实授浙江温处道。在京师引见期间，得兵部尚书总理衙门大臣荣禄与户部尚书军机大臣翁同龢的赏识，被二人密保到天津小站编练新军，圣恩渐好。

李鸿章携眷入住京师以后，稍稍歇息了两天，便开始和林董商议订约的事。

此次中日会商倒不费什么周折，无非是把日本对俄、法、德三国关于辽东半岛的承诺，形成书面文字而已，史称《辽南条约》。约成之后，李鸿章上折告假养疾。光绪帝赏李鸿章两月病假。

李鸿章名为养病，其实并无病，只是闲居而已。能办些事情的直隶总督与北洋通商大臣已被免除，头上只剩顶亮闪闪、耀人眼目的文华殿大学士的桂冠和三根招人眼红却一钱不值的花翎，还有就是每逢出门拜客手里握着的那根紫缰，这些，成了李鸿章此时的资本。

李经方奉朝廷之命赴台湾与日本办理完交割手续之后，也是染病在床，无脸出门见客。台湾百姓恨透了李鸿章，也恨透了李经方。

曾经显赫的李家父子虽同居京师，但显然正在被朝廷忘掉。其间，经方两次请洋医进府，想将留在李鸿章脸颊里的砂弹取出来，却两次遭李鸿章拒绝。这颗砂弹于是就永远陪伴着李鸿章，直至他离开人世。

赵莲虽未随夫入日，但受的打击却比李鸿章还大，已是病得不能起床，眼见着就等阎王来叫了。

小红每日都守在李鸿章的身边，陪他下棋，陪他说话。李鸿章几次劝她去江西度日，她抵死不肯，劝得急了，她便要死要活，就是不肯离开李鸿章半步。小红姑娘成了李鸿章晚年最大的安慰。

李鸿章进京三个月后，便致电云南巡抚崧蕃，求崧蕃给代购几方云南的地产柏木，声明一定要最上等的，价钱不惜。柏木很快运进京师，果然是一等一的好木材。

李鸿章让管家把木铺的好匠手请进府里，精心地打造了两具好寿材。他给夫人做了一口，自然也有自己的一口。

这时的光绪皇帝在翁同龢的指点下，为自己培植了一些力量，形成了以翁同龢为首，翰林院侍读学士文廷式、进士康有为为辅的帝党。而以恭亲王、礼亲王、庆亲王为首的一班王公大臣们，则仍唯慈禧太后的眼色行事，军机大臣李鸿藻、刚毅，体仁阁大学士管礼部的徐桐等一班人，更以懿旨为准，无形中便成了后党。

帝党鼓吹变法强国，后党坚持墨守成规，跟唱戏一般，颇有些他方唱罢我登场的意思，很是热闹。

光绪二十一年（公元1895年）十二月二十七日，李鸿章这一天同往常一样，早饭后先到夫人的房间问问病情，在榻前坐上一会儿，然后便由小红扶着到院子里散步。这时的天气很好，虽有些寒冷，但并不十分冻人。

李鸿章一边散步，一边时而停下来看一眼天空，显得很有兴致。小红见李鸿章的心情不错，不由小声说道："老爷，您老好像特别高兴，奴婢扶您老到街上走走？"

李鸿章笑着摇了摇头，轻声道："红儿啊，老话说，七十三八十四，阎王不叫自己去。你说，老夫过年就七十四岁了，怎么还不死啊？"

小红忙用手捂住李鸿章的口道："老爷，奴婢不想听这话，奴婢还没伺候够您呢！"

李鸿章苦笑一声道："可老夫已经活够了！"

小红正要说话，管家却急匆匆地从方厅里走了出来，说道："老爷，有旨下来，传旨官在方厅呢！"

李鸿章一愣，急忙对小红说道："红儿呀，扶老夫去更衣！"

李鸿章很快便顶戴花翎走进方厅里，传旨官一见急忙高喊一声："圣旨到，李鸿章接旨！"

李鸿章跪倒在地说道："臣李鸿章接旨！"

传旨官展旨读道："据总理衙门钞电，明年四月初，为俄君加冕之期，已派李鸿章为正使，前往致贺。钦此。"

打发走传旨差官，李鸿章用手抚摸着圣旨，不由自言自语道："朝廷还记得我李鸿章吗？"

他当即把府里的拟折书办传进书房，口授《吁辞使俄》一折。

李鸿章出访欧洲

李鸿章的《吁辞使俄折》当日递进宫去，转日便有旨下来。

旨曰："钦奉上谕：李鸿章奏，吁恳收回成命一折，李鸿章耆年远涉，本深眷念，唯赴俄致贺，应派威望重臣方能胜任。该大学士务当仰体朝廷慎重邦交之意，勉效驰驱，以副委托，无得固辞。钦此。"

李鸿章接旨在手，郑重地面北磕了三个响头，然后爬起身来。小红急忙抢前来扶，但见李鸿章眼含热泪，哆嗦着双唇喃喃说道："朝廷既然记得我李鸿章，李鸿章一息尚存，就算爬，也要爬到俄国去！小红，扶老夫进卧房去看夫人。"

李鸿章精神抖擞地来到夫人床前。赵莲一见李鸿章的神情，不由小声问了一句："到俄国去，您答应了？"

李鸿章把赵莲的手抓在自己的手里，说道："朝廷两次下旨，老夫不敢不答应啊！老夫只是担心你的身子骨啊！"

赵莲有气无力地说道："您哪，又开始不服老了！您忽然间变得这么精神，贱妾就料定，您是要走这一趟俄国了。让经方、经述都跟着您吧，还是让红妹替贱妾早晚伺候您。"

李鸿章笑道："你呀，就不用为老夫担心了。你应当记得，古时候的廉颇，八十岁尚能开弓迎敌，老夫过了年才七十四岁呀！离八十岁，整整还有六年！"

赵莲笑着说道："看您这个样子啊，让贱妾想起了史书上的一句话：'长坂英雄尚在！'"

李鸿章一愣，缓缓说道："这句话该改改了，改成'走麦城英雄尚在！'"第二天，李鸿章早朝过后，便第一个到总理衙门去等候恭亲王、庆亲王及荣禄，与他们计议赴俄随行人员的事。

醇亲王已于四年前因病去世了，现在衙门里的领班是恭亲王与庆亲王。恭亲王久历外交自然是头领，庆亲王比不过恭亲王，甘愿做二领。

军机处也是由两位王爷领班，也是恭亲王在先，礼亲王随后。海军衙门已于上月便被裁撤掉了，颁旨的那天，李鸿章特意乘轿赶到海军衙门，把刚刚摘下的匾额放进自己轿里。这块匾额被李鸿章带回府里，单独放置在一间闲屋子里，时时观看。

见过恭亲王等几位王爷后，李鸿章又赶到户部去查验送给俄皇的礼品等事。从衙门下来后刚进府里，又有驻华的各国公使来拜谒，他们声称，秉承国内的旨意，邀他顺路到自己的国家去访问。

从接旨之日到转年三月，李鸿章真正忙得是脚不沾地、手不得闲，一个大年都不得安歇。

光绪二十二年三月十二日（公元1896年4月24日），七十四岁高龄的大清国头等赴俄使臣李鸿章，带上小红姑娘及经方、经述二子，还有一个由他亲自组建的庞大使团，终于由京师起程，踏上了漫漫的欧洲之旅，开始了他有生以来的第一次，也是唯一的一次西欧之行。

他此次出使，不仅是为参加俄皇加冕，还肩负着与俄订约的使命。之后，他还要代表大清国的朝廷，应邀到英、法、美、德等国访问。

行前的三个月时间里，他六次进园子请训，四次蒙光绪帝召见，几乎天天要到总理衙门去见恭亲王，使他这个不是总理衙门大臣的人比真正的总理衙门大臣还忙，以至于把个军机大臣翁同龢气得一连几天在人前叹息："我大清国立国百年，真是没人了！把这么个糟老头子打发出去，不知是去祝贺加冕，还是去给人家添乱！"

为防意外，慈禧太后特遣三名太医随行，俄、美、法等使馆也各派一名医生跟在左右；俄、法、美、英、德五国又各自从使馆里选了三名参赞官做向导。

光绪二十二年三月十八日（1896年4月30日），李鸿章抵达俄都圣彼得堡后，被俄方安排在皇宫附近一家豪华的驿馆里下榻，前后均设置了岗哨和游哨。

日本的伊藤博文也应邀来到俄国，但俄方为他安排的住所不仅远离皇宫，且设施也较为简陋。英、法、美三国的使团住所环境与大清国大体相当。

李鸿章打探到这些消息，不由抚须笑着对捶背的小红说道："倭人就是倭人，他不想比人矮一截都不行。"

俄皇尼古拉二世加冕大典过后，李鸿章即与俄外相吉尔斯议起了订约之事。

当时的李鸿章，胡须与头发已经全白，但头脑清晰，思维敏捷，辩才不减当年，这不能不让吉尔斯感到惊讶。

吉尔斯私下发感慨道："本人到现在才承认，大清国如此腐败透顶，却仍能存在，的确与这个老头子有关！"

一个月后，经反复请旨，李鸿章在莫斯科与俄国财政大臣维特、外务大臣罗拔诺夫为共同防止日本侵略，签订了《御敌互相援助条约》。

当时双方商订的条约内容保密，故该条约又称《中俄密约》，主要内容为：日本如侵占俄国亚洲东部土地或朝鲜领土时，中、俄两国应以全部海军和陆军互相援助，并互相接济军火、粮食；缔约国一方未征得另一方同意，不得与敌方议立和约；战争期间，中国所有岸口均应对俄国军舰开放，中国地方官应尽力供应所需；允许俄国在黑龙江、吉林修筑铁路直达海参崴，由华俄道胜银行承办，并规定由中国驻俄公使与该银行就近订立合同条款；无论战时或平时，俄国均有权通过该路运送军队和军需品；本条约自铁路合同批准之日起，有效期十五年，届期六个月以前，再行商办展期。

当时有人说，李鸿章能与俄签订此条约，是因为事前李鸿章收受了俄方的贿赂。还有人说是因为俄方送给了李鸿章两名美女，俘虏了李鸿章。实际的情况是怎样的呢？

此条约其实是李鸿章未抵俄都时，慈禧太后便指使恭亲王已提前与俄国驻华公使喀西尼谋划好的，李鸿章不过是例行画押钤印而已。这一则是为报答俄国联合法、德二国为大清保住了辽东半岛，一则也是为了防范日本以后的攻击。

日本与俄国都是中国的邻国，依当时大清国的国力，不可能与两国同时为敌，只能联络一方共同防范一方。恭亲王称此举为联俄抗日。

换言之，凭李鸿章当时的财力，俄国需要拿出多大一笔资金才能让他心动呢？

《中俄密约》签字的当天，李鸿章私下感叹："二十年无事，总可得也。"与俄签约后，李鸿章一行又踏上征程，相继访问了德国、荷兰、比利时、法国、英国、美国、英属加拿大等几个与中国交往的欧美国家。

德国之行，让李鸿章见识到，拥有世界上最强大陆军国家的实力；

德国对纵横大清帝国外交舞台四十余年的李鸿章，也是充满仰慕之情。李鸿章一行到德国的当天，德国外交部便向他赠送了“红鹰大十字头等宝星”，该勋章也是德国首次授予一名外国人。为了一睹德国铁血宰相的风采，李鸿章特地乘车赶到汉堡拜会了俾斯麦。

礼毕，李鸿章通过翻译向俾斯麦询问：“何为国家富强的良策？”

俾斯麦笑着回答：“练兵为第一要务。”闻听此言，李鸿章微微颔首。告别俾斯麦，李鸿章又到德国最著名的军火及钢铁制造商克虏伯公司参观。

清同治十年（公元1871年），出于海防的需要，李鸿章经奏请，一口气向其定购了328门各种口径的大炮，布防在大沽口、北塘、山海关等炮台，以此来稳固北京城的防务安全。日本侵略台湾的事件发生后，李鸿章又奏请朝廷，向德国购买了“定远”、“致远”、“济远”等船舰。

离开德国时，克虏伯家族委托慕尼黑雕塑家奥托·朗，为这位“东方的俾斯麦”，量身订制了一尊像。铜像李鸿章气质高贵、神情安详，一副标准的东方长者形象。

在法国巴黎的十三天里，李鸿章同样受到隆重的接待和普遍欢迎。向法国总统呈递国书后，为了尽可能多地了解巴黎，在法国官员和保镖的护送下，李鸿章对巴黎的银行、武备学院、皇家动物园、博物院、图书馆和《费加罗报》报社等进行了参观访问。

在荷兰国访问时，在荷兰国王为他在海口浴堂举行的欢迎晚宴上，李鸿章一时兴起，随口吟咏了这样一首诗：“出入承明四十年，忽来海外地行仙。华筵盛会娱丝竹，千岁灯花喜报传。”李鸿章此诗一出，登时博得满堂喝彩。

李鸿章一行随即匆匆赶往拥有世界上最强大海军的英国。他对英国早就心驰神往。在与英国维多利亚女王晤面时，女王向李鸿章颁发了“维多利亚头等大十字宝星”，李鸿章成为首个获此殊荣的外国人。

与女王告别后，在英国都城伦敦的一列火车上，李鸿章坐在椅子上，眼望着车窗外稍纵即逝的景物，再次诗兴大发，随口吟道：“飘然海外一浮鸥，南北东西遍地球。万绿丛中两条路，飙轮电掣不稍留。”

李鸿章以大清国第一名臣的身份游历欧美各国，引起各国上至皇室下至黎民的极大兴趣。他每到一个国家，人们无不争相一睹风采，争相与他合影留念，以至海外出现李鸿章热。

大清国四十年里，凡与各国签订的条约中，几乎大半出自这个人的手笔。在各国当中，有的官员可能不知道大清国，但却都知道李鸿章。他已被世界各国公认为唯一能代表大清国的最具有权威的人物。

著名的欧洲雕塑家F．R．Kaldenberg，在李鸿章访问欧洲各国不久，便雕刻了一件名为“当今天下三大老”的巨幅三人雕像作品。该雕像排在左面的是德国首相俾斯麦，中间坐着的则是李鸿章，李鸿章右面则是英国首相格兰斯顿。

毋庸置疑，在西欧各国人的心目中，李鸿章已进入著名首相的行列。李鸿章访问欧洲也引起日本朝野的极大关注。得知李鸿章访问结束，回国途中即将路过日本横滨的消息时，日本天皇带着首相伊藤博文以及陆奥宗光等大臣，早早便候在岸边，迎接李鸿章的到来。

横滨是李鸿章一行的中转站，李鸿章需要上岸后换乘轮船才能继续前进。轮船已经早早地停在岸边，但当李鸿章走出船舱时，看到是日本横滨，却抵死不肯上岸。

见李鸿章走出船舱，岸上登时礼炮齐鸣，日本天皇和首相伊藤博文，急忙向他友好地挥手致意。李鸿章却把脸扭向别处，看也不看。

船上的人没有办法，只好在两艘轮船之间架了一块木板，木板下又有多名水手托着。已经七十五岁高龄的李鸿章，竟然在这浮桥之上，手拄拐杖，迈着蹒跚的步子，一步一挪地走了过去。

岸上的所有日本人都看呆了。

十月中旬，李鸿章一行人众兴高采烈地回到京师。

这次欧洲之行，李鸿章见识了现代文明的光芒，不仅“博考诸国致政之道”，还参观考察了一些国家的轮船制造业、厂矿企业乃至一些市政设施，他更加坚信：“至于根本计，尤在于变法自强。”

此次欧洲之行，勾起了李鸿章再造辉煌的雄心和野心。归国的途中，他甚至已经罗列出了大清国与这些国家的差别和自己以后几年奋斗的目标。

但他回到京师不过五天，见到大臣们互相提防的举止，两党异常激烈的口舌之战、争权之战，加之慈禧太后的不冷不热和光绪皇帝的幼稚无知，使他刚刚勃发的雄心，很快便消失得无影无踪。

为什么大清国经过许多人的努力还如此贫弱？这个困扰了李鸿章几十年的问题，现在总算被他寻到了答案。

回到京师的当日，他先将各国首脑送给皇上、皇太后的礼品，拿到总理衙门交割了一番，随后便是皇上、皇太后的召见，各大臣的问候、请酒，整整闹哄了十几天才安稳下来。

朝廷先是赏他两月的假休养，假满之后又授他总理衙门大臣，他却没有去衙门办事的心绪。他看不惯庆亲王那张贪婪的嘴脸，更不愿与翁同龢坐在一起喝茶。

恭亲王已不再是以前的恭亲王，他现在什么事情都不肯做主，只会一趟趟进园子去讨主意。

李鸿章除了继续告假以外，实在没有别的办法好想。

光绪二十三年（公元1897年），诏授李鸿章充武英殿总裁。这又是个闲职，李鸿章照样可以坐在府里办公事。

光绪二十三年（公元1897年）底，直隶怀来县知县吴永进京公干，到李府来拜望李鸿章。吴永是曾国藩的孙女婿，是曾纪泽的女婿，字渔川，籍隶浙江吴兴。初从侍郎郭嵩焘习古文义法，经郭举荐入曾纪泽幕，后来为李鸿章办理文牍。李鸿章赴日议和及赴俄参加俄皇加冕大典，吴均伴左右，回国不久得赏七品顶戴补授怀来知县。

得知吴永来到，李鸿章非常高兴，命人把吴永请到自己的书房落座，又沏了最好的茶招待。

礼毕，李鸿章让小红去陪夫人赵莲说话。小红见李鸿章兴致这么高，忙对吴永说道："老爷已许久没这么高兴了。他见了您，亲哪！"

李鸿章笑道："老夫一见到渔川，就想起了劼刚，想起了恩师。老夫要和渔川好好叙叙旧。"

小红出去后，又特意交代下人："老爷今儿不见客。"

吴永重新落座，笑道："老中堂，听大少爷说，您眼眶的那颗砂弹，一直没取出来。这不行啊，应该取出来呀。"

李鸿章笑道："老夫都这个年纪了，取不取出来又能怎样呢？老夫已打定主意，这颗日本人送给的砂弹，老夫要让它陪我进棺材！"

李鸿章端起茶碗喝了一口，又慢慢说道："渔川哪，说起来呢，老夫活成这样也算值了。你想啊，老夫少年科第，壮年戎马，中年封疆，晚年洋务，一路扶摇直上，历经官场风波，遭遇弹劾800多次，但从未被人扳倒……现在发生中日交涉，至一生事业，扫地无余，如欧阳公所言：'半生名节，被后生辈描画都尽。'环境所迫，无可如何。"

吴永忙道："老中堂，话不能这么说。有些事情，您老也是迫不得已呀。事外哪知事内的艰难啊！"

李鸿章仍按自己的思路讲话："功计于预定而上不行，过出于难言而人不谅，此中苦况，将向何处宣说？"

李鸿章忽然扶杖站起身，一边踱步一边说道："老夫办了一辈子的事，练兵也，海军也，都是纸糊的老虎，何尝能实在放手办理？不过勉强涂饰，虚有其表，不揭破犹可敷衍一时。如一间破屋，由裱糊匠东补西贴，居然成一净室，虽明知为纸片糊裱，然究竟决不定里面是何等材料，即有小小风雨，打成几个窟窿，随时补葺，亦可支吾对付；乃必欲爽手扯破，又未预备何种修葺材料，何种改造方式，自然真相破露，不可收拾，但裱糊匠又何术能负其责？"

吴永怕李鸿章累着，慌忙扶他坐下："您老快喝口水，歇歇气。其实天下人都知道，这大清国若无您老支撑着，说不定什么样呢！"

李鸿章坐下，仍谈性不减："言官制度，最足坏事。故前明之亡，即亡于言官。此辈皆少年新进，毫不更事，亦不考究事实得失、国家利害，但随便寻个题目，信口开河，畅发一篇议论，借此以出露头角；而国家大事，已为之阻挠不少。当此等艰难盘错之际，动辄得咎，当事者本不敢轻言建树；但责任所在，势不能安坐待毙。苦心造诣，始寻得一条线路，稍有几分希望，千盘百折，甫将集事，言者乃认为得间，则群起而讧之。朝廷以言路所在，又不能不示加容纳。往往半途中梗，势必至于一事不办而后已。大臣皆安位取容，苟求无事，国家前途，宁复有进步之可冀？"

吴永道："中堂言至此，令晚生想起许多事。"

李鸿章以杖顿地："天下事，为之而后难，行之而后知。"

吴永在李府一住三天。三天里，李鸿章饶有兴致，每天都与他谈上一个时辰。

吴永回到怀来后，仍对人唏嘘感慨不止："想不到，老中堂辉煌一世，晚年竟如此孤寂！"

变法失败

光绪二十三年（公元1897）底，李鸿章七十五岁，蒙慈禧太后特恩，免带领引见，以示敬重有功老臣。

李鸿章的身子骨却已大不如前，写字开始手抖，久坐腿便发麻，又添夜里咳嗽一症，在日本受的枪伤亦开始隐隐作痛。

李鸿章直到这时才真正感觉到，自己去日无多了，该料理一下后事了，于是便让大女婿张佩纶代笔，口述了一篇《年迈多病恳恩休致》的折子。

张佩纶期满回京后，经盛宣怀作伐，与李鸿章的大女儿结为连理，成了李鸿章的东床快婿。每日除了看书写字，便是替李鸿章料理家务，已与从前判若两人。

折子递进宫去，光绪皇帝未及看完便道："这个李鸿章早就老糊涂了，他却才提出休致！"他拿起笔来，刚要写上"照准"二字，却忽然发现有些不妥；李鸿章毕竟不同于其他的老臣，准不准他休致，休致后该给哪些恩典，必须得园子里的人说话才行。

光绪帝不很情愿地把李鸿章的折子递进园子。慈禧太后看了李鸿章的折子，整整思考了一天，才发出话来："李鸿章还没到图清闲的时候，赏他半年的假吧。"

光绪帝不敢违拗，只好让军机处拟旨照办。

光绪二十四年正月初二（公元1898年1月23日），光绪帝摆驾园子来给太后请安，顺便讲了一下明天总理衙门王公大臣向康有为问话的事。太后不由问了一句："总理衙门都有谁参加呀？"

光绪帝答道："有庆亲王、翁同龢及一班军机大臣。"

太后又问："有没有李鸿章啊？"

光绪帝答道："李鸿章正在假中养病。"

太后便道："有病听听也碍不了什么事。李鸿章是文华殿大学士，又是总理衙门大臣，这么大的事情，没有他怎么行呢？"光绪帝没敢言语，当晚就拟出旨来，着李鸿章明日一早，到总理衙门同其他王公大臣们一起向康有为问话。

正月初三（1月24日），李鸿章奉命来到总理衙门，同着庆亲王、翁同龢等一班王公大臣，开始向康有为问话。李鸿章坐了半晌，发现问话的始终都是翁同龢一人，其他王公大臣同他一样，只是张着耳朵听，嘴却闭得很紧。康有为始终都是侃侃而谈，全不把一班王公大臣放在眼里。仿佛天底下只他一个大才，只他一个会说话，其他人只配坐着听他滔滔不绝，很像以前的张佩纶。

问话刚一结束，李鸿章也不及同其他人打招呼，只小声对庆亲王、礼王说了一句："下官病得厉害，不能再坐了。还望两位王爷，能体谅下官的苦衷。"

李鸿章乘轿回府，始终未对康有为的话置一词。自打恭亲王年初因病去世后，李鸿章在京师已找不到说话之人。

是年四月二十三（公元1898年6月11日），光绪帝颁诏天下宣布变法维新，并着康有为在总理衙门章京上行走，特许其专折奏事。随后又下一旨，诏侍读杨锐、中书林旭、主事刘光第、知府谭嗣同参与新政。

变法维新、推行新政的大意是：经济方面设立农工商总局，开垦荒地，提倡私人办实业，奖励新发明、新创造，凡著新书、创新法、制新器等各种有利生产发展者，即赏给官职，或给予专利；设立铁路、矿务总局，修筑铁路，开采矿产；设立全国邮政局，裁撤驿站；改革财政，编制国家预算；取消旗人的寄生特权，准其自谋生计。文教方面改革科举制度，废八股，改试策论；设立学堂，提倡西学，开办京师大学堂，下令各省府、厅、州、县，将现有之大小书院，一律改为兼习中学西学的学堂；设立译书局，翻译外国新书；允准创立报馆、学会；派人出国留学、游历。政治方面删改则例，裁汰冗员，撤销闲散重叠机构；许大小臣民上书言事，严禁官吏阻格。军事方面严查保甲，实行团练，裁减旧军，重练海军和陆军。

李鸿章把光绪帝颁布的这道《明定国是诏书》反复读了四遍，仍未着一言。李鸿章以为，八股已非举贤善举，是有识之士早已认识到的，而设立译书局，派人出国留学，设立铁路、矿务局，大兴洋务等项，又是他与恩师曾国藩曾经办过的。裁减旧军，重练海军和陆军等项，其实也是他一直所倡导的。他此次不着一言，是因为他知道，大清国从同治元年（公元1862年）开始，便只有皇太后而没有皇上了，此次也不可能例外。李鸿章这次又料个正着。

光绪帝《明定国是诏书》颁布的第四天，慈禧太后便饬令光绪帝连下四道谕旨：一旨是将军机大臣总理衙门大臣户部尚书帝师翁同龢，以老朽昏庸罪开缺本兼各职，勒令休致。一旨是以后二品以上大员但授新职，均须到颐和园皇太后面前谢恩。一旨是署直隶总督王文韶升协办大学士实授户部尚书军机大臣，限期克日到京供职。一旨是着兵部尚书总理各国事务衙门大臣荣禄署直隶总督例兼北洋通商大臣，统率董福祥（甘军）、聂士成（武毅军）、袁世凯（新建陆军）三军。

帝党一派自然不肯落后，马上就有宋伯鲁、杨深秀奏劾后党成员礼部尚书总理各国事务衙门大臣许应骙“守旧迂谬、阻挠新政”，光绪帝马上借机下旨将许应骙革职，以此削弱后党的势力。

光绪帝为增加自己一派的力量，听从康有为的建议，旋赏谭嗣同、杨锐、刘光第、林旭四人以四品衔，在军机章京上行走，参与新政事宜。帝、后两党把京师变成了大舞台，争唱主角。翁同龢离开京师后，康有为俨然以帝师自居，每日都红光满面地往宫里跑，风光得不行。

李鸿章着令门上几位下人，每日把大门紧闭，又请会友镖局的镖师看家护院，所有来访者一律不得放入。他则每日坐在书房里，通读史书，偶尔教小红下下围棋，充耳不闻外面之事。

是年八月初一（9月16日），李鸿章突接一旨，让他毋庸在总理各国事务衙门大臣上行走。

他微微一笑，送走传旨官后，仍令人把大门紧闭，照读史书不误。

八月初六（9月21日），李鸿章再接一旨，却原来是光绪帝发布吁请皇太后训政的诏书。

李鸿章接旨后在心里长叹一口气，暗道：“儿皇帝生不如死的日子到了！”他传令门房：“打开大门吧，‘戏’演完了，没事了！”

“戏”果然演完了。原来，就在光绪帝踌躇满志地要大干一场的时候，慈禧太后于八月初五晨，突从园子里赶回紫禁城，直入光绪帝的寝宫，拿走一切文件，喝令太监把目瞪口呆的光绪帝幽禁在中南海的瀛台。慈禧太后临离开瀛台时，曾愤愤地对光绪帝说道：“皇上，你就在这儿实施你的新政吧。”

第二天，慈禧太后便用光绪帝的名义，对外发布吁请皇太后训政的诏书。

第九章
七十七岁东山再起

七十七岁再度崛起

慈禧太后在发布吁请皇太后训政诏书的同时，便下令捕杀谭嗣同、林旭、杨锐、杨深秀、刘光第、康广仁等六人，通缉早已出京师的康有为、梁启超，罢免维新派官员陈宝箴、江标、黄遵宪等数十人，同时下旨宣布，除京师大学堂尚可保留外，废除全部新政。

面对慈禧捕杀康梁余党的旨意，李鸿章暗道："我是决不做刀斧手了"。不久，兵部尚书协办大学士军机大臣刚毅，又上奏严劾休致归籍之原军机大臣翁同龢，称其曾面保康有为，实属昏庸，不能不究。

慈禧太后于是又颁懿旨一道，着将翁同龢即行革职，永不叙用，交地方官严加管束。

渐渐地，大清国又成了过去的大清国，人们以前干什么，现在仍干什么。

光绪二十五年十月（公元1899年11月），李鸿章七十七岁，仍是赋闲相国。虽然他在上年的十一月奉旨勘考了一趟黄河后，便一直告假。

这一天他对赵莲和小红说道："'戏'演完了，该杀的都杀了，该跑的都跑了，该革职的都革职了。恭亲王也不在了，老夫已经七十七岁了，这回可真到了告老还乡的时候了！"

赵莲点头说道："贱妾也觉着，朝廷该让您歇着了。"

李鸿章当夜也说不准是第几次让张佩纶拟恳恩休致的奏稿了，他此次一定要休致了。

折子递进去后，李鸿章便开始安排下人打点行装，希望圣旨到府，便能如期上路，免得手忙脚乱，但朝廷却一点动静都没有。

李鸿章思考了良久，仍然想不出个究竟，只好把张佩纶传进书房，吩咐接着拟恳请休致的折子。张佩纶才高八斗，于此种文字早已经是轻车熟路，没用李鸿章说什么，他便一挥而就。

李鸿章听他读了一遍，便令誊写，他准备第二天一早再递进去；圣旨偏在这时候下来了。

旨曰："李鸿章久历外交，功勋卓著，着为钦差商务大臣，克日起程，前往通商各埠考察商务。钦此。"

李鸿章接旨在手，当夜对夫人赵莲与侍妾小红苦着脸说道："太后怎么还不放老夫走啊！京师没有老夫容身之处啊！老夫官做够了，可还没有活够啊！"

李鸿章一面依例递折辞差，一面苦苦地思考着办法。辞差照例是不准，不过倒许他从容动身办差。

李鸿章苦思不得良策，当夜便去庆亲王府拜见庆亲王，想向庆亲王讨个主意。庆亲王悄悄对李鸿章说："有些人不想休致，但朝廷要勒令他休致；你李少荃想休致，太后可不能随便允准。何也？你是文华殿大学士，又赏有三眼花翎，太后还要你表率百官呢！"

李鸿章苦笑着说道："王爷呀，下官都七十七了。手抖气喘不说，这两腿一跪下呀，没人扶都站不起来了！下官若年轻十岁，也不能这么不识抬举呀。王爷呀，您无论怎么样，得找个机会跟太后说说，放下官南归吧。父母的坟头，都长蒿草了！"

庆亲王笑道："少荃哪，你就打消休致这念头吧。谭文卿今年都七十八了，还是个外官，太后才准他休致。他的圣恩，怎么跟你李少荃比哪？你别说刚七十七，就是九十七，太后也不会放你回籍的。你呀，还是回去，早点动身去考察商务吧，别胡思乱想了。"

李鸿章当晚回到府里，只喝了碗燕窝粥便让小红伺候着躺下。小红见李鸿章没情没绪，不由小声问道："老爷，王爷怎么说呀？您老还非得走这一趟差啊？”

李鸿章听这话没有答言，口里却轻轻地冒出这样一句话来：“太后允准两广总督谭钟麟谭文卿休致了！谭文卿比老夫长一岁！”

小红听得莫名其妙，却又不敢多问。

第二天晚饭后，李鸿章忽然传人备轿，要进园子里去见太后。

李鸿章是免带领引见官员，进见较其他官员方便。施礼毕，慈禧太后徐徐问道：“李鸿章啊，这么晚了，你进园子有什么事吗？想说什么你就说什么，我不怪你。”

李鸿章答道：“禀太后，臣风闻两广总督谭钟麟休致了。臣忽然间，有几句话要对太后讲。”

慈禧太后道：“谭钟麟是休致了。他呀，年纪大了，有些糊涂了。再不让他休致啊，两广非出乱子不可。”

李鸿章答道：“回太后话，太后所言极是。臣连夜赶来，也是想对太后说，两广是我大清的南大门，关系非轻，若没个老成点儿的人去守，定然要出乱子。我大清局面刚好，不能再大意了！广州是通商要地，洋人天天进进出出，稍有不慎，便要有交涉。臣语无伦次，想到什么便说什么，还望太后恕罪。太后若无其他吩咐，臣就此告退。”

慈禧太后忽然道：“李鸿章啊，我看你身子骨不错呀，怎么总想着休致呢？”

李鸿章答道：“回太后话，臣虽老迈，但还不糊涂。臣累次恳请休致回籍，是因为臣不想尸位素餐，还想着为太后干几件实事。太后为大清辛苦了这么多年，尚未道出一个‘苦’字，臣却空食俸禄，有愧呀！”正说着忽然双膝跪倒，边磕头边道：“望太后能体察臣的一片赤胆忠心！”

慈禧太后忙道：“李鸿章啊，你快起来。你说的这些，我心里都知道。你这些年，为大清办的那些事啊，朝廷忘不了，我也都记着哪。”

李鸿章回到府里，一连等了十几天，却仍是没有接到圣旨。他无奈之下，只好乘轿赶到总理衙门，和庆亲王商量动身考察通商口岸的事。

庆亲王却沉思着说道：“少荃哪，你先不忙着动身。两广那里呀，出了点岔子。谭文卿不是休致了吗？上头原本打算放王文韶过去。可今儿，上头又传下话来，说王文韶年纪大了，又不太熟悉交涉的道理，让军机处重新选人。少荃哪，你以为，两广放谁去合适呢？”

李鸿章忙道：“这等军国大事，下官哪敢乱说话呀。不过呀，下官以为，两广非比寻常，是我大清的门户。不放个老成持重的人去呀，恐怕上头不能答应。”

李鸿章当日高兴地回到府里，暗令管家，让下人作速收拾东西，并吩咐张佩纶暗找掮客，力争在最短的时间内把宅子卖掉。

赵莲惊道：“我的爷，看您春风满面，莫不是上头允准您休致了？”李鸿章笑着摆了摆手。

小红小声道：“老爷，如果奴婢没有猜错的话，上头要放您老外任了！是不是？”

李鸿章神秘地一笑道：“圣旨还没下来，说不准。但不管怎样，老夫是决意不肯再在京师住下去了！”

圣旨于当晚便下来了，命李鸿章毋庸考察商务，驰赴广州先行署理两广总督。李鸿章接旨以后笑了。他在京师不过沉寂两年，便以七十七岁的高龄，再度被授以督抚实职，再度崛起，再次成为大清国官民议论的焦点人物。请训以后，李鸿章很快携眷属离京南下。

李鸿章抵达广州的第二天便拜印视事，仿佛又回到了从前。两月后，正逢光绪帝三旬万寿，赏李鸿章穿方龙补服。

李鸿章心情开始日渐开朗，整日满面春风；赵莲受其影响，病情也开始转好，并很快离开了厮守几年的床榻，能操持家务了。

也就在这时，以“扶清灭洋”为口号的义和团开始兴起了，至光绪二十六年（公元1900年）三月，已由山东蔓延到全国各地，京、津一带声势尤为浩大，仅北京城内设坛即达八百余所，许多王爷、贝勒的府里，亦设起神坛。

义和团最早称拳民，兴起于山东一带，后向直隶蔓延，声势并不是很大。

拳民以练习拳、棒为主要活动形式，有的并持符念咒、降神附体，参加者主要是农民、手工业者和其他劳动群众、无业游民，基本单位是坛口、坛场和拳厂，以某一城镇或自然村为基点，各自形成独立的拳团单位。每坛设老师、大师兄、二师兄等名目，主持练拳、指挥战斗及管理日常事务。进入京、津后，拳民统称义和拳，后又改称义和团。义和团提出“扶清灭洋”的口号后，吸引了更多的群众参加，声势这才浩大起来。

山东一带很快便出现多起义和团围攻教堂、焚毁教堂、杀害教民等事件。眼见义和团群情激昂，声势越来越大，加之提出“扶清灭洋”的口号，所有在华洋人登时便紧张起来。

是年四月，英、法、美、德等国公使，联合照会总理衙门，限令在短期内将声势浩大的义和团“剿除净尽”，随后各国政府以“保护使馆”为名，开始陆续派军队进入京、津一带驻防。但总理衙门并没有向各国公使表明态度，盖因御前会议还没有作出决断，慈禧太后还没最后拿定主意。她在等待山东巡抚毓贤的奏折。

毓贤字佐臣，监生出身，内务府正黄旗汉军。以同知纳资为山东知府。光绪十四年（公元1888年），署曹州，旋实授。累迁按察使，权布政使。光绪二十四年（公元1898年），调补湖南，署江宁将军。光绪二十五年（公元1899年）初，山东兴起大刀会，围攻德国教堂，有多名会民被打死，教堂亦有二教士亡。巡抚李秉衡为此被革职，命毓贤代之。毓贤莅任，大刀会已改称义和拳，并提出“扶清灭洋”口号。毓贤闻而壮之曰：“神人共愤，灭洋人必矣。”因嫌其名不雅，乃改称“义和团”，允建旗帜，皆署“毓”字。

毓贤为什么要这么做呢？说起来也极其简单，他想借义和团之力剿除在华洋人。毓贤的奏折终于抵京了。

毓贤在折中这样写道：“窃思东省民教不和，实由近来教堂收纳教民，不分良莠，奸民溷入教内，即倚教堂为护符，鱼肉良懦，凌轹乡邻，睚眦之嫌，辄寻报复。又往往造言倾陷，或谓某人将纠众滋扰教堂，或谓某人即是大刀会匪。教士不察虚实，遂开单迫令地方官指拿，地方官或照单拘拿惩责，百姓遂多不服。结怨既久，仇衅愈深，外匪趁机构煽，以抱怨复仇为名，因以闹教生事。其中固难保无被诱之拳民，然亦有拳民绝不与问者，固不能概诬拳民以闹教之名也。”折子又说：“近年来东省办理洋务交涉，多以迁就了事，每接彼族指拿之信，大半逢迎教士，曲从其意。彼族得步进步，其气愈骄，动辄挟制，反谓虐待教民。奴才遇事斟酌，小事迁就，以顾大局。至遇彼族来信指拿之人，必饬地方官先行查明，方能究办。伏查东省民风素强，民俗尤厚。际此时艰日亟，当以固结民心为要图。百姓幸知尊亲大义，愈见朝廷深仁厚泽之所感孚。”

毓贤的折子还在途中的时候，山东的义和团已经被巡抚衙门所利用。他们口里喊着“扶清灭洋”的口号，手里举着绣有“毓”字的大旗，围教堂，杀洋人，闹得轰轰烈烈，甚是了得。

慈禧为何突然向八国宣战？

慈禧太后思虑再三，没敢贸然决断，按照惯例着军机处给各地督抚拟发询旨，旨后自然附有毓贤折子的抄件。

李鸿章接读毓贤折子的时候，已经知道了毓贤在利用义和团围攻教堂、打杀洋人的事，不由大惊失色。他一面大骂毓贤误国，一面紧急上奏朝廷，先说毓贤糊涂，应革职拿问，又请求朝廷认清形势，不可为谬论所误，应速派官军征剿义和团。李鸿章认为民团不可恃，恃必误事乃至误国。

李鸿章的折子到京不久，湖广总督张之洞、两江总督刘坤一联衔的奏折亦飞到太后的案头，张之洞、刘坤一也不同意毓贤的做法。慈禧太后愈发不得主意。

六月十日，英、法、日、俄、德、意、美、奥八国，经过商量，组成两千余人的联军队伍，推举英国海军中将西摩尔为联军司令，由天津出发，乘五列火车，向北京进发，欲动用武力逼迫清政府表态。

消息传出，义和团马上行动，先是拆毁进京铁路，又组织大量部众，拎了长矛大刀，沿途进行阻击，迫使八国联军在廊坊一带受阻，义和团愈加斗志昂扬。

这时，集结在大沽口外军舰上的各国军队，又组织新的联军，并突然袭击大沽炮台。炮台守军奋起迎战，经过激战，虽义和团也派了部众配合官军作战，又是念咒又是喝符水，但炮台最终还是陷入敌手。

但天津义和团马上联合当地官军，进攻当地紫竹林租界，廊坊的义和团也开始联合当地的官军，向西摩尔的联军发起攻击，致使西摩尔不得不率众败逃天津。

义和团在廊坊取得的胜利，使体仁阁大学士徐桐的双眼登时一亮。消息传进京师时天色虽已很晚，他仍让下人提了灯笼，乘轿赶进园子里，跪在太后的面前说道："太后，毓贤说得对！际此时艰日亟，当以固结民心为要图。杀洋人的时候到了！杀洋人的时候真的到了！"

太后一听这话，精神很快一振，不由反问一句："难道这义和团，当真是洋人的克星？"

徐桐连连说道："义和团刀枪不入，洋人当真被他们制住了！"

太后马上便高喊一声："快传所有在京的王公大臣们到园子里来议事！看样子，这李鸿章真是老了！张之洞、刘坤一也糊涂了！"

一班王公大臣连夜赶紧跑进园子里，继续着白天没有议完的话题。

接替恭亲王出任总理衙门大臣领班的端郡王载漪第一个说道："禀太后，奴才以为徐中堂说得对。我大清受了洋人这么多年的气，该到头了。奴才听打探消息的人回来讲，义和团战前都喝符水，交战当中默诵'刀枪不入口诀'，果然让洋人的枪炮都失了效力。义和团当真是洋人的克星啊！"

军机大臣刚毅这时也道："禀太后，奴才奉太后懿旨，赴涿州等地察看义和团虚实，义和团果然像端王讲的那样，当真把洋人杀惨了！我大清此时，正可借义和团的力量，把洋人全部斩尽杀绝！把洋人全部赶出国门！"刚毅话毕摩拳擦掌，仿佛他自己已然成了义和团的一员。

就在当晚，慈禧太后作出了同时向八国宣战并攻打各国驻华使馆的决定，并将反对宣战的徐用仪、许景澄、袁旭等人处死。

宣战诏书由军机章京连文冲拟就。

大意是：我大清立国二百多年，从来都是友好地对待各国。尤其道光、咸丰年以后，各国要求到我国经商、传教，我国都同意了。哪知洋人欲壑难填，三十年来，竟然累累欺凌我国家，侵犯我土地，蹂躏我人民，勒索我财物。朝廷稍加迁就，他们却越来越嚣张。小则欺压平民，大则侮慢神圣，真正是可忍孰不可忍也。我国赤子深埋仇恨，所以才有焚烧教堂、屠杀教民之事发生。就是在这种情况下，怕我国人民受到伤害，朝廷仍然不想开衅，同时降旨，保卫使馆，不要和教民械斗。可以说，朝廷已经对洋人仁至义尽了。但洋人不仅不感激，反而要挟更甚，昨日竟然发来一个照会，命令我军退出大沽炮台，把炮台交给他们看管，否则便武力夺取。真是欺人太甚！我国与各国相交，均是以礼相待。但洋人靠着自己船坚炮利，累累相逼，执意与我决裂。三十年来，皇帝视百姓如子孙，百姓也真心拥戴皇帝。皇帝今日涕告我朝列祖列宗，与其苟且图存，莫若大张挞伐，和洋人一决雌雄！皇帝连日召见大小臣工，定下作战方针。我大清泱泱大国，有二十余省，人民多达四亿，个个神勇，人人敢死。值此决战关头，凡同仇敌忾、陷阵冲锋，或仗义捐资者，朝廷将破格给予奖赏；若苟且偷生、临阵退缩，或甘心从逆，充当汉奸者，即可诛杀，决无宽贷。

宣战诏书在向各国公使馆递交的同时，亦用圣旨的形式紧急发往各省。徐用仪临刑前仍让行刑官给太后捎话："民团不可深恃，外衅不可轻启。"

许景澄至死都坚持认为："攻杀使臣，中外皆无成案。"袁旭反对宣战的理由只有一条："衅不可开。"

慈禧太后将这几个人统统打成"任意妄奏"、"语多离间"的乱臣贼子，一律杀无赦，然后便在发布宣战诏书的第二天，着令庄亲王载勋、协办大学士刚毅、右翼总兵载澜、左翼总兵英年、端郡王载漪等人，统带神机营及京师所有义和团部众，围攻位于东交民巷的各国驻华公使馆。载勋等人为尽快消灭洋人，竟在京城各要道发布告示，称：杀一名洋人者赏银五十两，杀一名洋妇者赏银四十两，杀一名洋孩者赏银三十两。

整个京城于是疯狂了！先是德国驻华公使克林德在去总理衙门的途中被戕杀，随后又有多国公使馆员弃死于非命。消息传到德国，德国政府连夜派陆军元帅瓦德西率军，乘兵船赴华找大清国拼命。

大清国的宣战诏书震惊了世界，大清国下令围攻使馆的做法亦让各国为之瞠目，同时，也惊呆了李鸿章。

李鸿章未及传旨差官将圣旨读完便晕倒在地，苏醒后，他说的第一句话便是："这是哪个混蛋给上头出的主意啊？我大清连一个小小的日本都抵挡不住，竟然要向八国宣战。这是要自取灭亡呀！"

宣战诏书的公布，乐坏了体仁阁大学士徐桐。徐桐抚须对一班大臣说道："老夫总算在有生之年看到了这一天！老夫有福啊！"

慈禧太后对八国宣战的同时，又严令各地督抚，配合当地义和团，对境内洋人大力围剿，克期殄灭！

山东巡抚毓贤在接旨的当天，便着抚标军配合义和团围攻教堂，将数十名传教士杀死。

洋人开始疯狂了，八国联军攻陷天津城后，各国又紧急从各自的国家增派兵员，很快便集结两万余名组成又一支联军，推瓦德西为帅，沿运河两岸向北京推进，立誓要把大清国的都城打烂。慈禧太后有些害怕了，急命毓贤回京供职，电令袁世凯速赴山东署理巡抚。

但南方各省督抚却没有马上行动，他们纷纷致电文华殿大学士两广总督李鸿章，请求办理方针，其中，两江总督刘坤一、湖广总督张之洞、云贵总督崧藩、闽浙总督许应骙，以及即将署理山东巡抚的袁世凯等，还派了专人驰赴广州，盼李鸿章能早日拿出主意，究竟是奉旨还是不奉旨。

李鸿章着令电报局给各督抚发报称："想亡国即奉旨，不想亡国就派兵保护教堂，保证在华洋人的生命财产安全。"

时间不长，英国怕义和团运动危及该国在长江流域的利益，又暗中指使其驻上海总领事霍必澜，策动督办卢汉铁路大臣盛宣怀从中牵线，联络两江总督刘坤一、湖广总督张之洞等，由上海道余联沅出面，与各国驻上海领事取得谅解，制订《东南保护约款》和《保护上海城厢内外章程》。史称"东南互保"。

消息传开，不仅两广参加了互保，连山东、浙江、福建也加入了进来。李鸿章参加互保的当日即致函各国驻广州领事馆，称："此次宣战纯系朝廷受人愚弄，大清国并非真心与各国为敌，实属误会。"李鸿章这么做，显然是在为议和留后路。

结果再次被李鸿章言中，宣战诏书仅仅发布了五天，慈禧太后便紧急下旨收回成命，宣布停止围攻各国使馆，并令官军转而配合洋人镇压义和团，并以光绪帝的名义，向各省督抚及驻外使节发布圣谕称。

同日，慈禧太后又用光绪皇帝的名义紧急向各省发布《罪己诏》。

《罪己诏》全文如下：

“我朝以忠厚开基二百数十年，厚泽深仁，渝浃宇内，各有尊君，亲上效死，勿贰之义。是以荡平逆乱，海宇又安。皆赖列祖、列宗文谟武烈，迈越前古，亦以累朝亲贤，夹辅用能，宏济艰难。迨道光、咸丰以后，渐滋外患。赖庙谟默运，卒能转危为安。朕以冲龄入承大统，仰禀圣母太后懿训，于祖宗家法，恭俭仁恤，诸大端未敢稍有伪饰，亦薄海臣民所共见、共闻，不谓近日衅启，团教不和，变生仓猝，竟至震惊。九庙慈舆播迁，自愿藐躬，负罪实甚。然祸乱之萌匪，伊朝夕果使大小臣工有公忠体国之忱，无泄沓偷安之习。伺至一旦败坏若此，尔中外文武、大小臣工无良俱在。试念平日之受恩遇者，何若其自许忠义者！安在今见国家阽危若此，其将何以为心乎？知人不明，皆朕一人之罪。小民何辜，遭此涂炭！朕尚何所施其责备耶？朕为天下之主，不能为民捍患，即身殉社稷，亦复何所愿惜！敬念圣母，春秋已高，岂敢有亏孝养！是以恭奉銮舆，暂行巡幸太原。所幸就道以来，慈躬安健无恙，尚可为天下臣民告慰！自今以往，斡旋危局，我君臣责无旁贷。其部院、堂司、各官着分班速赴行在，以资整理。庶务各直省督抚更宜整顿边防，力固边圉。前据刘坤一、张之洞等奏，沿海、沿江、各口商务照常如约保护，今仍应照议施行，以昭大信。其各省教民，良莠不齐，苟无聚众作乱情形，即属朝廷赤子，地方官仍宜一体抚绥，毋得歧视。要之国家设官，各有职守，无论大小，京外文武咸宜，上念祖宗养士之恩，深维群辱臣死之义，卧薪尝胆，勿托空言。于一切用人、行政、筹饷、练兵在出以精心，视国事如家事。毋怙非而贻误公家，毋专己而轻排群议，涤虑洗心，匡予不逮。朕虽不德，庶几不远，而复天心之悔，祸可期矣！将此通谕知之。钦此。谨转。”

紧急议和

慈禧太后尽管已收回宣战诏书，但八国联军却不依不饶，一路推进，于十日后，将北京城门打破。

慈禧太后无奈之下，只好携带光绪帝和一班王公大臣仓皇离京，命庆亲王与几位大臣留京应付局面。临行前，慈禧太后仍在问刚毅："刚毅呀，你不是说，亲眼看见义和团刀枪不入吗？怎么这么不禁打呀？"

刚毅拖着哭腔说道："回太后的话，奴才看见活着的义和团，千真万确是刀枪不入，但奴才后来见了死去的义和团，那身子被打得都成了筛子眼儿了！"徐桐恰在这时也拎着个包袱，在儿子的搀扶下挤进了逃跑的队伍。

慈禧太后一见徐桐，马上止住脚步，喝令李莲英把徐桐召到面前，冷笑着说道："徐桐啊，你不是自诩有福吗？你的心愿都了了，你还活着干什么呀？"

徐桐身子发抖，一声也不敢吭。慈禧太后大喝一声："你们爷俩去死吧！"扔下这句话，慈禧太后上车离去。

李莲英见徐桐父子颤抖着身子发愣，不由笑着说道："你们爷俩怎么不领旨谢恩哪？"

徐桐和儿子急忙对着车驾跪倒，边磕头边道："臣领旨谢恩！"父子二人快速返回府里，转眼间双双吊死。

慈禧太后逃出京城做的第一件事，便是以光绪帝的名义给文华殿大学士署两广总督李鸿章下旨，调补李鸿章为直隶总督兼北洋通商大臣，并授钦差大臣议和全权代表，驰赴京师，同庆亲王奕劻，与各国议和。

圣旨命专人急交天津电报局快速发出。慈禧太后一行前脚离开京师，八国联军紧接着便打进城来，旋占据紫禁城大肆抢掠。

李鸿章接旨在手，泪如雨下，许久，他仰天长叹道："老夫已经七十八了，此次北上议和，恐怕不会再有南归之期了！谋事在人，成事在天，人斗不过天哪！"

赵莲此时也乱了方寸，除了陪着夫君落泪，已然想不出其他好主意。小红却极其果断地劝道："老爷，您老这回就听一回奴婢的话，向太后告病假吧。洋兵已占据了天津、北京，听说已经杀红了眼。您老此次北上，能有好结果吗？"

小红的一句话，提醒了赵莲，赵莲也忙道："我的爷，红妹说得对。您老此次无论朝廷怎样，也不能奉旨北上！人不能拿头往刀尖子上碰啊！"

李鸿章却擦干泪水，让下人把管家传进房来，吩咐道："你先让他们抓紧收拾一下，把夫人、红姑娘和几个少爷，先送到合肥老宅吧。"

赵莲急道："我的爷，您老这是还要北上啊？您怎么不听劝哪？难道非让贱妾跪下求您吗？"

赵莲话毕双膝跪倒。李鸿章同着小红一左一右扶起赵莲。

李鸿章抚须说道："莲儿啊，人哪，可以无家，但却不能无国呀。老夫既然生在当世，既然活着，就不能眼看着国家灭亡啊！"

赵莲哭道："您此次北上议和，不是还得被人当成卖国贼吗？"

李鸿章苦笑一声道："老夫久历外交，当了无数次卖国贼，多这一次又何妨啊！"

小红见李鸿章北上去意已决，便道："老爷既然这般说，就让奴婢伺候老爷进京吧。"

赵莲一听这话，大受感动，拉过小红的手便呜咽起来。

赵莲很快同李鸿章洒泪相别，在女婿张佩纶的护送下，由水陆赶往合肥。李鸿章在夫人走后的第二天，便带上小红及一队亲兵，连同自己的寿材，登程赶往上海。

就在李鸿章离开广州的当天午后，俄国沙皇尼古拉二世趁大清国混乱之机，下动员令，先后调集近十八万军队，自任总司令，分六路大举入侵中国东北，旋制造海兰泡惨案及江东六十四屯血案。

李鸿章抵达上海的当天，便飞檄直隶提督梅东益等，加紧搜剿直隶境内义和团部众，又紧急约见各国驻上海总领事，请各国总领事向各自国内通报议和之事，并发报给在京师主持局面的庆亲王，询问联军在京师的动态。

各国总领事很快联合照会李鸿章，指出："大清国若想开议，须先将统率拳匪之庄亲王载勋、协办大学士刚毅、右翼总兵载澜、左翼总兵英年及庇纵拳匪之端郡王载漪、查办不实之刑部尚书赵舒翘等一班王公大臣正法，否则不予开议。”

李鸿章马上把各国的联合照会，用电报转奏给正在路途中的皇上及皇太后。

慈禧太后见到李鸿章的电报，当即传出懿旨，着将随行的庄亲王载勋、端郡王载漪先行革除封号，将毓贤革职逮问；又传命下去，让正在病中的协办大学士刚毅自裁。

刚毅未及传旨的人把话讲完，便两腿一伸，小辫子一翘，活活吓死。太后随即命人拟旨，先通报已将庄亲王、端郡王革爵，刚毅已然处死，然后又道：“全权大臣文华殿大学士直隶总督李鸿章，着即将以上各因通报各国，取得谅解，并着无分水陆兼程进京，会同庆亲王商办一切事宜，毋延。钦此。”

李鸿章接到圣谕的当日，又接到庆亲王由京师辗转送来的急函。

庆亲王在信中这样写道：“宗社安危，全在中堂一人。中堂不到京，不能会议。事局非唯难定，且虑各国改易初心。千里蒙尘是何景象！各省无所适从，是何危急！唯公念四朝恩遇之隆，两宫倚畀之重，百官推许之切，天下仰望之殷，迅速北发，拯溺援焚，不胜泣祷。”

庆亲王已是六神无主，眼看着就要急疯了。八月初八日，李鸿章由水路抵津。

当时，天津已被各国军队占据，城门亦由洋兵把守。李鸿章一行在天津登岸时，八国联军在天津设立的天津都统衙门在俄国人的斡旋下已接到指令，允准李鸿章一行入城。

李鸿章进城后，派人骑快马速赴保定先行将钦差大臣关防、直隶总督关防以及盐政印信一并取来，然后又在俄国人的保护下，到天津各处看了看，又连续拜访了一下各国驻天津的领事，这才回行馆歇息。

当晚，李鸿章发起烧来，急得小红一夜当中几次央俄国人请医生来诊脉。到天亮时，李鸿章病势稍轻，恰巧到保定取关防、印信的差官也赶了回来。

李鸿章让小红服侍着勉强喝了一碗参汤，便着人摆上香案接印。李鸿章在接印的当日，便在俄国军队的保护下，抬上棺材，乘上火车出城，带病赶往京师。此次进京，是在俄国人保证其安全的前提下成行的。俄国人肯这么做，自然有其不可告人的目的。

登车前，李鸿章照例给西安行在上《遵旨抵津接印》一折。在折中，李鸿章以很无奈的口吻写道：“伏念臣以衰年膺兹艰巨，当国步艰难之会，正臣下效命之时。现虽敌骑纵横，未允停战，众情叵测，未易撤兵。臣唯有矢以忠诚，布昭信义，因势利导，委曲调停。”

在火车里，李鸿章微闭着双眼，把头斜偎在小红的怀里，喃喃说道：“红儿啊，老夫头晕目眩，心慌气短，怕是进不了京师了！”

小红用手抱着李鸿章那发软的身体，含着眼泪说道：“老爷，您不碍事的。奴婢听郎中说，您老这是急出的毛病，歇一歇就好了。您老听奴婢的话，把眼睛闭上，睡一会儿吧。”

火车于傍晚时分抵达京城，庆亲王带着所有留京王公大臣们全在车站门口迎候。李鸿章被小红扶出车站，睁眼瞧了好大一会儿，才看清庆亲王等人的面目。

李鸿章颤抖着双腿欲行大礼，庆亲王飞身上前一把拖住，连连道：“少荃哪，本王可把你盼来了！你不到，洋人不理睬本王啊！不要说开议，连正经说句话都不行！”

李鸿章嘴唇哆嗦了半天，想说句什么，却没有发出声来。小红这时说道：“王爷，老中堂他一到天津就病了，现在还发着烧哪！”

庆亲王一听这话，大惊道：“怎么偏偏赶在这个时候病了？快快上车回城！回头，本王打发府里的郎中过去给瞧瞧。”

李鸿章当晚宿在贤良寺，庆亲王果然打发了两名郎中过来诊脉、煎药，庆亲王本人也一夜当中两次乘轿到贤良寺看视。

庆亲王对一班留京王公大臣叹息道：“这个李少荃，抬着个棺材进京，也不知是来议和，还是来送死！”一班留京王公大臣除了叹气，无人能说出二话。

李鸿章在贤良寺整整调理了十几天，才渐渐缓过神来。他很快会同庆亲王，走访东交民巷的十一国驻华公使馆，商谈议和之事。

各国公使经反复密商，很快便将一份拟就的惩办凶犯名单送了过来，声称：开议之前，朝廷须先将这些人犯正法，否则不开议。

李鸿章思虑了两天，决定把十一国公使约到一起，询问一下这些名单的来历。

李鸿章对庆亲王说道："不能洋人说什么便是什么。何况，朝廷已将庄亲王、端郡王革除封号，刚毅已被处死，毓贤也被逮问，这已经表明了议和的诚意。如此不依不饶地斩杀臣民，恐怕未等开议，朝廷已把自己的臣民杀光了。这怎么能行呢？"

但庆亲王却连连劝阻道："少荃，依本王看，这件事情，还是先发电报请旨吧。洋人现在整日都忙着往城外运东西，宫里这几年的存货，差不多快让他们倒腾光了。早一天开议，咱就少一天损失不是？"

李鸿章无奈，于是照会八国联军最高统帅瓦德西，声称为请旨方便，京、津沿途驿站及天津电报局须先行交还，由中国派军接管。

瓦德西因忙于在宫里搜寻珍宝，没有理睬此事。李鸿章有苦难言，只好转求德国新到任的公使穆默，由穆默向国内请示后，经穆默向瓦德西转达国内的指令，瓦德西才不得不同意此事。

《辛丑条约》

十月，李鸿章会同庆亲王终于和十一国公使及联军统帅瓦德西坐到桌前谈判，但十一国公使却拿出一份早就协商好了的《议和大纲》摆到李鸿章与庆亲王的面前。

外交团首席公使、西班牙驻华公使葛络干说道："会议之前，请贵国政府批准《议和大纲》。我们已达成一致，贵国不批准这个《议和大纲》，我们便不能坐在一起会议。"

葛络干说完，对其他公使挥了挥手，各公使马上便离席而去。庆亲王与李鸿章面面相觑，不知如何是好。李鸿章把《议和大纲》反手交给身旁的翻译，吩咐道："尽快翻译出来。"随后又对庆亲王道："翻译出来再说吧。"话毕，当先起身。

《议和大纲》很快翻译出来。依大清国办事程序，《议和大纲》先送庆亲王过目，然后再送李鸿章。庆亲王接到《议和大纲》，只匆匆浏览了一遍，也不及送李鸿章阅看，便急忙打发差官，飞马送到天津交电报局拜发。

已逃到西安驻跸[①]的慈禧太后接到《议和大纲》后，一字不易地予以批准。《议和大纲》几乎囊括了各国的要求，包括惩办祸首、禁止军火入口、赔款、允准使馆驻兵、拆除大沽炮台、修订通商行船条约、改总理衙门为外务部、成立督办政务处、推行新政等，共十二款。此十二款《议和大纲》，其实也是十一国即将与大清国会议条约的基础。

光绪二十六年十一月初六（公元1900年12月27日），光绪帝对外发布圣谕，允准《议和大纲》。外交团首席公使葛络干，这才同其他十国驻华公使及联军最高统帅瓦德西，与大清国庆亲王奕劻、议和全权大臣李鸿章及部分留京大臣，坐在一起，正式开始谈判。

光绪二十六年十二月初十（公元1901年1月29日），驻跸西安的慈禧太后继续以光绪帝的名义，按着《议和大纲》的要求，发布《变法上谕》，宣称“维新”。

光绪二十七年三月初三（公元1901年4月21日），西安继续发布圣谕，电告中外：大清国成立督办政务处，诏庆亲王奕劻、文华殿大学士李鸿章、军机大臣荣禄、王文韶、鹿传霖、昆冈等六人为督办政务大臣，负责制订新政各项措施，掌管各地官吏奏章及办理全国官制、学校、科举、吏治等事务。

光绪二十七年六月初九（公元1901年7月24日），大清国宣布改总理各国事务衙门为外务部，班列各部之上，诏文华殿大学士李鸿章为总理事务，原总理各国事务衙门大臣为会办尚书、会办侍郎。

李鸿章上奏以病辞，旋诏庆亲王奕劻总理事务。七月初，议和会议继续最后一项：赔款数额。这是此次议和最关键的一款。

葛络干把一份早经各国协商好的数额，用中英文对照的形式形成书面文字，摆到庆亲王与李鸿章的面前。庆亲王拿起一看，当即离案，扑通跪倒在各国公使的面前，边磕头边道：“求求各位大老爷，放过我大清吧。照各位大老爷提出的数字赔款，我大清非得举国乞讨不可。”翻译不敢照翻这话，众公使不知这庆亲王爷在玩什么鬼花招，全都哈哈大笑起来。

李鸿章已病倒多日，他抱病前来，是因为这赔款一项太重要，关乎

①皇帝后妃外出，途中暂停小住。

大清国的存亡兴衰。他如今见庆亲王跪了下去，也觉着奇怪，不由把各国提出的款额拿到眼前看了看。这一看，他也吓了一跳。原来，各国提出的赔款数额是十七亿五千万两库平银，分十年还清，年息六厘。

李鸿章抚须冷笑道："各位大臣哪，老夫以为，你们提出的赔款数额，是不是太少了呀？十七亿五千万两库平银？一百七十亿两库平银，不是更好吗？"

葛络干冷着脸子说道："李中堂，这是我们各国提出的最低赔款数额。参战的八国每国两亿两，未参战的三国每国是五千万两。这是最公正的分配方案。"

李鸿章望了一眼跪在地上发呆的庆亲王道："王爷呀，您起来吧，您这是干什么呀？"

庆亲王一边起身一边小声道："少荃，本王是被他们吓蒙了！他们这是不想让咱们活命了！"

李鸿章沉吟了一下，忽然长叹了一口气道："葛大臣哪，请您转告各位大臣，我大清现在呀，不要说拿出十几个亿，就是一个亿，都拿不出啊！海军打没了，您再看看我们军营使用的枪炮，早就该换了，就是因为没银子，一直这么挺着。我们这次会议，各国提出的一些条件，我国都照办了，只有这赔款一项，却无法办到。老夫今儿说句不中听的话，我大清已经提前把一百年的进项，都用光了！老夫和在座的大多数公使都熟悉，老夫适才讲的是不是真话，大家心里应该清楚。老夫的话讲完了，各位商量一下看怎么办吧。"

这时，一名差官悄悄走进来道："大人，您老该用药了。"

李鸿章只好起身道："老夫失陪一会儿。等各位商量好了办法，我们再谈。"

差官扶着李鸿章走出去用药。庆亲王急忙尾随出来，小声说道："少荃，他们能削减多少数额呢？"

李鸿章边走边道："这个毓贤哪，他可把我大清害得不轻啊！"

李鸿章不提庄亲王和端郡王，连刚毅等满贵大员也不提，却只提毓贤。毓贤是汉军正黄旗人，是介乎满汉之间的那种人物。李鸿章只能借这样的人，来发泄对朝廷的不满。

庆亲王也只能随着李鸿章叹上一口气，便又重新回到议和桌前。李鸿章用药毕，各国公使果然又议出新的赔款数额，是九亿五千万两库平银，年息仍是六厘，仍分十年还清。

葛络干说道："李中堂，我们给您面子，这样总可以了吧？"

李鸿章笑着说道："各位公使啊，你们听老夫一句话。如果你们以后，还想继续与我大清交往的话，就首先应该想办法让我大清活下去。我大清现在，能拿出九个亿的白银，也就不在乎减少的那八个亿了。各位公使既然肯给老夫面子，老夫就说一个数字。此次赔款哪，我大清只能出到三亿库平银，多一两都拿不出来了。需要多少年还清呢？需要四十五年才能还清。年息哪？只能出到三厘。老夫的话讲完了，各位议一议吧。"

十一国公使自然不肯答应。不答应就只能再议，议来议去，终于议成赔款数额为四亿五千万两库平银，分三十九年还清，年息四厘。

光绪二十七年的七月二十五日（公元1901年9月7日），庆亲王奕劻、文华殿大学士议和全权大臣李鸿章，与十一国公使签订的议和条约，被大清国朝廷批准。因订约年是辛丑年，史称《辛丑条约》。

条约如下：中国赔款银四亿五千万两，分三十九年还清，年息四厘，以海关税、常关税和盐税作抵押；将东交民巷划为使馆界，界内由各国驻兵管理，中国人概不准居住；拆毁大沽炮台及有碍京师至海通道之各炮台，外国军队驻扎在北京和从北京到山海关沿线的十二个重要地区；永远禁止中国人民成立或参加"与诸国仇敌"的各种组织，违者处死；各省官员对所属境内发生的"伤害诸国人民"事件，必须立刻镇压，否则即行革职，永不叙用；外国认为各个通商章程中应修之处或其他应办的通商事项，清政府概允商议，并改善北河及黄浦两水道；清政府惩办首祸诸臣；改总理各国事务衙门为外务部，班列六部之前。

李鸿章在上《和议会同画押折》中，不无痛心地这样写道："臣等伏查近数十年内，每有一次构衅，必多一次吃亏。上年事变之来尤为仓猝，创深痛巨，薄海惊心。今议和已成，大局少定，仍望朝廷坚持定见，外修和好，内图富强，或可渐有转机，譬诸多病之人，擅自医调，犹恐或伤元气，若再好勇斗狠，必有性命之忧矣。"

几乎就在与列强议和的同时，李鸿章还抱病就满洲问题，与俄国驻华公使喀西尼进行单独会谈。

当时，迫于英、日筹议建立反俄同盟，俄国不想过分刁难中国，所以便在谈判初期，同意部分撤军。随后，喀西尼奉国内指示，提出商订交还东北的条件，上授李鸿章为全权大臣与俄商办议约。

但中俄此次的谈判并不顺利，《辛丑条约》签订后，中俄之间尚没有达成协议。李鸿章身心疲惫，病情愈发加重，小红每日都伺候到很晚才睡。

与列强签订《辛丑条约》的第六天，时至夜半，李鸿章经过一阵咳嗽后，好半天才安静下来。小红一边为他捶背、抚胸，一边安慰他。

李鸿章则握着小红的手，有气无力地说道："议和的条约签订了，老夫的大限也该到了。国家的局面坏成这样，老夫已无好办法可想喽，纵使我恩师活过来，恐怕也回天乏术呀。经方、经述、经迈他们几个以后怎样，老夫就不去想了。古话说，儿孙自有儿孙福。至于夫人哪，自然会有人照料。老夫唯一放心不下的，就是你红儿啊！红儿啊，趁现在太后还没有回銮，你明儿就回江西去吧。老夫已让人为你打点好了行装，一应地契、房契等文书，已全部包在里面。老夫让跟了我十二年的一名老差官护送你。你到了江西以后啊，就改个名字，过个一两年呢，再寻个好人家。你若想老夫哪，就抽空到合肥老夫的坟前化张纸。"

小红哭着说道："老爷，您老还是好好养病吧，您老可是与俄国还没有订成条约呢！奴婢该走的时候啊，不用您老撵，奴婢自己就会走的。奴婢要不想走啊，您老撵也没用。"

死不瞑目

光绪二十七年九月十九日（公元1901年10月30日），喀西尼再次把李鸿章约到俄国驻华公使馆，提出国内对撤军一事，又有了新方案。喀西尼说着便将一份用俄中两种文字写就的照会递给李鸿章。

原来，俄国为避免其他国家干涉，又玩弄出了新手法，提出在中俄两国政府间订立撤军条款的同时，中国政府与俄国的道胜银行之间还要订立一份所谓“私方”协定，将俄国在东北所得到的权益，全部移交给俄国道胜银行。

喀西尼在李鸿章浏览该书面照会的时候又特别强调：“我国已明确态度，只有贵国与道胜银行签订了条约，我们两国之间才能签订撤军的条款。”

李鸿章的胸间陡然燃起一团怒火，他把俄国拟就的这份书面照会掷还给喀西尼，冷笑着抚须说道：“喀西尼呀喀西尼，亏你办了这么多年的外交！让我大清把东北交给贵国的一家银行？真不知贵国是怎么想出来的！老夫久历外交，还从来没有签过这样的协定，也从来不敢对这种协定承担责任。老夫有些头晕，要先走一步。”

李鸿章话毕，吩咐随员扶他起来，刚坐进轿里，便吐出一口鲜血，随即昏迷。轿子急驰贤良寺，庆亲王带着一班王公大臣来榻前看视。

李鸿章时而清醒，时而昏迷，间或咳血。小红坐在榻前，两眼流泪，一遍遍用布巾擦拭李鸿章咳出的血痰。

庆亲王紧急给西安发电，通报李鸿章的病情，又派快马赴合肥送信。电报线路此时已全部畅通，圣旨很快来到贤良寺。

李鸿章此时已不能跪接圣旨，由庆亲王领着一班王公大臣跪在榻前听宣。旨曰：“据庆亲王奕劻电称，李鸿章十九夜忽病吐血，次晨尚好等语。览奏深为廑念，该大学士为国劳瘁，务须加意调摄，早日痊愈。现在病情如何？眠食能否如常？即行电奏，以纾垂系。钦此。”

光绪二十七年九月二十七日（公元1901年11月7日），李鸿章经过几日的医治，吐血已止。庆亲王得到通报，忙带了几名王公大臣赶到贤良寺。喀西尼闻讯，也慌忙带上一应随员赶了过来。门外的侍卫把庆亲王等人请进屋里，却以王爷与中堂商量要事为由，把喀西尼等人挡在门外。老奸巨猾的喀西尼不想错过机会，坚持在门外等候。

李鸿章见庆亲王来到，忙让小红把自己扶成半卧状态。李鸿章小声说道："王爷呀，这几日可是累着您了！"

庆亲王忙道："少荃，只要你早日起来，可是比什么都强。"

李鸿章微微点了下头，又小声道："王爷呀，下官病的这几日，倒作成了一首诗。下官想趁现在明白，吟出来，求您老给指点指点。"

庆亲王笑道："既然少荃有此雅兴，本王与一班王公大臣就都洗耳恭听。"

李鸿章闭上双眼，轻轻吟道："劳劳车马未离鞍，临事方知一死难。三百年来伤国步，八千里外吊民残。秋风宝剑孤臣泪，落日旌旗大将坛。海外尘氛犹未息，请君莫作等闲看。"

庆亲王听罢，不由击掌道："好诗！"

这时，一名差官悄悄走进来说道："王爷、中堂大人，俄国驻华公使喀西尼，在门外一直不肯走，坚持请中堂大人在这个条款上画押钤印。"差官随手把几页纸举起来，对着李鸿章说道："喀公使让下官给您老捎话，说您老无论怎样，也要于今日给他回复，如其不然……"

差官话没说完，李鸿章忽然劈手夺过差官递过来的那几页纸，狠命向地面一掷，随后用手指着北面，眼睛望着庆亲王，老泪纵横喃喃道："可恨毓贤啊，误国至此！可惜，下官见不到……"

李鸿章话未及说完便开始吐血，渐无声息。庆亲王急忙喊"少荃，少荃，少荃"，却没有任何回应，待近前看时，见李鸿章头靠在小红的肩膀上，双眼圆睁，泪痕未干，张着口似乎想说什么。庆亲王知道情形不妙，急忙喊人进来，将他的身子放平。

李鸿章的旧属周馥痛哭流涕道："中堂所经手未了事，我辈可以办了，请放心去罢！"听闻此言，已经气绝的李鸿章似乎忽然目张口动。周馥一见，急忙用手轻轻合上他的眼睛。至此，李鸿章走完他七十九岁的传奇人生。

小红顺势跪在榻前，用手抓住李鸿章的手，伤心欲绝道："老爷，您老一心为国，临走也未对家事安排半句。您老一定慢走一步，等奴婢去伺候您！”

小红话毕，忽然对着床榻连磕三个响头，然后便慢慢站起身来，又俯下身子细细地看李鸿章，差不多看了半炷香的时间，这才回身走到庆亲王的面前，从袖里掏出一页纸来，双手递给庆亲王道：“这是老中堂口授的遗折，烦王爷交给皇上、皇太后。”

庆亲王急忙将遗折接过来，埋下头阅读。小红趁庆亲王读遗折的空当，快步走出屋去，直向院外的一根石柱撞去。

院外巡哨的差官大惊，急忙飞跑过来抢救，已是不及，眼见一缕香魂随李鸿章去了。

李鸿章遗折云：“伏念臣受知最早，荣恩最深，每念时局艰危，不敢自称衰病；唯冀稍延余息，重睹中兴，赍志以终，殁身难瞑。现值京师初复，銮辂未归。和议新成，东事尚棘。根本至计，处处可虞。窃念多难兴邦，殷忧启圣。伏读迭次谕旨，举行新政，力图自强。庆亲王等皆臣久经共事之人，此次复同更患难，定能一心緦力，翼赞讦谟，臣在九泉，庶无遗憾。”

庆亲王未及把遗折读完，已然泣不成声。

两道谕旨很快由西安来到京城。

第一道圣旨先行追赠李鸿章太傅，予谥文忠，晋封一等侯爵，入祀贤良祠。

第二道圣旨主要是加恩李鸿章的子孙：刑部员外郎李经述，着赏给四品京堂，承袭一等侯爵，毋庸带领引见。工部员外郎李经迈，以四五品京堂用记名道。李经方着俟服关后，以道员遇缺简放。伊孙户部员外郎李国杰着以郎中即补，李国燕、李国煦均着以员外郎，分部行走。李国熊、李国焘均着赏给举人，准其一体会试。

随后，顺天府府尹陈壁又上《住宅改建专祠疏》，直隶总督袁世凯上《天津奏建专祠疏》，两江总督刘坤一上《江宁奏建专祠疏》，江苏巡抚恩寿上《苏州奏建专祠疏》，工部左侍郎盛宣怀上《上海奏建专祠疏》，安徽巡抚诚勋上《合肥奏建专祠疏》，浙江巡抚任道镕上《浙江奏建专祠疏》，山东巡抚周馥上《山东奏建专祠疏》，河南巡抚锡良上《河南奏建专祠疏》。朝廷一一照准。

两个月后，慈禧太后与光绪帝回銮进京。庆亲王奕劻再上奏疏，奏请在京师为李鸿章建立专祠，称其“不辞劳瘁，掉三寸笔舌以与七八强国数万胜兵相持，绵历岁时，旅千辛万苦卒能使联军撤退，地面交还，宫庙再安，市廛复旧”，“去年之乱为我朝二百余年未有之变，全权大臣持危定难，恢复京辇亦我朝二百余年未见之功。故相以劳定国，以死勤事，又始终不离京城，自非寻常勋绩可与比例”。

因大清立国从不准汉人在京师建有专祠，慈禧太后紧急召王公大臣们商议此事，随后下旨曰：“李鸿章着准于京师建立专祠，列入祀典，由地方官春秋致祭以顺舆情而隆报享，用示笃念，荩臣至意。钦此。”

汉大臣在京师建立专祠，大清开国二百余年，李鸿章是第一人，也是唯一一人。已经逝去多时的李鸿章，再度成为中外议论的焦点人物。

十年后，时任中华民国临时大总统的孙中山先生，一日晚饭后突然与人谈起了李鸿章，竟然发出这样的感慨：“中堂从佐治以来，无利不兴，无弊不革，艰巨险阻，犹所不辞。”

五十年后，新中国开国领袖毛泽东给李鸿章下了这样一句断语：“水浅而舟大也。”水浅而舟大，是褒是贬，后人无从悬揣。

附录1

李鸿章最新年表

纪年	公元	年龄	大事记
道光三年	1823	1岁	正月初五，李鸿章生于安徽合肥县磨店乡，父亲李文安，母亲李氏。
道光八年	1828	6岁	进入父亲开设的棣华书屋读书。
道光十八年	1838	16岁	以县学第一名考中秀才。
道光二十二年	1842	20岁	进京求功名，诗作“丈夫只手把吴钩，意气高于百尺楼；一万年来谁著史，三千里外觅封侯”，蜚声士林。
道光二十四年	1844	22岁	乡试中举，同年与周氏完婚。
道光二十五年	1845	23岁	入京参加会试，拜曾国藩为师。
道光二十七年	1847	25岁	考中二甲第十三名进士，朝考后改翰林院庶吉士。
道光三十年	1850	28岁	赏七品顶戴，实授翰林院编修。
咸丰元年	1851	29岁	因善写奏折，常代人捉刀；同年太平天国运动爆发。

纪年	公元	年龄	大事记
咸丰三年	1853	31岁	二月，奉命随吕贤基赴安徽帮同办理团练。九月，转投安徽署抚福济麾下帮其练勇，因收复和州裕溪口，得福济保举，赏六品顶戴并赐戴单眼蓝翎。
咸丰四年	1854	32岁	因收复含山被福济保举为四品知府衔，并赏换花翎。
咸丰五年	1855	33岁	收复卢州立功。
咸丰六年	1856	34岁	九月，随同福济等先后攻克巢县、和州等地，后叙功赏加按察使衔。
咸丰八年	1858	36岁	因受官场排挤，离开安徽转投恩师湘军统帅曾国藩，为曾国藩办理文案。
咸丰九年	1859	37岁	配合候选知府曾国荃（国荃为国藩九弟）赴景德镇助剿，因功实授为福建延建邵道，仍留曾国藩大营办理文案。
咸丰十年	1860	38岁	因曾国藩奏荐，返乡招募淮勇。
咸丰十一年	1861	39岁	八月，咸丰帝病死，同治帝继位。太平军趁机攻下江苏松江、太仓诸州郡，上海告危。旨令曾国藩酌调兵勇保护上海；李鸿章编练淮军约七千人。
同治元年	1862	40岁	奉曾国藩之命，率淮军抵达上海。六月，因功赏二品顶戴暂署江苏巡抚，十二月实授。
同治二年	1863	41岁	正月兼署五口通商大臣，奏设外国语言文字学馆。遭御史弹劾，被指崇洋媚外。
同治三年	1864	42岁	太平天国败亡。四月，因功赏一品顶戴、骑都尉世职。六月底，锡封一等伯爵并赏戴双眼花翎。

纪年	公元	年龄	大事记
同治四年	1865	43岁	由江苏巡抚升为两江总督。
同治五年	1866	44岁	十月，授钦差大臣接替曾国藩续剿捻党。十二月，东捻平，赏穿黄马褂，加一等骑都尉世职，世袭罔替。年底，回籍省亲。
同治六年	1867	45岁	奏请裁撤剿捻的各路人马，后因西捻为复仇杀了回马枪，建议未被采纳。
同治七年	1868	46岁	被指围堵西捻不力遭处分，后官复原职。七月，赏加太子太保衔实授湖广总督、协办大学士。八月抵京入觐，恩赏紫禁城骑马。
同治八年	1869	47岁	三月奉旨裁勇。四月整治湖南、湖北境内大小书院，奏设书局，又联络浙江、江苏、江宁两省一地合刻《二十四史》。年底，长子经述出生；入川查办吴棠一案，遭人弹劾，被指曲意包庇。
同治九年	1870	48岁	七月开始办理天津教案，八月调任直隶总督，后又兼任北洋通商大臣。
同治十年	1871	49岁	三月，日本国初请通商，代表清廷与日本签约；奏请派幼童留洋遭弹劾。
同治十一年	1872	50岁	为打破洋人垄断中国航运局面，在上海创办轮船招商局。
同治十二年	1873	51岁	正月，次子经迈出生。二月，与大学士两江总督曾国藩、江苏巡抚丁日昌联衔奏选幼童出洋一事，诏准。五月，升授大学士仍留任直隶总督。六月，升授武英殿大学士，成汉官之首。

纪年	公元	年龄	大事记
同治十三年	1874	52岁	调补文华殿大学士，开大清国汉员人主文华殿之先河，成满汉百官之首。
光绪元年	1875	53岁	督办北洋海防事宜；掀起“海防”(沿海布防)与“塞防”(巩固边疆)之争，因主张暂时放弃新疆，遭一百多人弹劾，引来全国骂声如潮。
光绪二年	1876	54岁	六月，被任命为全权大臣与英国驻华公使谈判，签订《烟台条约》后遭弹劾，被人指为卖国贼。
光绪三年	1877	55岁	筹办开平矿务局，遭保守派弹劾，被指破坏大清地脉，居心叵测。
光绪四年	1878	56岁	奏请修铁路，遭“顽固派”反对。
光绪五年	1879	57岁	与来华的美国前总统格兰特会晤。
光绪六年	1880	58岁	在天津创办北洋水师学堂；巴西国请通商，朝廷委派李鸿章为全权大臣与之订约；福建巡抚刘铭传疏请开铁路，李鸿章上奏曰有九便，朝廷许之。
光绪七年	1881	59岁	花200万两巨款向德国订购两艘战舰，命名为“定远舰”和“镇远舰”。
光绪八年	1882	60岁	正月丧母归葬；年底与法国公使在天津签订备忘录。
光绪九年	1883	61岁	中法战争爆发，手握外交、军事大权，因力主和谈遭弹劾，被指“只知言和，船械军垒，何所用之？”
光绪十年	1884	62岁	法国毁约再次进攻，福建水师全军覆灭。翰林院编修梁鼎芬以李鸿章有“六可杀”之罪，上奏弹劾李鸿章，朝廷斥其莠言乱政，将其革职。

纪年	公元	年龄	大事记
光绪十一年	1885	63岁	与伊藤博文签订《中日天津条约》，与法使签订《中法新约》。
光绪十二年	1886	64岁	奏设天津武备学堂(陆军学校)。
光绪十三年	1887	65岁	在天津设宝津局机器造币。
光绪十四年	1888	66岁	北洋海军正式成军，有舰船25艘，以淮军将领丁汝昌为提督。
光绪十五年	1889	67岁	奏请邓世昌为北洋海军中军中营副将。
光绪十六年	1890	68岁	北洋海军提督丁汝昌呈请李鸿章代奏，设立威海水师学堂，学堂建成后占地约两万平方米，这是目前国内唯一一处有迹可寻的水师学堂。
光绪十七年	1891	69岁	二月，检阅北洋海军；奏请筹办关东铁路。会试殿试，与容闳任出卷大臣，并与奕忻出任殿试阅卷大臣。
光绪十八年	1892	70岁	70寿辰，慈禧、光绪赐予厚礼。
光绪十九年	1893	71岁	奏请开设西医学堂。
光绪二十年	1894	72岁	中日甲午战争爆发，清廷海军全军覆没。江南道监察御史张仲炘弹劾李鸿章“腐败、通敌”，十月李鸿章被摘去顶戴，黄马褂也被收回。
光绪二十一年	1895	73岁	正月官复原职，随后赴日议和，谈判期间，遭日本青年枪击，引发国际关注。签订《马关条约》，遭举国唾骂。
光绪二十二年	1896	74岁	奉命出访欧美八国。
光绪二十三年	1897	75岁	出任武英殿总裁。

纪年	公元	年龄	大事记
光绪二十四年	1898	76岁	正月，慈禧皇太后特恩，免带领引见。李鸿章告假养疾。
光绪二十五年	1899	77岁	十一月，署两广总督。
光绪二十六年	1900	78岁	与八国联军艰难谈判。
光绪二十七年	1901	79岁	九月七日签订《辛丑条约》，十一月七日去世。谥号文忠，追赠太傅晋封一等侯，京师设立专祠，列入祀典，由地方官春秋致祭。大清开国直至灭亡，汉大臣在京师建祠的，只李鸿章一人。其功过是非，时至今日，仍争论不休。

附录二
词条解释

学名

院试：由一省的学政主持，专为生员举行的考试，录取者入县学，习惯称秀才。

乡试：三年一科，在一省或几省举行，由皇上钦命主考官、副主考，录取者即为举人。第一名称解元。

会试：即集中举人会试之意，三年一科，在京城举行，共分三场。三场全部通过者还要进行殿试。殿试由皇帝亲自主持。共分三甲，一甲赐进士及第，二甲赐进士出身，三甲赐同进士。第一名称状元。

两榜出身：乡试中举人为一榜，中举人又中进士者为两榜。

官署

翰林院：官署名，掌编修国史、草拟有关典礼的文件等事。最高长官为掌院学士（从二品），属官有侍读学士（从四品）、侍讲学士（从四品）、侍读（从五品）、侍讲（从五品）、修撰（从六品）、编修（正七品）、检讨（从七品）等。

都察院：官署名，是监察、弹劾及建议机关。最高长官为左都御史（从一品），属官有左副都御史（正三品，例由在京部、院大臣兼）、六科掌印给事中（正四品）、御史（从五品）等。右都御史（从一品）例由地方总督兼，右副都御史（正三品）例由地方巡抚兼。

大理寺：官署名，有最高法庭性质，最高长官为大理寺卿（正三品），属官有大理寺少卿（正四品）、大理寺左右寺丞（正六品）、大理寺左右评事（正七品）等。

太仆寺：官署名，掌马政。最高长官为太仆寺卿（从三品），属官有太仆寺少卿（正四品）、太仆寺员外郎（从五品）、太仆寺主事（正六品）、太仆寺主簿（正七品）等。

太常寺：官署名，掌宗庙祭祀事务。最高长官为太常寺卿（正三品），属官有太常寺少卿（正四品）、太常寺员外郎（从五品）、太常寺满汉寺丞（正六品）、太常寺协律郎（正八品）、太常寺汉赞礼部（正九品）、太常寺司乐（从九品）等。

詹事府：官署名，是文学侍从、词臣迁转之阶。原归翰林院，后单设。最高长官为詹事府詹事（正三品），属官有詹事府少詹事（正四品）、詹事府左右春坊庶子（正五品）、詹事府左右春坊中允（正六品）、詹事府左右春坊赞善（从六品）、詹事府主簿（从七品）等。

宗人府：官署名，是管理皇室宗族事务的机构。最高长官称宗人府令（正一品），由宗室王公大臣兼领，属官有宗人府丞（正三品）、宗人府理事（正五品）、宗人府副理事（从五品）、宗人府经历（正六品）等。

吏部：官署名，掌全国文官品秩、铨叙、课考、黜陟和封授等。最高长官为尚书（从一品）、左右侍郎（正二品），属官有通政使司通政使（正三品）、通政使司副使（正四品）、郎中（正五品）、员外郎（从五品）、主事（正六品）等。

户部：官署名，掌财赋、户籍等。最高长官与属官设置同上。

礼部：官署名，掌礼仪、祭祀、贡举、教育等。最高长官与属官设置同上。

工部：官署名，掌各项工程、工匠、屯田、水利、交通等。最高长官与属官设置同上。

兵部：官署名，掌全国武官黜陟、兵籍、军械、关禁、驿站等。最高长官与属官设置同上。

刑部：官署名，掌全国刑狱。最高长官与属官设置同上。

总理各国事务衙门：官署名，简称“总理衙门”、“总署”、“译署”。咸丰十年，清政府为办理洋务及外交事务而特设的中央机构。由恭亲王奕䜣等人奏请，于咸丰十一年一月二十日批准成立。官员分大臣、章京两级。规定由亲王一人总领，实际上是首席大臣，其他大臣则从军机大臣、大学士、尚书、侍郎、京堂中指派兼任，统称总署大臣。

总理海军事务衙门：官署名，简称“海军衙门”，是清政府管理全国海军的机构。光绪十一年十月设立，由醇亲王奕譞为总理，庆亲王奕劻、北洋大臣李鸿章为会办，正红旗汉军都统善庆和兵部右侍郎曾纪泽为帮办。中日甲午战争北洋海军覆灭后，该衙门亦裁撤。

督办政务处：官署名，是清政府为推行新政而设置的办事机关，于光绪二十七年设立。负责制订新政各项措施，掌管各地官吏奏章及办理全国官制、学校、科举、吏治等事务。

外务部：官署名，光绪二十七年设置，取代总理各国事务衙门掌管对外交涉，班列六部之上。设有总理、亲王、会办尚书、侍郎等官。

军机处：官署名，清代辅佐皇帝的政务机构。雍正七年因用兵西北，设军机房，越三年改称办理军机处，简称军机处。于大学士、尚书、侍郎中选拔人员入值，称军机大臣，即大军机。任命时按各人资历分别称为军机处行走、大臣上行走、大臣上学习行走等。下设军机章京，习惯称小军机，掌缮写谕旨、记载档案、查核奏议等。

国子监：官署名，封建王朝的中央教育机构。清代设管理监事大臣，在大学士、尚书、侍郎内特简；次设祭酒、司业；属官有监丞、博士、助教、学正、学录、教习等。在地方设府、州、县学，在京师设国学，以监为学。选入学习者都称国子监生。原有住监课读的规定，后来渐成空文。

上海电报局：原来的大北电报公司，是由丹麦、挪威、英国、俄国四国公使联合创设的通讯机构，垄断大清对海外的收、发电报业务。

同文馆：亦称“京师同文馆”。清末最早的洋务学堂。同治元年为培养翻译人员，由恭亲王奕䜣等奏设，在北京成立，附属于总理各国事务衙门。先只设英、法、俄文三班，后陆续增设天文、算学及德文、日文等班。光绪二十七年，并入京师大学堂。

公使馆：官署名，是国家的驻外机构。最高长官为公使，下设副公使、参赞、武官等。清朝于光绪元年始设。

官名

殿阁大学士：官名，为正一品，相当于宋朝的丞相，由皇上指定分管的部院。

协办大学士：官名，为从一品，地位低于殿阁大学士，高于各部院尚书。

总督：官名，掌一省或几省军民要政，为正二品。兼殿阁大学士者为正一品，兼协办大学士或都察院右都御史、兵部尚书者为从一品。总督侧重于军政。

巡抚：官名，掌一省的军、民、吏、刑各项，为从二品，地位略低于总督。兼都察院右副都御史或礼部侍郎者为正二品。巡抚是侧重于民政的。

道：官名。道员的简称，为正四品。清于各省设道员，类别有二：一类专司一事，如粮道、河道、盐法道等；一类为分守巡道，均辅助布政、按察二使，巡察辖区政事。道员为四品，见到上司不称下官，而是称职道。

公使：官名，亦称星使、使者、使节、大使。是公使馆的主要负责人，有一、二等之分。

参赞：官名。外交官员的一级，是公使的主要助理人。公使不在时，一般都由参赞以临时代办名义暂时代理使馆事务。参赞有一、二等之分，没有固定品级。

总税务司：官名。旧中国统辖全国海关税务的官员。咸丰三年，英、美、法三国乘小刀会起义之机，夺取上海海关行政权。次年，三国领事与清吏吴建彰订立协定，由三国领事各派税务司一人，组织海关税务管理委员会。咸丰九年，英国迫使南洋通商大臣任英人李泰国为总税务司。咸丰十一年总理衙门加委李泰国为中国总税务司。李泰国回国，英人赫德继任，直任至光绪三十四年回国。

官员的称呼

大学士：中堂、相爷。

总督：制军、制台、制宪或督宪。

巡抚：中丞、抚军、抚台、抚院或部院。

布政使：藩台、藩司、方伯。

按察使：臬台、臬司。

提督：军门或提台。

总兵：总镇或镇台。

副将：协镇或协台。

吏部尚书：天官。

礼部尚书：大宗伯。

户部尚书：大司徒或大司农。

刑部尚书：大司寇。

兵部尚书：大司马。

工部尚书：大司空。

左都御史：总宪。

各部左右侍郎：左堂或右堂，自称部堂。

道员：观察或道台。

知府：太守、府台或太尊。

知县：父母或明府。

都察院御史：都老爷或侍御。

官员的服饰及轿饰

大清的官员共分九品十九级。

一品：红珊瑚顶戴（纯红），九蟒五爪蟒袍，仙鹤补服。准乘八人抬绿呢大轿。

二品：红起花珊瑚顶戴（杂红），九蟒五爪蟒袍，锦鸡补服。准乘八人抬绿呢大轿。

三品：蓝宝石及蓝色明玻璃顶戴（亮蓝），九蟒五爪蟒袍，孔雀补服。准乘八人抬绿呢大轿。

四品：青金石及蓝色涅玻璃顶戴（暗蓝），八蟒五爪蟒袍，雪雀补服。准乘四人抬蓝呢轿。

五品：水晶及白色明玻璃顶戴（白），八蟒五爪蟒袍，白鹇补服。准乘四人抬蓝呢轿。

六品：砗磲及白色涅玻璃顶戴（白），八蟒五爪蟒袍，鹭鸶补服。准乘四人抬蓝呢轿。

七品：素金顶戴（白），五蟒四爪蟒袍，鸂鶒补服。

八品：起花金顶戴（白），五蟒四爪蟒袍，鹌鹑补服。

九品：镂花金顶戴（白），五蟒四爪蟒袍，练雀补服。

未入流：镂花金顶戴（白），五蟒四爪蟒袍，黄鹂补服。

监察御史、按察使等监察、司法官员的顶戴、蟒袍均按正常品级，但补服的图形却一律绣獬豸，以示司法公正。

清朝的武官补服上所绣图饰（蟒袍与文官同）

一品：麒麟。二品：狮。三品：豹。四品：虎。五品：熊。六品：彪（小老虎）。七品、八品:犀牛。九品：海马。

清朝文官乘轿，武官骑马。

名词解释

廷寄：清代制度，朝廷给地方高级官员的谕旨不由内阁明寄，而是由军机处密封交兵部捷报处寄往各省，用军机处封印，上书“军机大臣字寄某官开拆”，或“传谕某官开拆”。

谥号：君主时代帝王、贵族、大臣等死后，朝廷依其生前事迹所赐予的称号。

拜印：新官到任后接印时所举行的仪式。

爵位：大清爵位有公、侯、伯、子、男之分。

公：分一至三等公，超品。

侯：分一等侯兼一云骑尉，一等至三等侯，超品。

伯：分一等伯兼一云骑尉，一等至三等伯，超品。

子：分一等子兼一云骑尉，一等至三等子，正一品。

男：分一等男兼一云骑尉，一等至三等男，正二品。

庶吉士：通称“庶常”。明设，清沿其制。在翰林院中设庶常馆，选新进士入馆，为翰林院庶吉士，分习满、汉文书籍，称“馆选”。三年期满后举行考试，成绩优良者分别授以翰林院编修、检讨等官，其余分授各部主事等职，或以知县优先委用，称为“散馆”。光绪末停科举，庶吉士改从外国留学毕业及本国学堂毕业者，经廷试后选用。

候补：清制，没有补授实缺的官员在吏部候选后，吏部再汇列呈请分发的官员名单，根据职位、资格、班次，每月抽签一次，分发到某一部或某一省，听候委用，称为候补。但也可以出钱免予采取抽签方式，自由指定到某处候补，称为指省或指分。

候选：清制，京官郎中以下，外官道员以下，凡初由考试或捐纳出身，以及原官因故开缺依例起复，均须赴吏部报到，听候依法选用，称为候选。

行走：入值办事的意思。清制，不改原来官职而调充其他职务，即称在某处或某官上行走。

丁忧：旧时称遭父母之丧为“丁忧”。清代制度，官吏丁忧，须离职守制。

起复：明、清两代指服父母丧满期间重新出来做官。

休致：亦称致仕，官员辞掉官位退休。

会办：会同办事的意思。

湘军：咸丰三年，曾国藩为对抗太平军，在练勇基础上扩充并重加编练而成，是清末重要的兵系之一。

淮军：在曾国藩的支持下，由李鸿章编练成的武装，是清末重要的兵系之一。

楚军：在曾国藩的支持下，由左宗棠编练成的武装，是清末重要的兵系之一。

侍卫：清代高级官员的侍从武弁，简称戈什，满语“侍卫”之意。

荫生：凭借上代余荫而取得的监生资格。一般来讲，凡按品级取得的称为官生，不按品级而由皇帝特给的称为恩生。荫生名义上入国子监读书，事实上只需一次考试即可给予一定官职。

监生：明、清在国子监肄业的，统称监生。初由学政考取，或由皇帝特许。监生有举监、贡监、生监、恩监、荫监、优监等名目。如未入府、州、县学而欲应乡试，或未得科名而欲入仕的，都必须先捐监生作为出身，但不一定在监读书。

举监：以举人资格入国子监读书者称为举监。

贡监：以贡生资格入国子监读书者称为贡监。

贡生：生员（秀才）一般是隶属于本府、州、县学的，若考选升入京师国子监读书的，则不再是本府、州、县学的生员，统称贡生。清代有恩贡、拔贡、副贡、岁贡、优贡和例贡。

生监：以生员资格入国子监读书者称为生监。

恩监：清代由皇帝特许给予国子监生资格的称为恩监。

荫监：官员之子不经考选而取得监生资格的称为荫监。

优监：由附生选入国子监读书者称为优监。

附生：于府、县学外有取附学生员之制，生员亦称附生。

读客®公务员读史

读 历 史 · 就 更 懂 官 场

什么是读客“公务员读史”丛书？

中国官场，自古如一。你今天碰到的难题，大秦宰相李斯也碰到过；你昨天遇到的麻烦，晚清名臣曾国藩也遇到过；他们是怎么一一化解的？在中国公务员群体中广泛流传的读客“公务员读史”丛书，讲述历代帝王将相跌宕起伏的传奇命运，重走他们飞黄腾达的仕途之路，收获他们老谋深算的官场智慧与技巧，常常让人在不经意间，茅塞顿开，于纷繁复杂的官场万象中，认出规律、方法和道路来。

读客“公务员读史”丛书 首批推出“晚清三大名臣发迹史”系列

《曾国藩发迹史》：剥开曾国藩的“光屁股升官法”。

《李鸿章发迹史》：一生遭遇800多次弹劾，从未被扳倒的谋略与细节。

《左宗棠发迹史》：最笨升官之道，官场笨人必读！

认准读客“公务员读史”丛书——读历史，就更懂官场！

读客®公务员读史

首批推出“晚清三大名臣发迹史”系列

《曾国藩发迹史》：剥开曾国藩的“光屁股升官法”

道光二十八年（1848年）的一天下午，38岁的曾国藩，为表清白，堵住政敌的恶言诽谤，当众把自己脱个精光，光着屁股走进银库清点现银，查清了国库亏空真相。此时已身居四品的曾国藩，一脱惊艳，赢得道光皇帝的空前信任，仕途踏上全新境界。

本书讲述的正是这前后12年，曾国藩仕途初期，九年内连升十级的谋略与细节；由于这段历史的相关史料一部分毁于战火，一部分被史书刻意回避，百余年来，一直讳莫如深。本书作者耗费21年心血，搜阅近千万字珍稀资料，第一次全面揭开曾国藩初入官场前12年，一路升迁的谋略与细节，将仕途上升期曾国藩独有的“光屁股精神”阐述得淋漓尽致，堪称一部升迁教科书。

《李鸿章发迹史》：一生遭遇800多次弹劾，从未被扳倒的谋略与细节

从政40年，遭遇创纪录的800多次弹劾，有的是小人告密，有的是上司打压，有的是亲信背叛，有的是政敌陷害，有的是捕风捉影，有的是证据确凿，面对无数或明或暗的对手，一次又一次的政治风暴，李鸿章永远稳如泰山，一直被弹劾，从未被扳倒；在直隶总督兼北洋大臣的宝座上一坐25年，呼风唤雨，权倾天下。

李鸿章似乎拥有一种对时局和人心的预判能力，无论对手设下多么阴险而密不透风的陷阱，他总能从容地走到最安全的地方。在复杂险恶的政局中，他总能准确嗅出决定自己命运的关键人物，并让对方心甘情愿地成为自己的保护人。

本书为您全面揭开大清第一权臣李鸿章，40年稳如泰山的为官之道。读完本书，您将深谙李鸿章“一直被弹劾，谁都扳不倒”的从政谋略与细节。

《左宗棠发迹史》：最笨升官之道，官场笨人必读！

官场呆瓜左宗棠，无法适应应试教育，15年内三次赴京赶考，次次落榜；40岁还想考进士，仍是一无所获；40多岁当官的心依然不死，只好去给别人当幕僚；但舌拙口笨，开口就得罪人；脾气暴躁，处处惹人嫌；偏偏情商又低，稀里糊涂到连官场恩人曾国藩都敢得罪！

磕磕碰碰，笑话闹尽的左宗棠，终于悟出最笨、最朴实的为官之道，20年间，扶摇直上，成为晚清第一重臣，亦是大清三百年间，以区区举人身份拜为宰相的唯一一人。

机关算尽太聪明，脚踏实地笨无敌。

官场笨人想升官必读！

《藏地密码》系列

一部关于西藏的百科全书式小说
了解西藏，必读《藏地密码》！

从来没有一本小说，能像《藏地密码》这样，奇迹般地赢得专家、学者、名人、书店、媒体、全球最知名的出版机构以及成千上万普通读者的狂热追捧，《藏地密码》是当下中国数千万“西藏迷”了解西藏的首选读本，也是当下最畅销的华语小说，目前销量已达到惊人的300多万册。

《藏地密码》被广大读者誉为“一部关于西藏的百科全书式小说”。

翻开《藏地密码》，犹如进入一幅从未展开过的西藏千年隐秘历史画卷……从横穿可可西里到深入喜马拉雅雪山深处，从藏獒“紫麒麟传说”到灵獒“海蓝兽传奇”，从宁玛古经秘闻到格萨尔王史诗，从公元838年西藏最黑暗时期的“朗达玛禁佛”到1938年和1943年希特勒两次派人进藏之谜……跟随《藏地密码》的脚步，您将穿越西藏深不可测的千年历史迷雾，看尽西藏绵延万里的雪域高原风光，走遍西藏每一个传说中永不可抵达的神奇秘境。

从《藏地密码》中，您还可以了解到不可思议的古格地下倒悬空寺、西藏极乐之地香格里拉，以及西藏历史上突然消失的无尽佛教珍宝去向之谜……雪山、圣湖、墨脱、象雄、布达拉宫、密修苦僧、传唱艺人、帕巴拉神庙、古藏仪式、千年兽战、神秘戈巴族、死亡西风带……一切都如此神秘、神奇、神圣。通过《藏地密码》，您将与西藏这一千年来所有最最最隐秘的故事和传说逐一相遇。